KB272706

나 자신을 뒤집어라

나 자신을 뒤집어라

나 자신을 뒤집어라

초판 1쇄 찍은 날 | 2004년 7월 26일
초판 1쇄 펴낸 날 | 2004년 8월 10일

지은이 | 장석주, 김용배, 박덕규, 문흥술
펴낸이 | 서경석

편집장 | 문혜영
편집 및 디자인 | 김희정 · 김민정 · 유경화
마케팅 | 정필 · 강양원 · 이선구 · 김규진 · 홍현경

펴낸곳 | 도서출판 청어람
등록번호 | 제1081-1-89호
등록일자 | 1999. 5. 31
어람번호 | 제3-0033호

주소 | 경기도 부천시 원미구 심곡1동 350-1 남성B/D 3F (우) 420-011
전화 | 032-656-4452 팩스 § 032-656-4453
http://www.chungeoram.com
E-mail | eoram99@chollian.net

ISBN 89-5831-164-9 03810

※ 파본은 본사나 구입하신 서점에서 교환하여 드립니다.
※ 저자와 협의하여 인지를 붙이지 않습니다

나 자신을 숲 집어라

장석주 · 김용배 · 박덕규 · 문흥술 지음

도서출판 청람

제3장 외로움도 경쟁력이다

제6장 더 많이 걸어라

네 사람이 모였다. 이들의 이력은 멀리서 보면 간단하다. 모두 문필가다. 글을 쓰고 글을 말해서 먹고사는 사람들이다. 가까이에서 보면 이들의 이력서는 꽤 두툼하다. 자세히 들여다보면 여간 복잡하지 않다. 글 쓴 게 아주 많고, 낸 책도 많다. 글의 종류도 책의 종류도 다양하다. 창작도 있고 이론도 있고 에세이도 있다. 다 말하려면 복잡하니 이 책 어딘가에 써놓은 약력을 참조하라.

한 사람은 창작류, 그것도 요즘 소위 장르 문학이라고 일컫는 소설과 만화 대본을 수백 종, 권수로 천 권 분량 넘게 냈다. 한 사람은 시, 소설, 에세이, 평론을 합쳐 권수로 마흔 권에 이른다. 한 사람은 거기에 동화 같은 장르를 보태고, 또 다른 장르까지 보탤 기세다. 한 사람은 평론, 소설에 일반인이 접하기 어려운 학술서들을 여러 권 냈다. 길게는 30년 되게, 짧게라도 이십 년 가까이 쓰는 일, 책 내는 일, 그리고 가르치는 일까지 하고 있으니 그 일로만 쳐도 '글'의 자리를 떠나서도 뭔가 세상살이에 지치고 짜증스러워하는 이즈음 사람들에게 턱 하니 멋진 말로 일갈할 수 있는 정도의 경력은 되지 않겠나 했다.

그래서 글 얘기는 조금 줄이고 사람 사는 얘기 한번 제대로 해보자고 모였다. 그러고는 뜻을 하나로 뭉쳤으니, 그 뜻이란 게 이렇다. 세상 사람들, 이건 이래서 안 되고 저건 저래서 안 되고 하면서 삿대질 돌팔매질에 불만도 많고 요구도 많은데, 그게 결국 자기는 가만히 있고 남들만 바뀌면 다 될 일이라 하는 소리니, 제발 스스로 깨닫고, 바로 '나'부터 뒤집어엎어서 나도 거듭나고 너도 거듭나는 세상을 만들도록 해보자는 거였다.

우리 나라 사람들이 지난 십수 년 전부터 많이 읽은 책들 중에 빠지지 않는 책이 있으니 이런 거다. 마음을 열어라, 사랑은 아낌없이 주는 거다, 습관을 바꾸어라, 느리게 살아라, 빨리 일어나라, 웰빙으로 누리며 살자 등등 그 책들은 느리게 살라는 말도 하고 있고, 부지런히 살라는 말도 하고 있다. 욕심을 버리라고도 하고 있고, 일등이 최고다라고도 하고 있다. 스님들은 비우라 하고 기업가는 채우는 데 최선을 다해라 한다. 어느 편이든 그 말들은 뭔가 가르치려 했고 독자들은 그걸 배우려 들었다. 그러니까 베스트셀러가 된 거다.

　그 말들은 그러니까 다 이전의 너로부터 새로워지라는 말이다. 욕심이 많았으니 이제부터 천천히 걸으라는 말이고, 아무 일도 안 하고 빈둥거리고 놀았으니 이제부터 시간을 금쪽같이 쪼개 쓰라는 말이다. 그런 충고에 고개를 끄덕인 우리의 독자들은 그러나 아직 남을 향해 마음을 열지 못했고, 부자가 될 습관도 기르지 못했으며, 어떤가 하면 제 인생이 이렇게 안 풀리는 게 잘못된 세상 탓이라고 여전히 생각하고 있는 사람들이다. 바꾸어라는 말을 귀담아듣는 듯했는데 자기는 하나도 안 바꾸고 남 바뀌기만을 기다린 꼴이다.

　여러 소리 할 것 없다. 여기 네 사람이 말하기를, 당장 나부터 뒤집자, 이거다. 지금껏 좋은 가르침 많이 들었을 테니 그 얘기들도 조금 상기하면서 이제 이 네 사람이 꼬집어 비틀고 설파하는 이야기에 힘입어 정말 바꾸어보라는 거다. 내 안에 깃든 허세들, 가짜들, 타협하는 것들, 안심하는 것들, 비겁한 것들, 잘난 척 아는 척해온 것들, 굳게 믿어온 것들, 이런 것들 하나하나 다 내놓고 한번 뒤집어보라는 거다. 내가 가진 그것들이 별게 아닌 줄 알았으면 당장 바꾸어보자. 행동이 안 되면 소리라도 지르고 소리가 질러지지 않으면 입을 막고 인상이라도 써보고 표정조차 못 짓겠으면 가슴으로 울어라.

세상이 바뀌기를 기대하는 사람은 세상을 향하는 시선을 자기에게로 고스란히 돌릴 줄 알아야 한다. 세상이 바뀌면 내 꿈을 펼칠 수 있을 거라고 조금이라도 기대하는 사람은 자기부터 바뀌려고 애써야 한다. 이 네 사람은 그걸 말해 주려고 뭉쳐서 '나'를 뒤집는 많은 여러 방법을 쏟아내기 시작했다. 중구난방, 얼마간 어수선해 보일 수도 있을 거고, 남이 한 말과 비슷한 말 같은 것도 있을 거다. 각자 말하는 방식이 달라 생각하는 것도 많이 다르지 않은가 싶을 수도 있다. 그 다름을 즐기면서 입맛대로 뒤집어보라고 권하고 싶다.

그러나 네 사람의 충고는 똑같다. 네 사람들 자신을 위해서도 바로 우리 모두를 위해서도 이제 나를 뒤집어야 한다는 거다. 긴말 필요없다. 당장, 나를 뒤집어라!

2004년 여름, 네 사람이 말하고 한 사람이 정리하다.

제1장 한순간에 나를 뒤집어라

망설일 것 없다. 한순간에 깨달은 게 있으면 단숨에 자기 변화로 이어가라. 여러 생각 할 것 없다. 뭔가 깨달은 한순간이 있으면 그걸 곧바로 자기를 변화시키는 데 써라! 그 변화가 나를 거듭나게 하고 이 세계를 바꾸는 힘이 된다. 망설일 것 없다. 한순간에 깨달은 게 있으면 단숨에 자기 변화로 이어가라. 여러 생각 할 것 없다. 뭔가 깨달은 한순간이 있으면 그걸 곧바로 자기를 변화시키는 데 써라! 그 변화가 나를 거듭나게 하고 이 세계를 바꾸는 힘이 된다.

길을 걷다가 갑자기 침을 뱉어야 할 상황이 벌어졌다. 당신은 어떻게 행동할 것인가. 대충 길바닥에 뱉을 것인가. 가방을 뒤져 못 쓰는 종이를 꺼내 거기다 뱉어서 버릴 것인가. 조금 외진 구석으로 가서 담벼락 밑이나 나무 그늘쯤에다 뱉을 것인가. 그러고 그것을 발로 쓱싹 문지르거나 흙을 덮어 흔적을 없앨 것인가. 화장실이나 세면대를 찾을 때까지 입 안에서 우물거리고 있을 것인가. 그걸 찾지 못하고 끝내 그냥 삼키고 말 것인가.

일생을 살면서 길거리에 침 한 번 뱉은 적 없다면 그건 거짓말일 가능성이 높다. 다만 평소에 침을 뱉는 형태는 당신의 교양과 크게 연관된다는 사실을 중시하지 않으면 안 된다.

길바닥에 침을 함부로 뱉는 것에 대해 무심하게 행동하는 사람은 대개 남들이 밥을 먹는 식당 한곳에서 코 푸는 소리며 가래침을 돋우는 소리를 함부로 내는 사람이며, 음주하는 틈틈이 안주가 옆에 놓인 재떨이에 가래침을 마구 뱉는 사람이며, 휴지를 버리는 일도 담배꽁초를 버리는 일도 방뇨도 아무 길거리에서나 함부로 저지르는 습관이 있는 사람이기 때문이다. 오, 그런 사람들이 당당하게 활보하는 거리는 쓰레기 매립장과도 썩 다르지 않을 것이다.

내 경우는 어떤가 하면 이십 대까지만 해도 길바닥에 침을 뱉고 구둣발로 적당히 짓이겨 흔적을 없애는 성의를 보이는 것만으로도 신사적인 것이라고 생각했던 것 같다. 그 시절, 왜인지는 모르지만 목에 가래가 괴는 때가 잦았고, 그게 단순히 침도 아니어서 그냥 삼키지 못해 그렇게 뱉는 버릇이 든 것이다. 그런데 한순간 나는 이러한 나의 버릇을 한밤중 얼음물을 뒤집어쓴 듯이 반성하게 되었다. 그건 하나의 사건이라 할 만했다.

내게는 학맥과 관련없이 가끔 만나뵙는 선배 문인들이 몇 있다. 그중 한 선배와 잠시 길거리에 서서 누군가를 기다리게 되었다. 그분은 스스로 목에서 돋운 가래침을 입에 물고 있더니 이내 자기 주머니에서 손수건을 꺼내 거기에다 뱉고는 다시 아무 일 없다는 듯이 그 손수건을 주머니에 도로 넣는 것이었다.

그분은 젊을 때 독일 유학을 다녀온 바 있고, 그 후 국내 유수한 대학의 교수로 있기는 했지만 손수건에 자기 가래침을 태연히 받아내는 행동은 그런 '교양있는' 이력이나 신분과 관련이 있어서라고

한순간에 나를 뒤집어라

보기는 어려운 일이었다. 손수건의 용도가 손을 씻고 나서 닦는다거나 콧물을 닦는다거나 침을 뱉고 난 입가를 닦는다거나 입에서 뱉어진 침이나 이물질 따위가 빗나가 입가나 손에 묻었을 때 어쩔 수 없이 그걸 닦아내는 정도에 있지 않고, 가래침을 온전히 받아내는 일에 있다고 생각할 사람은 없으리라고 적어도 나는 생각하고 있다. 그런데도 그는 정말 아무런 망설임 없이 자기 손수건에다 다른 곳에 적당히 뱉어도 좋을 가래침을 뱉었다.

그걸 보고 나도 따라 했다는 말을 하려는 것이 아니다. 나는 아직도 가래침을 내 손수건에 온전히 뱉는 일은 차마 하지 못한다. 다만 그 일 때문에 내가 변한 것이 있다. 길바닥에 침을 뱉는 일이 참으로 교양없는 자가 하는 짓이라는 사실을 나는 그때 확실히 깨달았다. 그리고 나는 그런 교양없는 사람이 되지 않기 위해 무던히도 애쓰며 살게 되었다. 침을 뱉는 일에 신경을 쓰니까 자연히 휴지 버리는 일, 이쑤시개 버리는 일, 껌 종이 버리는 일 등이 저절로 신경이 써졌다. 그렇게 되니까 내가 하는 행동이 남에게 피해를 주지는 않는가, 이런 질문이 수도 없이 내 일상을 파고들었다.

내 인생에 뭐 대단한 변화가 와서, 내가 부자가 되었다거나 갑자기 글 잘 쓰는 도사가 되었나거나 벗신 여사들을 단번에 사로잡는 연애 박사가 되었다거나, 그런 식으로 변했을 리는 없다. 그러나 그 변화는 보이지 않는 것이지만 너무 크다.

어느 선배 문인이 자기 손수건에다 가래침을 뱉는 행동 하나가 내게 하나의 깨달음을 주었고, 나는 그 깨달음을 곧바로 내 삶을 변화

한순간에 나를 뒤집어라

시키는 데로 옮겨갔다.

이쯤 해서 나도 유식한 사람 흉내를 내보려 한다.

불교계의 오랜 논쟁 중에 '돈오돈수(頓悟頓修) 대 돈오점수(頓悟漸修)' 논쟁이 있다. 돈오돈수는 단박에 깨쳐서 단박에 수행하는 것을 두고 하는 말이고, 돈오점수는 단박에 깨쳐서 천천히 수행하는 것을 두고 하는 말이다. 둘의 말뜻이 그렇다는 얘기지 나 같은 속인에게 해당할 것이 아니고, 이는 수행하는 고승들의 수행법의 차이를 이르는 말이다.

이 논쟁의 앞 자리에 중국 선종(禪宗) 이야기가 자리한다. 중국 선종의 5조(五祖) 홍인대사(弘忍大師) 문하의 제자 중에서 수제자인 신수대사(神秀大師)가 주장한 수행법이 돈오점수이고, 다른 제자 혜능(慧能)이 주장한 수행법이 돈오돈수이다. 돈오돈수를 주장한 혜능이 홍인대사로부터 의발을 전해 받아 6조(六祖)가 되었으니 표면적으로는 돈오돈수의 승리라고 볼 수도 있겠다.

우리 나라에서는 고려 시대의 고승 보조국사(普照國師) 지눌(知訥)이 돈오점수를 주장한 반면 고려 말의 고승 원증국사(圓證國師) 보우(普愚)는 돈오돈수(頓悟頓修)를 주장했다. 1981년부터 조계종 종정을 지내다 1993년에 입적한 성철(性徹)은 한국 선불교의 지침이던 지눌의 돈오점수를 비판하고 돈오돈수를 주장해 불교계에 아연 뜨거운 논쟁을 재연시킨 바 있다.

모르긴 해도 불교계에서는 이 돈오돈수를 최상의 수행법으로 인정하면서도, 이는 최상의 근기(根氣)를 가진 사람만이 이룰 수 있다

한순간에 나를 뒤집어라

고 생각하는 듯하다. 그러나 보통의 사람은 단박에 깨칠 수 있을지는 몰라도 몸에 밴 나쁜 습성을 단박에 제거할 수 없기 때문에, 단박에 깨치더라도 오래 닦는 '점수(漸修)'가 합당하다고 설명하고 있다.

물론 나 역시 그 설명에 동의하지 않을 수 없지만 실은 보통의 사람으로서는 '점수' 또한 만만한 일이 아닐뿐더러 오히려 더 힘들고 고될 거라는 판단도 버리지 못하겠다. 몸속 깊이 배인 나쁜 기운을 빼는 일은 당연히 시간을 요하는 일이라 꾸준한 노력이 있어야겠지만, 그 꾸준한 일은 오히려 나 같은 속인으로서는 더 더욱 어려운 법이다. 그러니 여러 생각 할 것 없이 한순간의 깨달음을 단번에 실행에 옮기는 편이 더 쉬울 수 있다는 얘기가 된다.

나는 어느 선배가 자기 손수건에 가래침을 뱉는 것을 보고 문득 깨달은 게 있어 이후 침 뱉을 때마다 그것과 똑같이 가래침을 손수건에 뱉지는 않지만 어김없이 조심하고 삼가고 있다. 침 뱉기가 문제가 아니다. 내가 뱉은 침이 남의 눈에 좋지 않은 영향을 줄 수 있다는 생각을 하고 실천에 옮겼다는 점이 중요한 것이다.

누구든 인생을 살면서 우연한 일을 계기로 갑자기 뒤통수를 한 대 맞는 듯한 그런 깨달음의 순간을 겪을 것이다. 일상에서 깨달음을 얻는 게 없다 하더라도 실은 그렇지가 않다. 내가 보기에 우리 나라 사람들은 깨닫는 일에는 도사들이다. 목사님의 설교에 깨달음을 얻는 교인들, 도올 김용옥 선생의 강의에 큰 가르침을 받은 사람, 『마음을 열어주는 101가지 이야기』에 마음을 연 사람, 틱 낫한의 천천

한순간에 나를 뒤집어라

히 걷는 수행에 깨달음을 얻은 사람……. 다 잘 깨닫는데 문제는 무엇이냐 하면 그 깨달음을 자기 변화로 이어가는 일에 주저하는 사람들 또한 많다는 것이다.

한국인의 성격을 설명하는 말 중에 대표적인 것인 '빨리빨리'와 '코리안 타임'이다. 음식점에서 음식을 주문하고도 빨리빨리, 건축물을 지어달라 하고도 빨리빨리, 남에게 시킨 일은 무조건 빨리빨리 진행되어야 한다 생각하고 그것을 요구하는 습성이 우리에게 있다.

반면 정작 자기가 하는 일은 시간 약속을 지키지 못하는 사례가 많다. 우리 나라에서 하는 수많은 일들은 '코리안 타임'을 예상하고 시작된다. 즉, 남에게 요구하는 것은 급하고 자기가 실행해야 할 것에는 게으른 것이 우리의 습성이다. 그 때문에 높은 지능, 고학력을 자랑하는 한국인들이어서 보고 들은 게 적지 않은데도 막상 그것으로 자신을 바꾸는 일에는 소홀한 것이다.

망설일 것 없다. 한순간에 깨달은 게 있으면 단숨에 자기 변화로 이어가라. 여러 생각 할 것 없다. 뭔가 깨달은 한순간이 있으면 그걸 곧바로 자기를 변화시키는 데 써라! 그 변화가 나를 거듭나게 하고 이 세계를 바꾸는 힘이 된다.

한순간에 나를 뒤집어라

나를 *알고 나를 뒤집어라*

– 김용배

#1

    사람은 자신을 정확하게 알지 못한다. 자신을 정확하게 안다는 말은 단 한 번도 거짓말을 해본 적이 없다는 말과 같다. 뒤집어 말하자면 나에 대해 아무것도 모르는 것이 나에 대해 알고 있는 모든 것이다.

  나를 뒤집어보자면 우선 나에 대한, 인간 본성에 대한 약간의 분석과 고찰이 우선적으로 선행되어야 한다. 내가 누군지 전혀 모르면서 어떻게 나를 뒤집어본단 말인가?

#2

고대로부터 인간은 주어진 여건에서는 순응을, 뒤바뀐 상황에서는 적응을 반복해 왔다. 척박한 대지에 첫발을 내디디면서부터 적절하게 변화하는 행동 양식을 나타내 온 인간은 변이와 진화를 꾸준하게 거듭하여 현대까지 성공적인 삶을 지속해 왔다.

사상의 부흥기를 맞은 것은 근대의 일이다. 우리가 원시의 모습을 하고 있었을 땐 오랜 지각(知覺)의 공황기를 보냈을 것이며 그런 기간이 오래 지속된 후, 지금에 이르러서야 거의 완성적인 사고의 진화를 이루게 되었다.

인간의 본성을 가늠하는 척도도 다름이 아니다. 시대를 달리하며 적절하고 유용하게, 또 어떤 시기에는 급격한 변환을 모색하고 격을 달리하며 좀 더 진보된 형태로 나타내 왔다. 정치, 문화, 사고, 예술, 철학 등 인간과 가장 밀접한 분야들은 인간 본성에 대한 고찰이 격상될 때마다 새로운 장으로 새롭게 조명되었다. 모든 분야에서 사조(思潮)가 존재하는 이유 또한 바로 그런 이유 때문이다.

결론은 언제나 한 가지이다. 인간은 여타의 동물과 달리 존재 자체가 곧 사색의 결과물이며 그것이 인성이라는 이름으로 나타나 본연의 본성으로 귀착된다.

인간의 본성은 다각, 다변적이어서 한마디로 정의하기가 매우 어

한순간에 나를 뒤집어라

렵다. 내가 나를 알 수 없다는 점이 그렇고 인간이 인간을 일정한 기준에 의거해 판단할 수 없다는 점 또한 그렇다.

자신에 대한 철저한 몰이해는 자아 상실이라는 매우 위험한 결과를 초래한다. 빙산의 일면을 보는 것 같을지라도 자기 자신에 대한 뒤돌아봄이 없으면 인성이 퇴화하게 된다는 뜻이다. 현 위치에서 과거를 되돌아보고 또 미래를 내다보는 야누스의 얼굴을 지니는 것이 자기 발전을 위해 대단히 바람직한 일이다.

나를 뒤집으려면 우선 나와 인간 본성을 먼저 파악하는 것이 올바른 순서가 될 것이라는 점은 이미 앞에서도 밝혔다. 우선 나를 조금 더 파악한 다음 나를 본격적으로 뒤집어보자.

3

옛 현자들도 인간 본성에 대해 대단히 큰 비중으로 사고를 거듭해 왔다. 인간의 역사가 시작된 이래로 현자들의 주 논제가 인간 본성에 대한 정의 내리기라고 말해도 과언이 아니다.

고대의 유가(儒家)에서는 사람의 본성을 하늘에서 부여받았다는 인(仁)으로 정의했다. 인은 모든 도덕을 일관하는 최고 이념이다. 수신(修身), 제가(齊家), 치국(治國), 평천하(平天下)가 실현 이념이며 최후 목표다. 유교를 윤리학 또는 정치학이라 부르는 이유도 바로 여기에 있다.

대승불교(大乘佛敎)에서는 자신의 고정관념을 타파하고 일체의 집착에서의 해탈을 '실천의 중심'으로 삼았다. 불성은 누구에게나 내재되어 있으므로 자기 수양을 통해 결국은 성불하게 된다는 것이 주된 견해다. 여기서도 자기 수양, 즉 '나'를 연마함으로 이타(利他)를 지향하여 부처의 이상(理想)을 실현하려 한 것이다.

고대 희랍 사상은 좀 더 개별적이고 구체적이다. 개인의 감각, 욕망, 의지를 주시하고 사물을 보는 눈, 상황에 따른 변화를 주시했다. 개인의 감정과 자아를 무시하지 않는 점이 동양의 사고와 대별되는 부분이다. '조화와 귀결'을 합리적인 이성적 사유로 인정했으며 능력은 인간 본성에 속한 한 요소로 당연히 개인차가 있다고 정의했다.

플라톤은 욕구, 욕망, 이성, 이 세 가지가 인간의 본성이라고 보았다. 세 가지 중 욕구와 욕망을 제어할 수 있는 것이 이성이라고 보았으며 이성은 결국 지혜롭게 선함을 따르는 것이라 정의했다. 여기서 말하는 이성이 곧 인간 본성임을 망각해선 안 될 것이다.

더 나아가 그런 이성을 소유한 사람이야말로 순수한 영혼의 소유자이며 영혼과 합일하는 이상적 본성의 소유자라는 것이다. 이것이 흔히 말하는 지자(知者)의 정의다. 결론은 지자(Philosopher King)만이 최고의 권위자(왕권 혹은 통수권자) 자격이 있다는 이념적 정당성으로 귀결된다는 것이다.

인간의 본성을 논하려면 끝이 없다. 인간의 본성과 우주의 본질은 동일하다는 희랍 사상 Nous, 근대 이성주의를 표방하는 인간 개념

한순간에 나를 뒤집어라

인 데카르트의 Cogito, 칸트의 Autonomie 등등 자아와 본성에 대한 고찰은 인간이 존속하는 그날까지 계속 이어질 것이며, 화두(話頭)이며 신이 인간에게 내려준 마지막 르포다.

지금까지 간단하게 동서양의 몇 가지 사상을 인용하여 인간 본성에 대한 단면들을 스치듯 살펴본 것은 내가 서 있는 위치를 파악하고 그 위치에 서 있는 내가 누구인가를 분별하기 위해서이다. 그래야만 나를 뒤집어 요모조모 뜯어보고 이리저리 해부해 보기 편할 것이기 때문이다.

거꾸로 투영된 피사체가 선명할수록 깨끗한 사진으로 인화된다. 한 면의 감광지는 새까말수록 더 좋을 것이고 한 면의 인화지는 새하얄수록 더 좋을 것이다. 흑백이 분명할수록 사진은 분명한 자기 색깔로 현상되기 때문이다.

나를 알고 나를 뒤집어라

마음속의 생각이 자기를 만든다

- 장석주

제임스 앨런은 19세기에 태어난 영국의 문인이다. 우리에게는 별로 알려진 것이 없지만 우연히 그가 쓴 얇은 책 한 권을 읽고 깊은 감동을 받은 바 있다. 그는 본디 유복한 사업가의 아들로 태어나지만 아버지가 파산을 하고 살해당하는 바람에 불운한 환경 속에서 어린 시절을 보냈다.

직장 생활을 하며 가족을 부양하던 그는 38세에 톨스토이의 저작들을 읽은 뒤 직장에서 은퇴하고 영국 남서부의 시골로 들어가 검소한 삶을 살며 글 쓰기와 명상을 통해 지혜를 얻었다. 그의 책을 읽어나가다가 한 구절에서 얼어붙은 듯 눈길이 오래 머물렀다.

한순간에 나를 뒤집어라

"행동은 생각이 꽃피운 것이고, 기쁨과 고통은 생각의 열매이다."

원인에 따라 그 결과가 달라진다는 인과론적인 법칙은 마음과 행동에도 그대로 적용된다. 마음의 생각이란 식물의 씨앗과 같다. 콩을 뿌린 밭에서 마늘의 싹이 올라오는 일이란 없다. 순금과 같이 바르고 순결한 생각을 품어온 사람이 갑자기 표변해서 악덕한 행동을 저지르는 일은 있을 수 없다. 마찬가지로 늘 비열한 생각만을 품은 사람이 어느 날 갑자기 고결한 행동을 하는 일은 없다. 우발적인 행동들도 잘 들여다보면 우리의 어딘가에 숨어 있던 생각이 튕겨 나온 것이다.

한 사람이 품은 생각이란 마음의 텃밭에 뿌려진 씨앗과 같은 것이어서 우리는 그 생각대로 자라나고 행동하게 된다. 물론 외부 환경이란 변수가 작용하기는 한다. 외부 환경이 마음의 텃밭에 뿌려진 씨앗들이 발아하는 것을 지체하거나 유보하게 할 순 있지만 씨앗들 그 자체를 없앨 수는 없다. 외부 환경이란 수시로 바뀌는 것이고, 때가 되면 씨앗은 발아하게 되어 있다. 더 넓게 보자면 삶의 외부적 조건이라 할 수 있는 외부 환경이나 운명이란 것도 저 스스로 만드는 것이다.

우리 속에서 지속하는 생각은 우리 삶에 지속적인 영향을 끼치게 되어 있다. 그 영향 속에서 자신만의 성격과 환경은 만들어진다. 그러니 자신이 처한 형편과 처지를 남의 탓으로 돌리고 원망하는 것은 옳은 태도가 아니다. 자신의 삶의 주인은 바로 자기 자신이다. 지금

마음속의 생각이 자기를 만든다

자신의 처지가 비참하고 황폐한 지경에 놓여 있다면 자신의 삶을 돌아보며 왜 그렇게 되었는가를 짚어보아야 한다. 그 결과는 다른 누구의 탓도 아니며 오직 자기의 생각과 판단의 결과인 것이다. 지혜로운 사람이라면 자신의 능력과 가능성을 키우고, 생각을 바르고 보람있는 목적으로 가꾼다.

사람은 어떤 상황 속에서도 외부 환경을 자기의 뜻에 따라 변화시키고 개선시킬 수 있는 잠재적 능력을 가진 존재다. 중요한 것은 생각이 품고 있는 뜻과 의지의 방향이다. 우리는 자신을 지배하고 있는 마음속의 욕구와 열망, 생각들을 바르게 가꾸고 그것에 온전히 따름으로써 원하는 인생을 살 수 있다.

마음속에 있는 눈에 보이지 않는 생각을 살피는 걸 자기 성찰이라고 부른다. 정원을 제대로 건사하지 않고 방치하면 정원은 이내 잡초로 우거져 황폐해진다. 우리 마음도 정원과 같아서 마음속의 생각들을 수시로 건사하지 않으면 쓸데없는 잡념들로 가득 차 자신의 인생을 엉뚱한 방향으로 이끌어 간다. 마음의 텃밭에 어떤 씨를 뿌리는가는 전적으로 자기 자신에게 달려 있다.

우리가 품고 있는 생각은 어느 순간 말과 행동으로 드러나며 그것은 곧 현실로 나타난다. 고결한 생각들을 품었다면 그것의 실현을 위해 정당한 노력을 기울여야 한다. 나쁜 욕망들을 절제하고, 시련과 실패에 맞서 정정당당하게 극복해야 한다. 그러면 언젠가 마음속에 품었던 생각들이 현실로 나타나는 기적을 볼 수 있을 것이다.

한순간에 나를 뒤집어라

불행한 것은 많은 사람들이 자기가 품고 있는 생각이 무엇인지조차 모른 채 살아간다는 사실이다. 이 말은 제대로 된 자기 성찰을 전혀 하지 않고 살아간다는 말이다. 이런 사람들은 오로지 나날의 욕구와 필요에 따라 맹목의 삶을 살아간다. 이런 사람들은 배고프면 먹고 졸리면 잠든다. 이런 사람들일수록 결과에만 신경 쓰고 그 결과에 도달하기까지의 땀과 험난한 여정 따위는 무시해 버린다.

그러나 결과보다 더 중요한 것이 숭고한 과정이며 그 여정의 도덕적 정당성이다. 숭고한 과정과 여정의 도덕적 정당성은 바로 우리 자신의 마음속 생각에서 비롯된다. 어쩌다 한 번 있는 우연한 행운이란 인생에서 결정적 변수가 되지 못한다. 결국 우리가 생각한 그대로 인생을 살게 될 뿐이며 인생이란 그 생각의 총체에 지나지 않는다. 제임스 앨런이 말하는 진리는 너무나 단순하다. 그것을 한 문장으로 압축하자면 '우리는 스스로 선택하고 품어온 생각 그대로 자신을 만든다' 는 것이다.

마음속의 생각이 자기를 만든다

무쇠 솥을 뚫는 모기의 기

- 문흥술

사람이 살아가면서 어떤 일을 할 때 주춤거리거나 망설이는 순간이 있다. 학교를 졸업하고 사회에 첫발을 내디디면서 새로운 환경에 적응하려 할 때 이때껏 경험해 보지 못한 미지의 영역에 대한 호기심과 함께 잘해낼 수 있을까 하는 두려움과 걱정이 생기기 마련이다.

예전에 작가 이윤기 선생과 대담을 한 적이 있다. 그때 여러 가지 이야기를 나누었는데, 그중 지금까지도 강렬하게 내 기억을 사로잡고 있는 것이 '무쇠 솥을 뚫는 모기의 기'라는 것이다. 작가가 움베르트 에코의 『장미의 이름』을 번역할 때 도무지 자신의 능력으로는 번역이 불가능한 것이 아닌가 하는 생각을 했다고 한다. 작가는 번

한순간에 나를 뒤집어라

역을 할 것인지 말 것인지를 두고 며칠을 고민하다가 모기가 무쇠 솥을 뚫는 기로 덤벼들어 결국은 번역을 해내었다고 한다.

모기가 무쇠 솥을 뚫는 일은 현실적으로 불가능하다. 그러나 힘없고 나약한 모기이지만 삶의 전부를 걸고 덤벼든다면 아마 무쇠 솥에 약간의 상처는 남길 수 있을 것이다. **아니, 수많은 모기가 계속해서 전력을 다해 무쇠 솥에 부딪친다면 결국 무쇠 솥에도 구멍을 뚫을 수 있을 것이다.** 그러니까 열 번 찍어 안 넘어가는 나무가 없다는 속담처럼 어떤 일을 하고자 할 때 그 일에 모든 것을 걸고 덤벼든다면 못할 일이 없는 법이다.

내가 대학을 졸업하고 학교를 바꾸어 서울 대학교 대학원에 진학할 때이다. 대학 3학년 때부터 친구들은 고등학교 선생님으로 취직하거나 혹은 잡지사나 신문사 기자로 취직을 하기 위해 입사 공부에 열을 올릴 때 나는 대학원에 진학하기로 했다. 그런데 막막하기만 했다. 도대체 어디서부터 어떻게 접근해야 할지 몰랐다. 다니던 학부와 같은 대학원에 진학한다면 선배로부터 시험에 관한 정보도 얻고 또 쉽게 자료를 구할 수 있었을 것이다. 하지만 전혀 생소한 대학원에 진학하려다 보니 시험 문제가 어떻게 나오고 또 이렇게 준비를 해야 할지 전혀 알 수가 없었다.

그래서 대학원에 혹시라도 아는 사람이 있는가 싶어 알아봤지만 도대체 아는 사람이 한 명도 없었다. 이런저런 고민을 하다가 결국에는 직접 자료와 정보를 구해야겠다는 생각을 하고 서울 대학교 국

무쇠 솥을 뚫는 모기의 기

문과 사무실을 찾아갔다. 지금은 그렇지 않지만 그때는 어찌나 그곳이 낯설던지. 과 사무실에 가서 조교에게 대학원에 진학하려 하는데 어떻게 준비를 해야 할지 몰라서 이렇게 찾아왔다고 공손하게 말했다. 혹시라도 핀잔을 먹으면 어떡하나 걱정하면서 조심스럽게 말을 꺼냈는데, 의외로 조교가 친절하게 기출 문제를 주는 것이 아닌가. 자주 다른 대학교 출신 학생들이 대학원 시험 문의를 하러 오기에 이렇게 자료를 준비해 놓는다고 하면서 시험 준비는 특별한 방법이 없고, 교수님들 수업을 전부 듣는 것이 최선이라고 말했다. 조교의 말을 종합하면, 수업을 들으면서 해당 교수님이 무엇에 관심이 있는지를 파악하고, 그래서 시험 문제를 예상하며 준비하는 수밖에 없다는 것이었다.

자료를 받아 들고 하숙집으로 온 나는 심각한 고민에 빠졌다. 학부 3학년생으로 지금 다니는 대학교 수업을 빼먹고 진학하고자 하는 대학원에 가서 수업을 들을 수도 없는 법이었다. 막막하기만 했다. 주위에서는 뭘 어렵게 그러느냐면서 그냥 본교 대학원에 진학하라고 했다. 본교 대학원이 싫어서, 그리고 본교의 교수님들이 싫어서 대학원을 옮기려는 것은 절대 아니었다. 다만 책을 통해 접하게 된 선생님이 그 대학원에 계셨고, 그분의 강의를 꼭 듣고 싶다는 일념에서 내린 결정이었다.

며칠을 고민하다가 결정을 내렸다. 모든 수단을 다 강구해서라도 대학원에 진학하자고. 며칠 동안 방에 틀어박혀 기출 문제를 살펴보니 그 대학원 교수님들이 펴낸 저서나 논문에서 문제가 다 나왔다.

한순간에 나를 뒤집어라

그래서 먼저 대학원 교수님들의 명단을 입수하기 시작했다. 지금은 대학교 홈페이지에 들어가면 교수님들 명단이 다 있지만, 그때만 해도 인터넷이 보급되기 전이었다. 할 수 없이 국회 도서관에 가서 그 대학원 요람을 복사해 교수님 명단을 확보하고, 그 다음에는 교수님들이 쓰신 책과 논문을 하나도 빠뜨리지 않고 구입했다.

그런데 문제는 그 대학원에 현대 문학을 전공하신 교수님이 일곱 분 계셨고, 평균적으로 교수님 한 분마다 학술 저서를 열 권 이상은 발표한 것이 아닌가. 더구나 교수님 중 한 분은 무려 백 권이 넘는 저서를 발간하신 상태였다. 게다가 고전 문학도 공부를 해야 했다. 자료를 다 모은 뒤 방 안 가득 쌓인 책을 보고 나는 질려 버렸다. 거의 삼백 권이 넘는 분량이었다. 이걸 어떻게 다 정리한단 말인가. 더군다나 영어 시험도 어렵고, 게다가 제2외국어도 공부를 해야 했다. 정말 힘이 쫙 빠지고 모든 걸 포기하고 싶었다.

과연 내가 이 많은 책을 읽고 준비할 수 있을까. 아니, 준비를 해 대학원에 입학한다고 해서 무엇이 될 것인가. 떨어지면 어떻게 하나 등등 온갖 상념이 떠올랐다. 그때 떠오른 것이 어떤 일을 할 때 나중에 실패할 것을 미리 생각하지 마라는 어른들의 말씀이었다. 그래, 자신이 택한 일이 성취될 수 있도록 최대한의 노력을 다하고 결과를 기다리자. 최선의 노력을 다했는데도 그 결과가 좋지 않다면 결과가 나온 그때 다시 생각을 할 것이지 미리부터 실패를 예단하여 포기하지 말자.

나는 결심을 굳히고 3학년 1학기 중반부터 졸업할 때까지 죽어라

무쇠 솥을 뚫는 모기의 기

책을 읽고 정리하고, 영어와 불어 공부를 했다. 그러나 대학교 졸업 직전에 친 시험에 낙방하고 말았다. 허망하게도 내가 입수한 교수님들 명단에는 없는 전혀 새로운 분이 계셨고, 그분께서 한 문제를 냈던 것이다. 그분은 내가 대학 4학년 올라갈 때 새로 서울 대학교에 부임하셨고, 나는 그 사실을 까마득히 모른 채 그분에 대한 준비는 전혀 하지 못했다. 결국 다섯 문제 중 네 문제는 답을 작성했지만, 그 교수님이 출제하신 문제는 단 한 줄도 쓰지 못했던 것이다.

떨어지리라고는 꿈에도 생각하지 않았기에 그 충격은 엄청났다. 거의 한 달간을 술로 지새우면서 나와 내 주변의 모든 것을 원망했다. 친구들은 나름으로 취직해서 즐거운 졸업식을 맞이할 때 나는 실업자로 쓸쓸하고도 황급하게 졸업식을 치를 수밖에 없었다.

그리고 공부를 포기하고 출판사에 취직하여 영어 사전 편찬을 맡아 근 6개월을 보냈다. 여름이 다갈 무렵, 내가 불철저하게 시험 준비를 해서 떨어졌다는 것을 깨닫고, 직장에 사표를 낸 후 다시 대학원 시험에 매달렸다. 이번에는 지난번 같은 실수를 하지 않기 위해 다시 한 번 교수님들 명단을 재차 확인하고, 새로 오신 교수님의 책과 논문을 깡그리 정리했다. 그 결과 그해 나는 원하던 대학원에 입학할 수 있었다.

대학원 발표가 있던 날, 학교 정문 앞에 붙은 합격자 명단을 보고 나는 내 인생이 한 구비를 돌고 있다는 느낌을 받았다. 나중에 이윤기 선생과 대담을 하면서 '무쇠 솥을 뚫는 모기'라는 말에 나는 전적으로 공감하면서 선생이 그 어려운 번역 작업을 할 수 있었던 힘

한순간에 나를 뒤집어라

의 원천을 발견할 수 있었다. 이후 나는 어떤 어려운 일이 닥쳐도 무쇠 솥을 뚫는 모기의 기로 덤벼들었고, 지금까지 그렇게 살아오고 있다.

학생들 중에 행정고시나 교원 공채 시험, 혹은 기업체 입사 시험을 준비하는 이들이 많다. 이들은 시작도 하기 전에 주눅이 들어 과연 자신이 할 수 있을까라고 회의하면서 어떻게 하면 좋겠냐고 나에게 상담을 한다. 그러면 나는 무쇠 솥을 뚫는 모기의 기를 말해 주면서 최선을 다하라고, 그리고 실패한다는 생각은 하지 말라고, 반드시 성공할 것이라고, 그러기 위해서는 촌음을 아껴야 한다고 말해 준다.

하루 한 번 뒤를 돌아보라

– 박덕규

배구 경기에서 상대 공격(스파이크)을 네트 근처에서 팔을 뻗어 가로막는 것을 '블로킹'이라 하는데, 이를 순 우리말로 바꿔 '가로막기'라고 명명하고도 있다. 배구의 진수는 뭐니 뭐니 해도 높은 공중에서 내리꽂는 타점 높은 강타에 있는데, 그 강타를 이쪽 코트로 들어오는 순간 차단해서 역공의 효과를 발휘하는 것이 바로 이 가로막기이다.

배구 경기를 보다 보면 혼신의 힘을 기울여 내려친 스파이크가 상대의 가로막기에 걸려 단숨에 역공을 당하고 그래서 너무 쉽게 점수를 잃는 것을 자주 볼 수 있다. 리시브, 토스, 스파이크, 이렇게 세 박자로 이어지는 준비된 공격이 가로막기 하나로 일시에 허사가 되어버리는 일이 여러 번 있게 되면 공격하던 팀의 사기는 땅에 떨어지고 전의를 상실해 결국 시합에서 지게 되기 십상이다.

이렇기에 배구 팀을 짤 때는 강력한 스파이크를 자랑하는 좌우의 주 공격수나 그에게 공격 기회를 제공하는 토스맨(세터) 외에도 중앙을 지키며 가로막기를 하고 또 간간이 속공도 하는 '블로커'를 중요한 구성원으로 하지 않을 수 없게 된다. 배구에서 최고의 인기를 누리는 선수는 물론 가공할 만한 위력을 지닌 공격수일 테지만 그런 공격수가 빛날 때마다 그 공격을 차단하는 명수 또한 필요한 법이다. 얼핏 보면 신진식, 김세진 같은 공격수만이 배구를 하고 있는 듯하지만 그만큼은 화려해 보이지 않더라도 김상우 같은 블로커 또한 배구의 묘미를 더하는 중요한 존재인 것이다.

화려하지 않지만 화려한 기세를 단숨에 꺾어버림으로써 자신의 가치를 빛내는 가로막기의 명수에 대한 얘기를 짧은 소설로 쓴 적이 있다. 그 소설의 제목이 『공포의 가로막기』인데 줄거리가 이렇다.

우리 회사 배구 팀에서 가로막기로 명성을 날리며 여사원들의 우상이 된 총각 선수가 은퇴를 하게 된다. 그 선수가 은퇴 경기를 하는 날 우리 부서 회식이 있는데, 우리는 그동안 우리가 하는 모든 일에 '가로막기'를 해온 여자 과장에게 골탕 먹이려 계획하고 있었다. 회식장에 뜻밖에도 은퇴 경기를 치른 그 선수가 나타나 우리를 설레게 하는데, 알고 보니 선수의 이모가 그 과장이었던 것이다. 하지만 공은 공이고 사는 사. 우리는 계획대로 전등을 끄고 케이크 촛불을 점

하루 한 번 뒤를 돌아보라

화하고 하나, 둘, 셋 하고 공격 신호를 하게 된다. 셋! 구호와 더불어 과장의 머리에 맥주를 퍼부었는데, 잠시 뒤 불이 켜지고 나니 과장은 전혀 멀뚱한 얼굴인 채이고, 그 맥주 세례를 받은 사람은 바로 미남 총각 선수였다. 결국 우리의 공격을 보기 좋게 꺾은 과장도, 과장을 향해 가는 맥주 세례를 재빨리 가로막은 미남 선수도 모두 가히 '공포의 가로막기'라고 하지 않을 수 없는 상황이 벌어진 셈이다.

소설 속에서의 이런 인물이야 재미로 읽으면 그만이겠다. 그런데 그런 정도의 '공포의 가로막기'를 현실에서 만나게 되면 문제가 좀 달라진다. 최근 부쩍 눈에 띄게 된 '가로막기'들은 바로 휴대폰 이용자들이다. 어떤 여행 중에 '캡슐 방'이라는 곳에서 하루를 묵게 되었는데 겨우 잠을 잘 만하니까 옆방에서 휴대폰이 요란하게 울리는 것이 아닌가. 미안한 기색도 없이 그 전화를 큰 소리 내며 받기까지 하니, 이거야말로 내 잠을 방해하는 공포의 가로막기가 아니고 무엇이겠는가.

사우나 휴게실 같은 데서도 이런 일이 벌어진다. 모두 잠을 청하며 휴식을 취하고 있는 그 공간에서도 여기저기서 휴대폰이 울려대기 일쑤다. 곤히 잠드는 야간 열차 안에서도, 강의실에서도, 공연장에서도 거침없이 울리는 휴대폰 벨소리……. 나는 화가 나서 학생들에게 이런 격언을 남긴 바 있다.

"휴대폰 진동을 못 느끼는 사람은 휴대폰을 가질 자격이 없다."

요즘은 10대, 20대 후배들 여럿하고 동석하게 되면 금세 좌불안

한순간에 나를 뒤집어라

석이 되곤 하는데, 그 이유가 이렇다. 한 사람이 좌중이 함께 관심을 둘 만한 얘기를 하는데도 어느새 두세 사람이 끼리끼리 자기들 얘기를 하고 만다. 심지어는 '선생님 얘기를 듣고 싶어요' 하고 나를 찾아온 젊고 어린 무리들이 나를 중심으로 둘러앉아 놓고는 내 얘기가 중간에 틈을 둔다 싶으면 어느새 자기들끼리 속닥속닥 얘기를 나누고 있는 것을 보게 된다.

도무지 남의 얘기를 기다리고 있지 못하는 사람들이 이 세상에 너무 많다. 자신에게 들려오는 무수한 얘기를 스스로 가로막고 있는 사람들이 이 땅의 사람들이 아닌가 싶다. 주의, 주장, 비판, 강의, 칭찬…… 이런 것을 많이들 하고 있는데 그게 너무 넘쳐 날 뿐 그것들과 호응할 만한 대화가 이어지지 않는 세상이다.

텔레비전을 보면서도 공포의 가로막기를 만난다. 어떤 프로그램을 방영하는 중에 그 내용을 설명하는 자막이 흐른다. 그런데 그 위에 그 프로그램과 상관없는 다른 소식을 전하는 자막이 또 흐른다. 엄청난 제작비를 들였다는 사극 방영 도중에도, 말장난과 재치를 자랑하는 오락 프로그램에도 모두 자막을 담당하는 제작부원이 있을 것이고, 자막 또한 프로그램을 이루는 중요한 요소일 것이다. 그런데 어째서 그 자막을 같은 방송국 내에서 훼손시켜 놓고노 단 한 번 사과 방송도 없고 담당자 문책도 없으며, 그러고도 언제나 똑같은 일이 되풀이되는가.

전철 역사의 에스컬레이터 위에서 앞을 가로막고는 태평인 사람도 많다. 승객을 태우기 위해 차선을 무시한 채 멈춰 서서 뒤에 오는

하루 한 번 뒤를 돌아보라

차들을 가로막는 택시도 있고, 특별 강연을 듣다가 어느새 시끌벅적해지는 학생도 있고, 심지어 신부 웨딩드레스를 들어주는 일을 한답시고 시야를 제 마음대로 가리는 예식장 종업원도 있고, 극장에 늦게 입장해 놓고 떠들썩거리며 자기 자리를 확보하려고 부산을 떨어 남들의 관람을 가로막는 관람객도 있다.

서점에 책 구경을 나갈 때마다 속을 끓게 되는 일도 있다. 진열대에 붙어 서서(때로는 진열대 위에 가방을 놓은 채) 책을 오래 들고 서 있는 사람들 탓에 진열된 책을 제대로 살필 수 없을 때가 많기 때문이다. 책을 사지 않고 읽고 가거나 필사해 가는 재미도 있을 테니까 그럴 수도 있겠지만 책 구경하러 나온 다른 사람의 앞을 가로막는 건 예의에 어긋난다.

이와 비슷한 일을 뷔페식 연회장에서 겪게 될 때도 많다. 뷔페 음식 진열대에 바짝 붙어 서서 음식을 먹으며 담소를 즐기는 사람들이 나처럼 천천히 다가가 음식을 접시에 담아 멀리 떨어져 나와서 먹는 사람들의 불편을 전혀 고려하지 않아서이다. 시간은 흐르는데 탁자 가까이 서 있는 사람들은 먹고 얘기하면서 비우게 된 자신의 큰 접시를 큰 위치 이동도 없이 채우고 있으니, 이를 어쩌나.

이런 공포의 가로막기를 어찌할 것인가? 하고 질문하지 말라.

바로 너 자신, 나 자신이 그렇게 '공포의 가로막기'를 행한 적이 있는가 하고 스스로에게 질문해야 할 시간이 되었다. 그리하여 나는 이제 제안하게 되었다. 하루 한 번 주변을 돌아보기를 실천하자. 내가 가로막고 있어서 주변을 불편

한순간에 나를 뒤집어라

하게 하고 있는 것이 없는가.

앞서 가려는 사람을 막고 있지 않은지, 내 그림자가 누군가를 비추던 햇빛을 가로막고 있지나 않은지, 내가 이어폰으로 듣고 있는 멋진 음악이 내 귓바퀴 밖으로 빠져나가 주변 사람들에게 찌직거리는 소음으로 들리게 하고 있지나 않은지, 전철 안에서 다리를 벌리고 앉아 옆 사람을 짜증나게 하고 있지나 않은지, 남이 하는 말을 가로막고 내 말을 하기에 급급하지나 않은지 뒤를 돌아보자.

하루 한 번, 뒤를 돌아보라!

제2장 분필은 분필이 아니다

볼펜을 두고 볼펜이라 하지 마라. 그래서는 절대로 획일화된 틀에서 벗어날 수 없다. 볼펜을 두고 로켓 같다, 대포알 같다, 우주선 같다, 혹은 떡볶이 같다고 할 때, 고정된 틀은 붕괴되고 관습적인 사고로는 결코 볼 수 없던 새롭고 창조적인 세계가 우리 앞에 펼쳐질 것이다.

분필은 분필이 아니다

- 문흥술

발상의 전환 내지 사고의 전복은 독창적인 것의 창조로 이어진다. 다른 사람하고 똑같은 생각을 하고 행동을 한다면 창의적인 자기 계발은 이루어지지 않는다. 획일화되고 정형화된 틀을 벗어나는 것, 그것이야말로 자신의 삶을 항상 새롭게 하고 활기 넘치게 하며 의미있게 할 수 있는 첫걸음이다. 그렇다면 어떻게 해야 관습화된 틀에서 벗어날 수 있는 것인가?

지금부터 그림을 한번 그려보도록 하자. 거창하고 어려운 그림을 그리는 것이 아니다. 그냥 우리가 일상에서 늘 사용하는 물 마시는 컵을 그리면 된다. 연필을 가지고 한번 책의 여백에 그림을 그려보자. 뒷면에 그림 그리는 곳이 있다.

분필은 분필이 아니다

내가 맡은 강의 중의 하나인 '소설 창작 실습' 시간에 학생들에게 이처럼 컵을 그리라 하면 학생들은 어안이 벙벙해하면서 자기네들끼리 쑥덕거린다. 우리가 뭐 어린애인가, 이런 거 그려서 뭐 하자는 거지 따위로 투덜거린다. 그러면서도 열심히 컵을 그린다. 아마 독자 여러분도 비슷하지 않을까 생각한다. 좌우간 그림을 그렸다면 대부분의 독자들이 그린 컵의 형태는 아래 〈그림 1〉과 같을 것이다.

〈그림 1〉

분필은 분필이 아니다

<그림 1>과 다르게 그린 독자가 있다면 이 글을 읽을 필요가 없다. 왜냐하면 그 독자는 이미 획일화된 틀을 벗어나 있고 충분히 남과는 다른 독창성을 지니고 있기 때문이다. 그렇지 않은 독자는 계속해서 이 글을 읽어야 한다.

왜 사람들은 컵을 그리면 천편일률적으로 똑같이 그림을 그리는 것일까? 아래 <그림 2>와 같이 그리면 컵이 아닌가?

<그림 2>

컵을 보는 위치에 따라 그림은 달라질 수 있는 것이 아닌가? 모두가 컵을 <그림 1>처럼 그릴 때 <그림 2>처럼 그리면 새롭고 독창적으로 보이지 않을까? <그림 2>처럼 그린 독지는 다른 사람들과는 다르게 모든 것을 보고 생각하는 분이라 할 수 있다.

만약 100명의 학생이 수강하는 강좌에서 기말 고사를 친다고 가정해 보자. 아마 100명 중 90명 이상의 학생들은 선생님이 수업 시간에 가르쳐 준 내용을 정리해서 답안지를 쓸 것이다. 그런데 10명 정도가 다른 참고 문헌을 읽고 수업 시간에 배운 내용에 살을 덧붙이고, 또 수업 시간에 언급하지 않은 내용까지 언급한다면 그 답안지는 단연 돋보일 것이다. 채점을 하는 선생님 입장에서 볼 때 국화빵 찍어내듯 비슷한 내용이 되풀이되는 답안지에 식상을 느끼고 있는데 새롭고 독창적인 내용을 풍부하게 담고 있는 답안지가 나타나면 얼마나 반갑겠는가. 주저없이 최고점을 줄 것이다.

질문을 또 던져 보자. 직선은 원을 살해하는가?

무슨 말이냐 하면 〈그림 3〉에서처럼 원이 있고 원 안의 한 점(A)과 원 밖의 한 점(B)을 잇는 직선을 연결할 때 원을 살해하지 않고

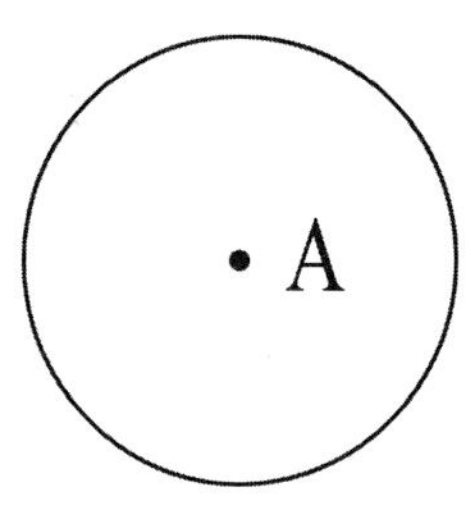

〈그림 3〉

분필은 분필이 아니다

두 점을 연결하는 직선을 그을 수 있을까?

별의별 답이 다 나올 것이다. 어떤 이는 종이에 구멍을 뚫어 종이 뒤쪽으로 두 점을 이으면 된다고 할지 모르고〈그림 4〉, 또 어떤 이는 종이 위 공중으로 두 점을 이으면 된다고 할지 모른다〈그림 5〉.

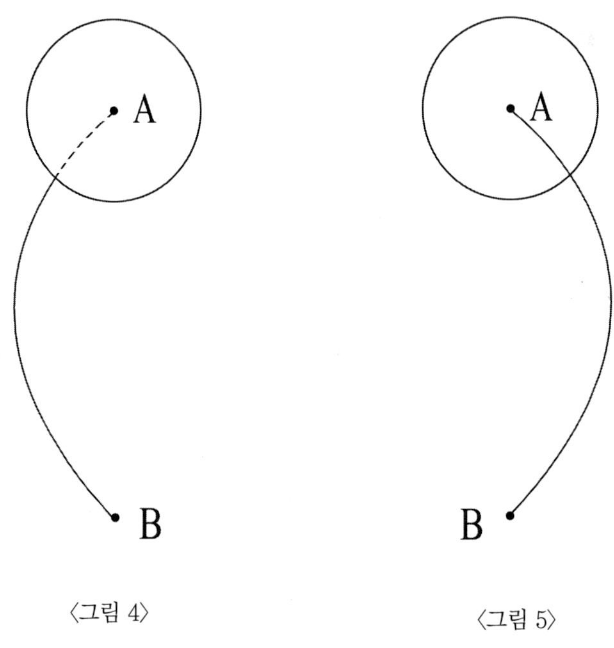

〈그림 4〉　　　　　〈그림 5〉

답은 간단하다. 〈그림 6〉처럼 평면이 아니라 하나의 입체 원통으로 생각하면 된다.

분필은 분필이 아니다

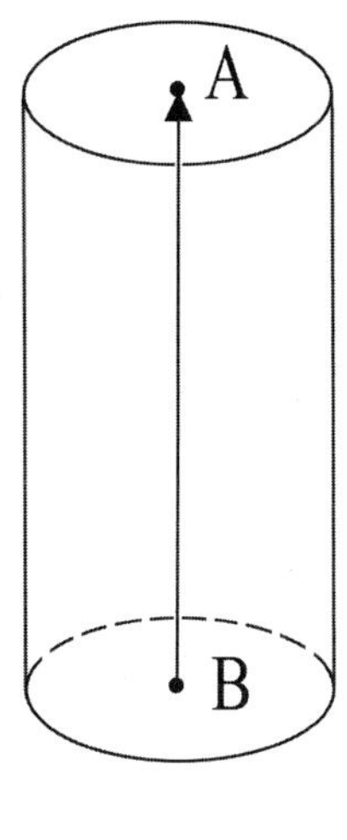

〈그림 6〉

관습과 타성에 젖은 천편일률적인 사고를 버릴 때 뭔가 새로운 것이 발견되는 것이 아닐까? 하나 더 해보자. 중세 유럽에 쾨닉스베르히라는 마을이 있었는데, 이 마을을 가로지르는 강에 일곱 개의 다리가 놓여 있었다. 그 마을에 널리 퍼진 수수께끼 비슷한 것이 하나 있었는데, 그것은 같은 다리를 반드시 한 번만 건넌다는 조건으로 A에서 출발하여 일곱 개의 다리를 모두 건넌 뒤 출발점인 A로 다시 돌아오는 법이 무엇일까 하는 것이었다. 〈그림 7〉을 참고해서 답을 찾아보자.

분필은 분필이 아니다

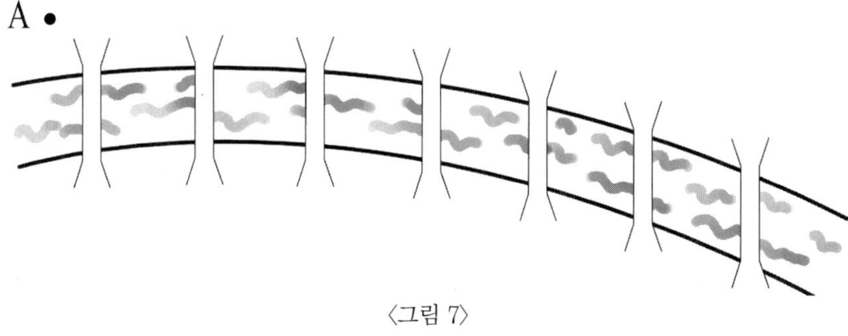

〈그림 7〉

　마을 사람들은 자기가 알고 있는 지식을 총동원해서 일곱 개의 다리를 모두 한 번만 건너고 출발점으로 되돌아오는 길을 찾으려고 밤잠을 설쳤다. 어떤 사람은 다리를 하나 더 건설하면 된다고 했는데, 그건 수수께끼 푸는 조건과 맞지 않기 때문에 답이 될 수 없었다. 답은 무엇인가? 마을 사람들이 머리를 싸매고 끙끙거리면서 고민할 때 오일러라는 잘난 수학자가 떡하니 나타나 마을 사람들에게 답을 제공했다. 그런데 그 답이 허망하기 짝이 없는 것이었다. 답은 일곱 개의 다리를 한 번만 건너고는 절대 출발점으로 되돌아갈 수 없다는 것이다. 그러면서 그는 그것을 평면에 옮긴 다음에 기하학적으로 증명해 보였다. 마을 사람들은 머쓱해져서 모두 집으로 돌아가 두문불출했다나 어쨌다나.

　그런데 오일러의 이 증명이 평면 기하학을 붕괴시키고 입체 기하학으로 넘어가는 계기를 마련한 것으로 수학사에서는 평가되고 있

분필은 분필이 아니다

다. 그거야 어찌 되었든 오늘날 비행기를 타는 관점에서 보면 해답
은 자명하다. 일곱 개의 다리를 다 건넌 뒤 그 자리에서 〈그림 8〉처
럼 헬리콥터를 타고 출발점으로 가면 되는 것이다.

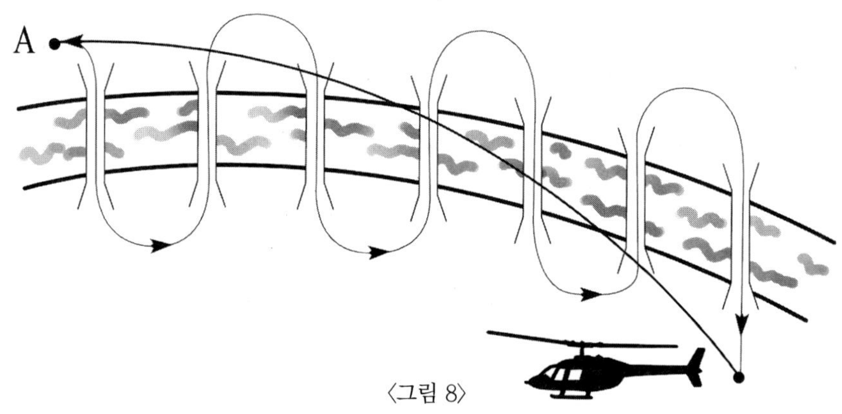

〈그림 8〉

평면적인 사고를 버리고 입체적인 사고를 하면 답이 보이는 문제
를 하나 더 풀어보자. 유클리드 평면 기하학을 지탱하는 공준이 다
섯 개 있는데 그중에서 제1공준과 제5공준이 있다.

제1공준: 두 점을 잇는 직선은 하나뿐이다〈그림 9〉.
제5공준: 직선이 있고 직선 밖에 한 점이 있는데, 그 점을 지나면
서 직선과 만나지 않는 선은 하나뿐이다. 곧 한 직선과 평행한 직선

분필은 분필이 아니다

은 하나뿐이다〈그림 10〉.

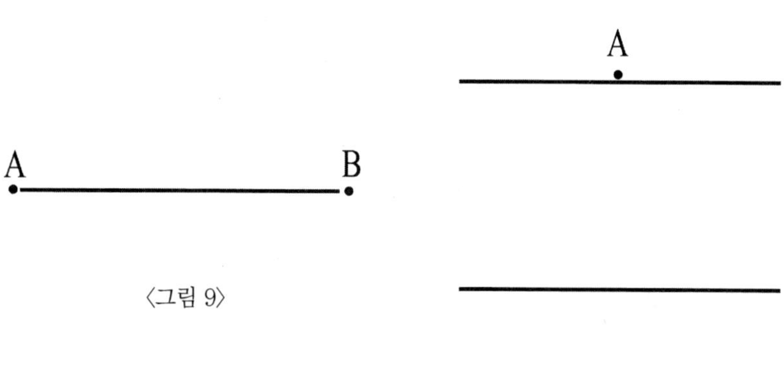

〈그림 9〉

〈그림 10〉

　이 두 개의 공준을 뒤집어보자. 곧 두 점을 잇는 직선은 무수히 많으며 평행선도 무수히 많다고 증명해 보자. 어떻게 증명할 수 있을까? 답은 평면 기하학적 사고를 버리고 입체 기하학적 사고를 할 때 쉽게 찾을 수 있다. 〈그림 11〉이 그 해답이다. 그림에서처럼 두 점 A와 B를 잇는 직선을 입체(구) 위에 그리면 그것은 무수히 많아진다. 마찬가지로 A와 B를 잇는 직선이 있고 직선 밖의 힌 점을 지나는 평행선도 그림처럼 360° 회전하면 무수히 많아진다.

분필은 분필이 아니다

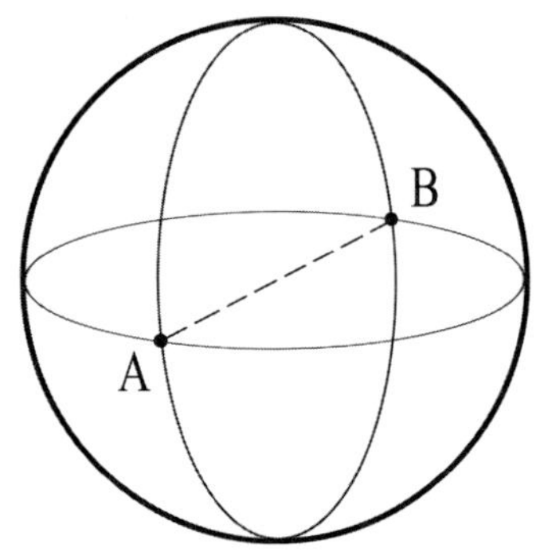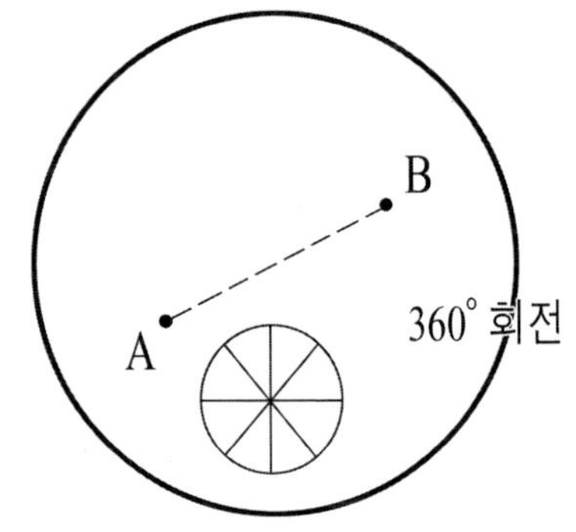

〈그림 11〉

평면에서의 직선은 입체(구)에서는 그 개념이 바뀐다. 지구는 평면이 아니라 둥근 입체이다. 입체에서 두 점을 잇는 직선을 두고 흔히 '대원'이라 말한다. 곧 비행기가 날아가는 최단 거리에 해당된다. 평면의 세계 지도를 펼쳐 두고 서울에서 미국 LA로 가는 최단 거리를 찾아보면 분명 서울-동경-태평양-LA 직선일 것이다〈그림 12〉. 그러나 입체의 입장에서 볼 때 최단거리는 서울-알레스카-LA가 된다〈그림 13〉.

분필은 분필이 아니다

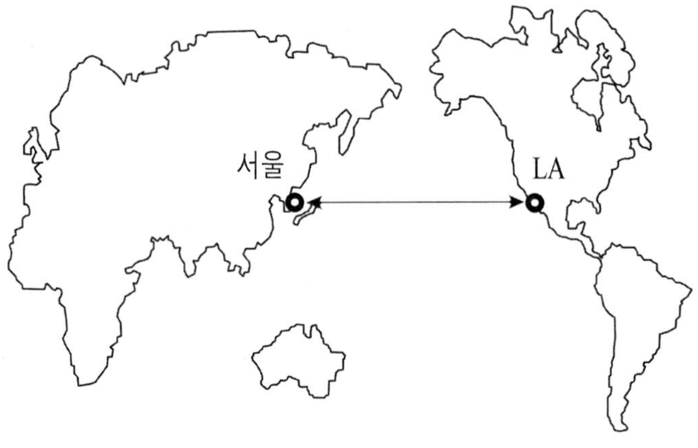

〈그림 12〉

〈그림 13〉

사고의 전환, 사고의 뒤집기는 이처럼 인류의

분필은 분필이 아니다

역사를 바꾸어놓을 정도의 놀라운 결과물을 만들어낸다. 평면적 사고에 갇혀 있었다면 어떻게 비행기를 발명하고, 그 비행기가 갈 수 있는 대원을 발견할 수 있단 말인가.

거창하게 인류의 역사를 떠나 우리 일상생활의 사소한 측면에서도 사고의 뒤집기가 가져온 놀라운 결과를 쉽게 접할 수 있다. 관습적으로 스쳐 지나가는 일들을 뒤집어볼 때 새로운 생각이 떠오르기 마련이다. 우리가 늘 대하는 볼펜을 보자. 예전에 잉크에 찍어 쓰던 펜의 불편함을 대신한 볼펜 한 자루가 우리의 삶을 어떻게 변화시켰는지. 그리고 그것을 만든 사람이 얼마나 많은 돈을 벌었는지.

이제는 볼펜을 대체할 새로운 것이 나올 때가 되지 않았는가. 볼펜을 두고 볼펜이라 하지 마라. 그래서는 절대로 획일화된 틀에서 벗어날 수 없다. 볼펜을 두고 로켓 같다, 대포알 같다, 우주선 같다, 혹은 떡볶이 같다고 할 때, 고정된 틀은 붕괴되고 관습적인 사고로는 결코 볼 수 없던 새롭고 창조적인 세계가 우리 앞에 펼쳐질 것이다. 그렇다면 하얀 분필을 두고 뭐라 할 것인가?

분필은 분필이 아니다

산을 움직이는 법

움직이는 법

– 문홍술

스님 한 분을 알고 있는데, 그분과 관련된 재미있는 이야기들이 많이 있다. 가령 스님이 예전에 술을 하도 먹어 간이 나빠져 다 죽게 되었는데, 누군가 수박이 좋다는 이야기를 하기에 매일 수박을 한 통씩 서너 달 먹고 나니 간이 너무너무 좋아지더라는 것이다. 스님이 웬 술이냐 할지 모르지만 이 스님은 도통한 스님이기에 범인에게는 독이 되는 술일지 모르지만, 이 스님에게는 수양을 하기 위한 그냥 곡차일 뿐이다. 아마 지금도 매일 양주 한 병 정도는 반주 삼아 드시는 것으로 알고 있다.

반주치고는 많은 분량이지만 그 스님은 절대 취하는 법이 없다. 그 외에도 여러 일화들이 있는데, 그중에서 특히 기억에 남는 것이 스님이 어느 절에서 설법을 할 때의 일이다.

스님이 절에 부임하여 처음 하는 설법인 관계로 주변에 불자들이 많이 모여들었다. 스님은 연단에 가부좌를 틀고 앉아 말하기를, 지금부터 30분 안에 저 멀리 있는 산을 움직여 자신에게 오도록 하겠다고 했다. 그 말만 하고는 눈을 감고 기도를 하기 시작했다. 그러자 연단 주위로 몰린 불자들은 반신반의하면서 조용히 30분을 기다렸다.

시간이 흘러 30분이 다 되가자 불자들은 과연 산이 움직일까라는 기대 반 호기심 반으로 산과 스님을 번갈아 가면서 힐끔거렸다. 그러나 30분이 지나고 32분이 지나도 산은 움직이지 않았다. 불자들이 웅성거리기 시작했고, 이윽고 35분이 되어도 산은커녕 나무 한 그루, 풀 한 포기조차도 움직이지 않자 불자들은 웅성거리면서 힐난 비슷한 말들을 내뱉기 시작했다. 그러자 그때까지 눈을 감고 있던 스님이 갑자기 눈을 번쩍 뜨고서는 큰 소리로 일갈했다.

"산이 움직이지 않는구나. 그렇다면 내가 산으로 가야지."

말을 마친 스님은 벌떡 일어나 산을 향해 걸어가는 것이었다.

사람들은 살아오면서 참 많은 일들을 겪는다. 누군가를 만나서 사랑하기도 하고 헤어지기도 한다. 또 뭔가 인생에서 뜻 깊고 보람있는 일을 하려고 큰 목표를 세우고 매진하다가 좌절하기도 한다. 그런 와중에서 자신에 대해 원망하고, 나아가 자신의 능력을 알아주지

분필은 분필이 아니다

않는 타인과 세상에 대해 원망도 한다.

내가 가르치는 학교 학생들 중 작가가 되려는 이들이 많다. 아마도 이들에게 작가는 청춘의 꿈이자 인생의 최대 목표일 것이다. 그 목표를 이루기 위해 이들은 젊은 날의 모든 것을 바쳐 열심히 문학 작품을 읽고 또 쓰면서 꽃다운 시간을 보내고 있다. 이들에게 나는 매년 신춘문예에 투고하도록 권유를 한다. 아니, 권유라기보다는 거의 반강제적으로 작품을 신문사에 투고하라고 한다.

그래서 소설 창작 실습 시간을 2학기에 배정해 놓고, 작품을 한 편 이상 써서 발표하고, 그 작품에 대해 학생들끼리 토론하도록 한다. 그리곤 최종 강평을 내가 해주고, 이런저런 것을 고쳐 보라고 한다. 그렇게 해서 고쳐진 작품들 중에 괜찮다고 생각되는 작품을 골라 수정에 수정을 거듭하게 한 후 신춘문예에 투고하도록 한다. 대부분의 학생들은 신춘문예에 자신의 작품을 투고해도 될까라는 식으로 자신없어한다. 그럴 때 나는 문학을 하려고 하는 녀석이 그렇게 자신없어하면 되겠냐고 호통을 친다.

내가 학생들에게 신춘문예에 투고하도록 강요하는 이유는 내 스스로 그런 열병을 앓아왔기 때문이다. 나도 학창 시절 작가가 되기 위해 해나나 가을이 오면 신춘문예에 미쳐 거의 한두 달 밤을 새워 작품을 쓴 기억이 있다. 그렇게 써서 투고를 하면 매번 떨어지기 일쑤였다. 나중에 신춘문예에 당선된 후 안 일이지만 당선 작품은 이미 12월 중순경 당사자에게 통보가 가고, 당선자는 다음날 당선 소감을 들고 신문사로 가서 사진을 찍은 후 다음 해 1월 1일자 신문에 실린다. 그런데 그때는 그걸 모르고, 12월 마지막 날까지 가슴 두근 거리면서 기다리다가 1월 1일이 되면 그래도 혹시나 하는 생각으로 신문을 조심스럽게 펼쳐 본 기억이 있다.

그렇게 낙방하면 근 한 달간은 술로 날밤을 지새우기 마련이다. 처음에는 자신의 작품을 알아봐 주지 못한 신문사와 심사 위원에게 온갖 저주를 퍼붓고, 문학판이 썩을 대로 썩었다고 외치면서 스스로 를 합리화한다. 그러다가 조금 시간이 지나면 결국 자신의 무능함에 절망하고 자학과 자책의 시간을 보낸다. 그러면서 두고 보자는 오기 를 가지고 도전 의지를 불태운다. 그래서 다시 가을이 오면 작품을 쓰고, 투고를 하고, 또 낙방하고 하는 세월을 수도 없이 되풀이한 기 억이 선명하다.

그런데 그렇게 오기와 좌절의 시간을 겪는 과정에서 문학은 어느 덧 내 삶의 절대적 가치와 진리로 다가왔고, 문학없이는 아무것도 할 수 없게 되어버렸다. 이른바 문학은 아편처럼 중독 증세를 일으 킨다는 말을 그때서야 실감할 수 있었다. 그런 기억 때문에 제자들 에게 신춘문예에 투고하라고 강요를 하는 것이다. 그러나 대부분의 학생들은 내가 왜 그렇게 신춘문예를 고집하는지 이해를 못하는 듯 했고, 마지못해 작품을 투고하는 것이었다.

그런데 10월 중순경 한 학생이 신춘문예에 투고하기 위해 작품을 썼다면서 나에게 봐달라고 들고 온 것이 아닌가. 하도 대견스러워 포옹이라도 해주고 싶었으나, 아무리 스승과 제자 간이지만 남녀가 유별한 관계로 꾹 참고, 작품을 두고 가면 읽어보고 연락하겠다고

분필은 분필이 아니다

했다. 학생이 가고 난 후 작품을 읽어보니 보통의 습작 수준은 넘어서 있었다. 조금만 더 열심히 하면 등단할 수 있을 것 같았다. 그러나 지금 칭찬을 하면 나태해질지도 모른다는 생각에 불러서 몇 부분 수정을 하게 하고, 또 다른 작품을 한 편 더 쓰도록 했다. 12월 초 투고 때까지 그 학생은 자주 내게 와서 작품 쓴 것에 대한 평을 부탁했고, 나는 칭찬을 일체 하지 않은 채 부족한 부분을 지적하면서 다시 써 오도록 다그쳤다. 12월 초 마감일 때까지 그 학생과 나는 작품을 두고 씨름을 하면서 겨우 마무리를 짓고 투고를 했다.

잘하면 될지도 모른다는 생각을 나 자신도 했을 정도니 학생의 기대도 컸을 것 같다. 그러나 연락은 오지 않았다. 학생도 실망했겠지만 나 자신도 그랬다. 한번 불러 용기를 북돋워줄까 하다가 스스로 이겨내겠지 하는 생각으로 그만두었다.

그런데 다음 해 새 학기가 되었는데도 학생은 내게 연락을 하지 않았다. 그래서 학생의 전화번호를 알아내고 연락을 해서 연구실에 들르라고 했다. 며칠 뒤 온 학생은 얼굴이 몹시 상해 있었다. 그러면서 내게 문학을 포기하겠다고 하는 것이 아닌가. 눈에는 눈물이 글썽거리면서 말이다. 이유를 묻기도 전에 학생이 말하기를, 자신은 문학을 너무 사랑하지만 문학이 자신을 사랑하지 않는다는 것이 아닌가.

나는 아무 말 없이 학생을 돌려보냈다. 어쩌면 학생은 정말 문학을 너무나도 사랑하는 것인지도 모른다. 그래서 아무리 사랑하고 열심히 해도 문학이 자신에게 다가오지 않으니까, 문학을 떠나는 것일

산을 움직이는 법

지도 모른다. 나도 그런 적이 수없이 있었으니까. 그렇지만 문학을 끝내 떠날 수 없었던 것은 한번 문학을 사랑하게 되면 결코 그 사랑을 포기할 수 없음을 깨달았기 때문이다. 학생을 위로하면서 문학을 다시 사랑하라고 말하고 싶었지만 그건 아마 그 학생에게 아무런 위안을 주지 못할 것이다. 시간이 지나면서 학생 스스로 문학을 정말 떠날 수 없다는 것을 깨닫는 수밖에 다른 방법이 없을 것 같았다. 그걸 깨달으면 그때 그 학생은 다시 문학으로 돌아올 것이다.

하지만 딱 한 마디 해주고 싶은 말이 있었다. 바로 스님의 산을 움직이는 법이었다. 산이 오지 않는다면 산으로 내가 가야 한다는 것을. 문학이 자신에게 오기를 기다려서는 안 된다는 것을. 문학이 오지 않는다면 내가 문학에게로 가야 한다고. 저 멀리 있는 문학과 일체가 되기 위해서는 문학에 미쳐서 삶의 모든 것을 바쳐야 한다는 것을. 그래서 눈 덮인 험난한 길을 헤치고 한 걸음 한 걸음 최선을 다해 문학에 다가갈 때, 그때 사랑하는 문학과 함께할 수 있다는 것을.

그러나 나는 끝내 그 말을 해주지 못했다. 나 역시 젊은 시절에는 문학이 미워져 다른 짓을 한 적이 있었고, 그러면서도 결코 문학을 잊은 적이 없었고, 결국에는 문학 곁으로 돌아왔으니까. 아마 이 학생도 그런 우회의 길을 걸어 더욱더 문학을 사랑하는 사람으로 문학 곁으로 돌아올 것이다. 인생은 누가 대신 살아주는 것도 아니고, 누가 도와주지도 않는 법이다. 어차피 인생은 홀로 외롭게 모든 것을 해결해야 하는 것이 아닌가.

분필은 분필이 아니다

눈물을 흘리면서 일어나는 학생에게 나는 따뜻한 위로의 말 한마디를 던지지 못했다. 학생의 절망이야말로 젊은 날에 겪게 되는 고뇌와 방황의 일종이 아닌가 하는 생각 때문이었다. 다만 학생이 거쳐야 하는 우회로가 너무 멀고 길지 않기를 바랄 뿐이었다. 뒤돌아서 방을 나가는 학생의 어깨가 너무도 작아 오래오래 나는 창밖의 아름다운 봄 풍경을 넋을 잃고 바라볼 수밖에 없었다.

뭔가를 사랑할 때 그 사랑이 오기를 기다리지 말고 그 사랑에 스스로 가라. 말은 쉽지만 참 어려운 일인 것 같다. 그러나 세상일 중에서 쉬운 일이 어디 있겠는가.

한 학생이 사랑하는 남자가 있는데, 그 남자가 다른 여자를 좋아하고 자기는 거들떠보지도 않는다고 울먹거린 적이 있었다. 그래서 우스개 비슷하게 또 산을 움직이는 법을 이야기했다. 그 사람이 오기를 기다리지 말고 네 스스로 그 사람에게로 가라고. 그 사람을 사랑하는 마음으로 한 걸음 한 걸음 최선을 다해 다가가면 언젠가는 사랑이 이루어질 것이라고. 그리곤 한마디 정말 우스갯소리를 했다. 만약 그래도 그 남자가 네게 오지 않는다면 그때는 실컷 두들겨 패고 그 남자를 잊으라고. 아니, 그 남자의 사지를 움직이지 못하게 분질러 버리고, 그리고는 네가 차지하라고. 그러자 학생은 슬픈 표정을 거두고 해맑게 웃으면서 그래도 될까요 하고 물었다. 나는 웃으면서 정말 사랑하면 그렇게라도 하든지, 아니면 그런 각오로 덤벼들라고 했다. 앙증맞은 두 주먹을 꼭 쥐고 입술을 앙다물면서 전의를 불태우는 학생을 보며 혹시라도 내가 폭행 사주범으로 몰리지 않을

산을 움직이는 법

까 하는 염려를 하기도 했다.

얼마 전 모 문화원에서 주부 대상 문예 창작반을 운영하는데 특강을 해달라는 부탁을 받고 간 적이 있었다. 예전에도 자주 주부 문예반에 가서 강의를 했지만 그날은 묘한 기분이 들었다. 문예반에서 공부를 하는 주부들에게 지금 문학을 하는 이유를 물으면 대부분 이구동성으로 답을 한다. 문학 소녀 시절에 문학에 미쳐 있다가 중도 포기하고 결혼하여 자식들 키운 후 조금 여유가 생기자 문학에 대한 꿈이 되살아나서 이렇게 수업을 듣는다는 것이다.

문득 문학을 포기하겠다고 한 키 작은 그 학생이 생각났다. 그 학생도 정말 문학을 포기하고 결혼한 후 긴 시간이 지난 뒤 이렇게 내 앞에 나타나는 것은 아닐까 하는 생각이 들었다. 물론 뒤늦게 문학을 한다고 해서 흉이 될 일은 아닐 것이다. 그러나 문학을 정말 사랑한다면 모든 것을 뒤로하고 문학에 미쳐야 하며 그럴 때 보다 일찍 문학과 함께 인생의 희로애락을 공유할 수 있지 않을까. 그런 생각이 들자 나는 하루빨리 그 학생을 불러 산을 움직이는 법을 이야기해야겠다는 생각이 들어 조바심이 일기 시작했다.

분필은 분필이 아니다

백설공주와 마녀 뒤집기

- 문흥술

백설공주와 마녀에 관한 동화를 모르는 사람은 없을 것이다. 착하고 예쁜 백설공주와 심술 많고 심성이 나쁜 마녀 동화를 읽으면서 여성의 경우에는 누구나 다 백설공주 같은 착한 여자가 되어야겠다고 결심을 하고, 남성의 경우에는 백설공주 같은 여자와 결혼을 하고 싶다는 꿈을 꾼 적이 있을 것이다.

그런데 백설공주와 마녀는 남성이 만들어낸 두 가지 종류의 여성상이라는 것을 아는 사람은 그리 많지 않을 것이다. 흔히 페미니즘의 입장에서 제기되는 이 주장은 남성이든 여성이든 한 번쯤은 귀를 기울일 필요가 있는 내용이다.

페미니즘에 의하면 남성과 여성의 성 구분은 태어날 때부터 선천적이고 생득적으로 주어지는 것이 아니라 후천적으로 사회 제도에 의해 만들어진다는 것이다. 곧 말을 배우기 전 어린아이 때에는 남성과 여성의 성 구분이 없다. 그러다가 말을 통해 자신이 앞으로 살아가야 할 사회 문화 규범 체계를 배우게 되는데, 이때 사회 문화 규범 체계 중의 하나가 남성 중심주의이며, 이 남성 중심주의라는 사회 제도에 의해 후천적으로 남성성과 여성성의 구분이 일어난다.

남성은 부엌에 들어가선 안 되고 방을 닦거나 빨래 따위를 해서도 안 되며 힘세고 거칠고 용감해야 한다. 반면 여성은 밥하고 빨래하고 다소곳하고 얌전하며 착해야 한다. 남성과 여성의 성적 구분은 이처럼 남성 중심주의에 입각하여 후천적으로 만들어진 것이다. 만약 여자 아이가 어릴 적에 싸움질하고 축구나 권투 등을 하면 '선머슴' 같은 아이라 해서 놀림감이 된다. 이와 마찬가지로 남자 아이가 소꿉장난이나 하고 고무줄 놀이를 하면 '계집애' 같다는 놀림을 당한다.

이처럼 여성은 남성에 의해 의미 부여된 존재로, 백설공주와 마녀는 남성이 만들어낸 두 가지 여성상에 해당된다는 것이 페미니즘의 주장이다. 곧 남성은 결혼할 대상으로는 백설공주 같은 요조숙녀 상을 원하고, 바람 피우는 대상으로는 마녀 같은 요부 상을 원한다는 것이다.

남성이 여성을 대하고 여성이 남성을 대할 때 알게 모르게 우리의 행동과 사고를 규정 짓고 있는 덫이 바로 남성 중심주의이다. '레이

분필은 분필이 아니다

디 퍼스트'라는 남성의 겸손 속에는 여성은 남성에 의해 보호받는 존재라는 남성 우월주의가 은연중 잠복되어 있다. 어디 이것뿐이겠는가, 일상생활의 곳곳에서 이러한 남성 우월주의는 철저하게 적용되고 있다. 가령 남성이 여성과 결혼하는 것도 양성이 평등한 인간 존재로서 결합하는 것이 아니라 남성 우월주의에 입각한 사회 제도를 번영시키고 안정시키기 위해 결혼하는 것으로 고착되어 있다. 결혼하여 여성이 남성과 섹스를 하고 아이를 낳는 것도 모두 남성 중심주의를 위한 것이며, 여성은 그러한 남성 중심의 사회를 지탱하고 번영시키는 하나의 도구 내지 수단에 불과한 것이다.

우리 사회도 남성 중심주의에 의해 많은 문제점들이 발생되고 있다. 그 단적인 예가 남성에 의한 여성의 성희롱이다. 성희롱의 범주가 어디서부터 어디까지인지 잘 모르겠지만 여하튼 성희롱이라는 범죄적 단어가 성립되는 배경에는 지금까지 남성 우월주의에 사로잡힌 돼먹지 못한 남성이 여성을 남성의 성적 도구와 수단으로 여기는 잘못된 사고에서 비롯된 것임은 부인할 수 없다.

요즘은 이러한 고착된 남성 중심주의의 틀을 부수고 동등한 인간 존재로 만나고자 하는 운동이 일고 있다. 술자리에서 조금만 이상한 행동을 해도 성희롱으로 고발되는 것은 그 한 예일 것이다. 이제부터 남성들은 정신 바짝 차리지 않으면 사회에서나 가정에서 정말 개망신을 당하고 패가망신할 수도 있다.

이 즈음에서 백설공주와 마녀로 상징되는, 남성에 의해 부여된 여성상을 뒤집어엎을 필요성을 말해야겠다. 흔히 역지사지라는 말이

백설공주와 마녀 뒤집기

있다. 자신이 아닌 상대방의 입장에서 생각하고 이해한다는 의미이다. 곧 남성은 여성이 되어 여성의 입장에서, 여성은 남성이 되어 남성의 입장에서 서로 상대방을 생각해 보는 것이다.

결혼해서 남성은 여성을 왕비처럼 떠받들어 모시겠다는 말을 자주 한다. 결혼 전 그런 말을 들으면 여성들은 무척 행복해하는 것 같다. 그런데 이 말에 혹시라도 남성이 여성을 자신이 보호하고 다스려야 할 대상으로 생각하고, 그런 입장에서 왕비처럼 모시겠다고 한다면 그 남성과 단호히 결별하라. 반면 남성이 여성에게 주어진 고유한 인간 존재로서의 삶을 소중히 인정하고 존중하면서 왕비처럼 모시겠다면 그 남성과 사랑해도 손해 볼 것은 없다.

남성은 여성의 입장이 되어 여성이 가사일을 하고 또 직장 일을 하는 것이 얼마나 어렵고 힘든 것인가를 이해하고, 역으로 여성은 남성의 입장이 되어 남성이 경제적 책임을 지기 위해 얼마나 스스로를 희생하는가를 이해한다면 그 결혼 생활은 정말 행복할 것이다. 결혼 전에도 마찬가지이다. 한번쯤 상대방의 입장이 되어 이해한다면 서로의 고충과 고민을 알게 될 것이고, 서로 노력해서 아픔과 기쁨을 공유할 수 있을 것이다. 그럼으로써 좋은 남자 친구, 좋은 여자 친구가 될 수 있을 것이다.

남성이 남성 우월주의에 사로잡혀 여성을 도구화하고 수단화하는 사례는 비일비재하다. 가령 직장에서 여성에게 커피를 타게 하는 것은 남성은 손에 물을 묻히거나 부엌일을 해서는 안 된다는 편견에서 비롯된다. 남성이 커피를 맛있게 타서 여성에게 한잔 권한다면 얼마

분필은 분필이 아니다

나 멋지겠는가. 나아가 직장에서 남성이 온갖 궂은일을 도맡아 하고, 여성을 남성의 도구화된 이미지가 아니라 고귀한 인간 존재로 대접한다면 그 남성은 최고의 인기를 누릴 수 있을 것이다.

여성도 마찬가지이다. 스스로를 남성의 부속물로 비하하지 말고 고귀한 인격체를 지닌 능력있는 존재로 여기면서 매사에 당당하게 임한다면 그 여성 역시 최고의 인기를 누리지 않을까. 그리고 그런 남성과 여성은 모든 일을 함에 있어서도 자신의 능력을 최대로 발휘하면서 남을 존중하고 아끼는 미덕을 겸비한 사람이 아닐까.

잘못된 고정관념의 탈피는 남성과 여성의 관계에만 한정되는 것은 아니다. 직장에서 상사와 부하의 관계에서도 한번쯤은 서로 상대방의 입장이 되어본다면 보다 서로를 잘 이해하게 될 것이고, 이를 통해 화기애애하면서도 각자가 지닌 능력을 최대한 발휘할 수 있는 분위기를 창출할 수 있을 것이다.

책을 읽으면서 하는 다이어트

– 문흥술

내가 가르치는 학교는 전부 여학생들만 있다. 그러니까 여대인 셈이다. 3월 봄 새로운 학기가 시작되면 교정은 밝고 환한 학생들의 재잘거림으로 가득하다. 그 재잘거림을 들을 때마다 젊음이 얼마나 아름답고 향기로운 것인가를 새삼 깨닫는다. 그러면서 아, 봄이 왔구나 하고 중얼거리며 타성에 젖어 있던 내 자신을 새롭게 추스른다.

새롭다는 것은 늘 신선하기 마련이다. 새내기들은 처음으로 맞이하는 대학 생활에 가슴 설레고, 또 학교를 다니던 학생들은 한 학년 진급한다는 생각에 각오를 새롭게 다진다.

첫 강의를 맞아 강의실에 들어가 교단에 서면 학생들의 눈동자가

분필은 분필이 아니다

얼마나 또랑또랑한지. 티없이 맑고 투명하면서도 새 학기를 맞아 뭔가 새로운 지식을 얻으려는 갈망이 가득 담긴 눈동자로 나를 뚫어지게 바라보면서 내 일거수일투족을 놓치지 않으려는 시선들 앞에서 아연 긴장해지지 않을 수 없다.

긴장을 털어버리기 위해 먼저 아무 말 없이 강의 계획서를 나누어 주고 출석을 부른다. 출석을 부르는 동안 서서히 학생들 입에서 알게 모르게 신음 비슷한 소리가 새어나오기 시작한다. 나는 학생들이 왜 그러는지 잘 안다. 다름 아니라 그것은 강의 계획서에 실린 내용 때문이다. 그렇지만 나는 모른 척하고 출석을 다 부른 후 아주 근엄한 목소리로 강의 계획서를 설명하기 시작한다. 한 한기 동안 이 과목을 이렇게 저렇게 진행할 것이며 학생들은 이 계획서에 따라 강의 준비를 철저히 해와야 한다고 말해 나가면, 이제 아예 여기저기서 비명 가까운 중얼거림이 쏟아져 나온다.

나는 내가 맡은 수업에 대해 특별한 교재를 지정해 주지 않는다. 학생이 한 학기 한 강좌 전공 수업을 제대로 소화하기 위해서는 적어도 20권 이상의 서적을 읽어야 된다는 것이 평소의 내 지론이다. 그래서 교재 한 권을 지정해 주기보다는 매주 강의를 이해하기 위해 반드시 읽어야 할 전문 서적을 강의 계획시에 모두 밝혀두고 그것을 다 읽어오도록 한다. 그렇게 해서 매주 읽어야 할 책을 다 합치면 거의 2~30권은 족히 된다. 여기에 월별 보고서로 요약 제출할 책 목록까지 제시하고, 그 책의 내용을 시험 문제로 출제한다고 말한다.

이제 학생들 입에서 노골적으로 불만 섞인 말들이 튀어나온다.

책을 읽으면서 하는 다이어트

'아니, 이걸 다 어떻게 해', '이 수업만 듣는 것도 아닌데, 이 많은 책을 어떻게 다 읽고, 또 보고서를 어떻게 제출해', '미치겠네' 등등 학생들의 불평 섞인 투정이 강의실 안을 난타할 무렵, 나는 착 가라앉은 목소리로 말한다.

"듣기 싫은 학생은 지금 나가도 좋습니다."

그러면 일순간 조용해진다. 우리 학생들은 너무 착하다. 내가 나가라 한다고 해서 나가는 학생은 거의 없다. 나가다가는 찍혀서 졸업할 때까지 괴로울 테니까. 나는 내 수업을 듣는 학생들의 이름과 얼굴을 한 달 안으로 모두 익히는 버릇이 있다. 그래서 강의가 끝난 뒤에도 이 학생이 내 수업을 들었는지 아닌지를 대번에 안다.

만약 숙제가 많기로 소문난 내 수업을 들은 학생과 듣지 않은 학생이 교정에서 나를 만나 동시에 인사를 하면, 나는 수업을 들은 학생에게는 '그래! ○○구나. 공부 열심히 하지. 한번 연구실로 오거라' 라는 식으로 다정하게 대꾸를 해주고, 수업을 듣지 않은 학생에겐 '어! 너, 누구니? 잘 모르겠는데' 하는 식으로 타박을 준다. 그러니 내가 나가라 한다고 해서 감히 나갈 학생이 어디 있겠는가? 해서 나는 아주 용감하면서도 잔인하게 그런 말을 던질 수 있는 것이다. 그러면 학생들은 귀신 씻나락 까먹는 소리로 시부렁거리면서 마지못해 체념하고 똥 씹는 표정으로 나를 흘겨본다.

그럴 때 나는 두 가지를 이야기한다. 먼저 책을 팔지 말라는 것이다. 학기 초 학생 종합관 앞 게시판을 보면 무슨무슨 과목 교재를 판다는 쪽지들이 무수히 붙어 있다. 학년이 올라가면서 지난 학년에

분필은 분필이 아니다

사용하던 교재들을 거의 반값으로 후배들에게 파는 것이다. 게시판 뿐만 아니라 학교 홈페이지 자유 게시판에도 교재 판매라는 글이 수 없이 올라온다.

나는 책을 사랑하는 사람이다. 대학에 몸을 담기 전에 잡지 기획 위원도 하고 출판 편집 위원도 하면서 책이 어떻게 만들어지는가를 몸소 경험한 사람이다. 그래서 책은 단순한 종이 묶음이 아니라 지식의 보고이자 살아 있는 영혼이라는 생각을 가지고 있다. 그런데 그런 책을 헐값에 팔다니……. 나에게 그런 행위는 지식의 매춘이자 영혼을 싼값에 파는 것이 아닐 수 없다.

'여러분이 한 학기 동안 공부하면서 여러분의 손때가 묻고, 또 여러분의 정성이 가득 담긴 밑줄 그어진 책을 어떻게 팔 수 있느냐. 그건 여러분의 마음을 헐값에 파는 것이고, 또 사랑하는 애인을 헐값에 파는 것과 같다. 한번 읽은 책은 소중하게 간직해야 한다. 적어도 죽을 때까지, 아니면 공부를 그만둘 때까지 한번 읽은 책은 곱게 책장에 간직해야 한다. 나중에라도 나이가 들어 다시 그 책을 읽을 때가 되면 얼마나 감회가 새롭겠냐' 그러면서 복사 이야기로 나아간다. 책을 사지 않고 복사를 하면 나중에 남는 것이 아무것도 없기 마련이다. 복사를 통해 얻은 지식은 나중에 그 복사 글자가 희미해지듯이 희미해지고, 급기야는 복사물이 없어지듯 지식도 없어진다. 잘못하다간 4년 동안 복사물만 읽다가 졸업하는 경우도 있다. 그렇게 하다 보면 졸업 때 남는 것이라곤 아무것도 없기 마련이다.

한 학기 한 강좌를 제대로 이해하기 위해서는 적어도 20권 이상

책을 읽으면서 하는 다이어트

의 책을 읽어야 한다. 한 학기에 3학점짜리 6강좌를 듣는다면 한 학기에 읽을 책이 120권 정도 된다. 그렇게 4년을 보내면 거의 천 권 정도의 책을 읽게 되는 것이다. 졸업할 때 책장 가득 꽂혀 있는 책을 보노라면 얼마나 뿌듯하겠는가. 아마 자신이 최고의 지식인이 된 듯한 느낌을 받을 것이다. 실제로 책을 천 권 정도 읽었다면 전문 지식인이 아닐 수 없다. 그런데 4년 동안 복사물만 보거나 읽었던 책을 팔아버리면 남는 것이라곤 텅 빈 책장일 뿐이고, 그 책장처럼 머리 속도 텅 비게 될 것이다.

이야기가 여기까지 오면 학생들은 이내 조용해진다. 어떤 학생들은 머리를 주억거리면서 골똘히 생각한다. 그런 상황에서 나는 '혹시라도 여러분 중에 책을 읽고 싶지만 책을 살 돈이 없다고 할지 모른다'라고 운을 떼면서 이야기를 이어간다.

책을 살 돈이 없으면 밥을 굶어라. 그러면 학생들은 황당한 얼굴로 나를 본다. 나는 무시하고 내 할 말을 빠른 속도로 내뱉는다. 가령 자장면 한 그릇을 먹으면 3,000원가량이 든다. 두 끼를 먹으면 6,000원 정도이다. 두 끼를 굶고 돈을 모아 시집을 한 권 사서 읽어라. 자장면은 두 끼를 배부르게 하지만 시집 한 권은 한 달, 아니, 일 년, 아니, 더 나아가 평생 동안 여러분의 머리와 가슴을 배부르게 한다.

여기까지 오면 학생들은 거의 경의에 찬 눈으로 나를 바라보기 시작한다. 나는 모르는 척하고 계속 이야기를 한다. 요즘 몸짱이니 뭐니 하면서 다이어트 열풍이 불고 있는데 그럴 필요가 전혀 없다. 밥

분필은 분필이 아니다

을 굶고 책을 사 보면 자연스럽게 몸짱이 되는 것이다. 몸짱뿐만 아니라 지식짱도 될 수 있다. 하루 한 끼만 먹고 돈을 모아 책을 사서 읽어라. 그러다 보면 자연스럽게 육체는 날씬해지고, 정신은 풍만해진다.

그런데 이때 돌발 사태가 발생한다. 한 학생이 당돌하게 질문을 한 것이다.

"선생님, 그러면 밥 먹을 돈도 없으면 어떡합니까."

나는 무척 음흉스러운 사람이다. 그런 질문이 으레 나올 것을 알고 있기 때문이다. 나는 웃음을 머금고 지체없이 답변한다.

"밥 먹을 돈이 없어 책을 사지 못한다면 여러분의 긴 머리카락을 잘라 팔아서라도 책을 사라."

곧 이어 나는 쐐기를 박는 말을 내던진다.

"머리카락을 자르고 자르다 보니 더 이상 자를 것이 없을 때는 책을 훔쳐라. 그러나 들키지는 마라. 만약 들키면 나에게 말해라. 내가 배상해 주겠다."

학생들이 까르르 웃기 시작한다. 아니, 책상을 두드리면서 배꼽을 잡고 웃기 시작한다.

"배부른 돼지보다는 피골이 상집한 소크라테스가 되는 것, 그것이 젊은 여러분과 대학생의 의무이다. 앞으로 밥을 굶고 머리를 잘라 책을 읽고 읽어라. 그래서 얼굴에 핏기가 가서 누르퉁퉁해지고 핼쑥해지면서 몸은 야윌 대로 야위어져라. 그러면 정신은 은화처럼 맑아지고 또 온갖 지식들로 빛날 것이다. 나는 그런 학생을 제일 좋

책을 읽으면서 하는 다이어트

아한다.”

그렇게 한 학기 수업을 시작해서 그 수업이 끝나면 학생들은 이구동성으로 말한다. 정말 많은 것을 배웠다고. 그런 말을 들으면 나는 한없이 기쁘다. 그 기쁨 때문에 나는 매 학기 수업 시작 전에 똑같은 공갈을 치고 있다. 그리고 우리 학생들은 그 공갈에 넘어가 열심히 책을 읽는다. 야윌 대로 야윈 날씬한 몸짱이 되어 책을 읽고 있는 학생들. 아마 책을 읽으면서 다이어트를 하는 학생들은 사랑스럽고도 사랑스러운 내 제자들뿐일 것이다.

분필은 분필이 아니다

선입관은 허상이다

− 김용배

#1

개는 고양이에게 불만이 많다.

'저 고양이새끼는 어째서 감히 내 앞에서 꼬리를 빳빳이 쳐들고
다닌단 말인가?'

고양이도 개에게 불만이 많다.

'저 개새끼는 어째서 꼬리를 빳빳이 쳐들고 나를 위협한단 말인
가?'

개와 고양이의 정서는 정반대여서 절대로 친숙해질 수 없다고 한
다. 우선 고양이과 동물들은 대부분 야행성이며 개과 동물들은 대부

분 그 반대다. 행동 양식도 정반대이며 서로에 대한 인식도 정반대
다. 고양이는 단독 생활을 좋아하고 개는 무리 짓기를 좋아한다. 고
양이는 텃세권을 형성하지만 개는 무리 중에서 우두머리를 결정하
여 공동체 생활을 하려 든다.

가장 두드러지게 나타나는 것이 두 족속 간의 꼬리에 대한 시각
차이다. 개가 꼬리를 흔드는 것은 친밀도를 표시하는 것이지만 고양
이가 꼬리를 세우는 것은 자기 만족 또는 상대에게 위협을 표시하는
것이다.

반론이 없을 듯한 기정사실처럼 여겨지지만 사실은 중대한 실수
가 포함되어 있다. 이는 뒤집어 생각해 보지 못한 결과이며 개와 고
양이도 주어진 상황에 적응, 진화한다는 것을 미처 관찰하지 못한
결과이다.

강아지와 어린 고양이를 함께 키우면 고양이와 고양이, 개와 개를
함께 키우는 것보다 더 친밀하게 지낸다. 서로를 새롭게 인식하기
때문이다. 개는 고양이에 대해, '쟤가 꼬리를 세우는 것은 나처럼
친밀감을 표시하는 것'이라고 인식하고 고양이는 개에 대해 '쟤가
꼬리를 흔드는 것은 버릇'이라고 인식한다.

상반된 서로의 행동 양식이 오히려 친밀도를 더 높이는 특별한 요
소가 된다. 고양이에게 있어 개는 텃세권에 포함되지 않는 상대이고
개에게 있어 고양이는 보스의 자리를 두고 겨룰 상대가 아닌 것이
다.

고양이에 대한 인식은 새침, 앙큼, 깔끔, 요염, 영악, 능청 등등이

분필은 분필이 아니다

지만 막상 쥐를 잡을 땐 고양이만큼 악랄한 종자를 보지 못했을 것이다. 개도 마찬가지이다. 귀엽고 믿음직스럽고 충성스러움의 표본으로 보이지만 막상 보스의 자리를 두고 싸움이 벌어지면 진절머리 날 정도로 사나워지며 당장 개판이 되고 만다.

모든 일에 단정은 금물이다. 원칙은 반드시 뒤집힌다.

고양이처럼 새침하고 앙큼하며 깔끔하고 요염하며 영악하고 능청을 잘 떠는 여자가 있다. 반면에 보스 기질을 지니고 있고 모든 일에 사명감이 충만한 남자가 있다. 여자는 여자 특유의 본성을 지니고 있고 남자는 남자 특유의 기질을 지니고 있다. 그런 두 남녀가 결합한다면 누구나 이상적인 결합이라고 말할 것이다.

현실은 그렇지가 않다. 뒤집어 생각해 보아야 한다.

도대체가 새침하고 앙큼하며 깔끔하고 요염하며 영악하고 능청을 잘 떠는 여자를 꼬시는 일이 얼마나 어려운 일이란 말인가? 반면에 보스 기질을 지녔으며 모든 일에 사명감이 충만한 남자를 발견하기란 또 얼마나 어려운 일이란 말인가?

#2

첫인상이라는 말이 있다. 상대의 이름조차 모를 때, 우선 그 사람의 외모를 볼 수밖에 없으므로 그런 말이 생겨났을 것이다. 아래에

선입관은 허상이다

열거한 사항들을 읽어보자.

· 눈이 작은 사람은 의심이 많고 눈이 큰 사람은 겁이 많다.

· 검은 안경을 쓴 사람은 형사다.

· 검은 가죽 잠바 입기를 좋아하고 머리를 깍두기형으로 깎은 사람은 조직 폭력배이거나 깡패다.

· 미인은 머리가 나쁘다.

· 시인은 두꺼운 안경을 쓰고 있으며 척추 암 환자처럼 등이 굽고 바짝 말라 있다.

· 소설가는 언제나 줄담배를 피우고 있으며 생김 자체가 고리타분하다.

· 머리카락을 뒤로 넘기고 반짝거리는 구두를 신고 있으면 제비족이다.

· 사기꾼은 고급 시계와 다이아몬드 반지를 끼고 있다.

· 언행이 가벼운 사람은 다리를 떤다.

· 잘 취하는 사람은 간이 나쁜 사람이다.

· 머리를 길게 기른 사람은 예술가 기질이 있다.

· 우등생은 파리한 표정에 도수 높은 안경을 끼고 있다.

· 머리가 벗겨진 사람 중에는 거지가 없다.

· 성공한 기업가는 대체로 배가 나와 있다.

위에 열거한 사항들을 읽고 대체로 그렇다고 생각하는가? 그렇다

분필은 분필이 아니다

면 당신은 지나친 선입관을 지니고 있는 사람이다. 실제로 위에 열거된 사항과 일치하는 경우는 20퍼센트도 안 된다.

기회가 된다면 문인들의 모임에 참석해 보라. 시인과 소설가 중에 고리타분한 모습에 줄담배를 피우거나 환자처럼 등이 굽고 바짝 말라 있는 사람은 아주 드물다. 또 여교수들은 대체로 미인이다. 미인이 머리가 나쁘다면 어떻게 박사 학위를 받아 교수가 되었겠는가.

요즘 성공한 기업가들은 의외로 날씬한 체구를 지니고 있다. 사업만 가다듬는 것이 아니라 자기 자신을 가다듬고 있기 때문이다.

위에 열거된 사항은 만화나 영화에 나오는 보편적인 캐릭터들이다. 필요에 의해, 일반적인 기준에 의해 그런 캐릭터들을 만들어낸 것이다.

사람들은 선입관을 신봉한다. 이미 고정관념이라는 편견의 틀에 얽매어 있는 사람이 의외로 많다는 뜻이다. 선입관은 사고를 제한하고 편견은 사색을 구속한다. 그러한 것들을 과감히 벗어던져야 세상이 바로 보인다.

선입관은 허상이다

사랑은 거짓말이다

- 김용배

#1

우리는 주변에서 실연당한 사람을 참으로 많이 보아왔다. 그리하여 그를 위로하기 위해 많은 시간을 할애하기도 했다. 그러나 우리는 실연당한 사람과 헤어질 땐 조소를 머금는다. 지금은 온통 실연의 슬픔에 하늘이라도 무너진 것 같은 표정을 짓고 있지만 얼마 지나지 않아 새 애인을 데리고 버젓이 나타날 것이라는 것을…… 우리는 뻔히 알고 있다.

사랑이 확고부동한 것이라면 사랑을 맹세했던 한쪽이 먼저 떠나가지 않았을 것이다. 사랑이 진실이라면 한번 사랑에 실패한 사람은

분필은 분필이 아니다

영원히 홀아비나 노처녀로 살아야 할 것이다.

그러나 인생살이는 꼭 그렇지가 않다. 때문에 흔히 이런 말들을 한다. '지금은 시집가서 혹은 장가가서 애 잘 낳고 잘 먹고 잘살고 있다'라고…….

#2

사랑의 실패나 사업의 실패 또는 인생의 행로가 생각과 달리 빗나가고 있더라도 그것은 일시적인 현상일 뿐이다.

개중에는 첫사랑을 못 잊어 평생을 그 사람 생각으로 홀로 고고히 지내는 사람도 있다. 그런 사람은 존경받아야 마땅하다. 그 정신, 그 순수함은 세상의 어느 것과 비견될 수 없을 정도로 빛나는 것이다. 물론 지나친 집착이 아닌가 하는 것은 피차 간에 깊이 생각해야 할 문제로 남는다.

사실 사랑은 집착에서 비롯된다. 사업도 그렇고 인생의 설계도 그렇다. 계획대로만 이루어진다면, 자신의 뜻대로만 완성된다면 얼마나 좋으랴미는 자기 인생에 있어 원하는 대로 모두 이루어지는 것은 불과 몇 퍼센트에 불과하다. 당장 자기 자신을 뒤집어 생각해 보라. 지금까지의 여정이 모조리 자신의 뜻대로 이루어진 것이 과연 몇 퍼센트나 된단 말인가?

사랑은 *거짓말이다*

사랑이 떠나가는 것, 사업에 실패하는 것, 인생 행로가 원치 않는 방향으로 흘러가는 것…… 이것이 바로 인생이다.

친구 중에 한 사람은 개인 사업을 하고 있는데 언제나 이런 말을 한다.

"죽겠어. 최악이야."

반면에 출판사를 운영하고 있는 후배 하나는 언제나 이런 말을 한다.

"지금보다 더 나빠질 게 뭐가 있겠습니까?"

내가 보기엔 두 사람 모두 쉽게 헤어나기 어려운 사업적 딜레마에 빠져 있는 것이 분명하지만 두 사람의 관점엔 확실한 차이가 있다. 각각 부정적인 사고방식과 긍정적인 사고방식을 지니고 있다는 점이다.

'죽겠어. 최악이야'라고 말하는 사람은 포기를 눈앞에 둔 사람이다. 스스로 실패의 길로 들어서려는 것이다. '지금보다 더 나빠질 게 뭐가 있겠습니까?'라고 말하는 사람은 재기의 의지가 분명한 사람이다. 지금은 희미하지만 곧 밝디밝은 성공의 탄탄대로를 걸을 사람인 것이다.

사랑은 처음부터 거짓말이다. 확고한 보장이 없다. 인생도 거짓말이다. 짜여진 도면대로 완성되지 않는다. 만일 자기 인생에 반딧불만한 희망이 보이지 않는다면 '차라리 죽겠어. 최악이야'라고 외쳐라. 그리고 모든 것을 포기하면 된다. 물론 또 하나의 선택이 있다. 그것은 '지금보다 더 나빠질 게 뭐

분필은 분필이 아니다

가 있겠습니까?' 라고 하늘에 외쳐 대는 것이
다. 정말로 그 인생에는 지금보다 더 나빠질 것이 더 이상 없을
것이다.

사랑은 거짓말이다

구호부터 뒤집어라

— 박덕규

텔레비전 인기 교양 프로그램의 진행자들이 일반 출연자들 다수와 함께 청와대를 방문해 대통령 내외와 대화를 나눈 일이 있었다. 그 프로그램이 독서를 장려하거나 어려운 환경에 처해 있는 외국인 노동자와 우리 청소년들에게 직접적으로 도움을 주는 내용이어서 대통령으로서도 방송국으로서도 명분도 있었고, 그날 대통령이 언급한 한 장편 소설이 그 후 베스트셀러에 오르기도 하는 등 결과적으로 괜찮은 행사였다는 평가가 뒤따랐다. 이날 방문을 총정리하는 시간에 중심 진행자 한 사람의 선창으로 모두 함께 외친 구호가 있었다.

"대한민국 파이팅!"

분필은 분필이 아니다

"파이팅!"

"파이팅!"

"파이팅!"

그 구호가 대통령과 우리 국민 모두 힘을 내자는 뜻인 것은 말할 것도 없다. 짐작대로 파이팅이라는 말은 자주 '화이팅'이라고 발음이 되는 영어 표현이다. 경기 중 선수나 응원단들이 외치는 그 구호 말이다. 분명 '싸우자'는 말의 영어 'fighting'을 그대로 발음하는 말일 것이다.

그런데 내 기억으로는 이 말을 어떤 국제 경기 때고 서양 사람들이 즐겨 쓰고 있다는 느낌을 받은 적이 없다. 오히려 일본 선수들의 입에서 '화이또!'라는 소리는 가끔 새어나오는 것을 들었다. 그렇다면 이 말은 어쩌면 영어를 쓰는 서양 사람들은 쓰지도 않는 말을 일제 시대 이후 우리가 더욱 즐겨 쓰고 있는 것이 아닐까. 아닌 게 아니라 번역가 안정효 씨가 낸 책 『'가짜 영어' 사전』(현암사)을 보니 그 의문이 조금 풀린다. '파이팅!'은 원 뜻 그대로 '싸우자!'는 뜻, 즉 주먹질, 발길질로 싸우는 진짜 싸움을 하려 할 때 쓰는 말이란다.

우리 나라 운동 선수들이 '파이팅!'이라고 외치는 걸 그대로 받아들이면 경기를 하겠다는 것이 아니라 진짜로 한판 쌍코피 터지도록 단단히 붙어서 결판을 내자는 것으로 받아들일 수 있다. 상대는 시합하러 왔는데 우리는 주먹 불끈 쥐고 가격할 태세를 갖추는 격이 아닐 수 없다.

그날 청와대를 방문한 방송 진행자들과 출연자들이 대통령 내외

구호부터 뒤집어라

와 함께 다 같이 '파이팅!' 하고 만세 삼창처럼 부르짖은 것은 '모두 힘내자!' 라고 한 것이 아니라, '모두 한판 붙자!' 라고 외친 것밖에 되지 않는다. 한 나라를 대표하는 대통령을 포함해서 한 나라의 소리통인 공영 방송이 이런 제 뜻도 아닌 국적 불명의 언어로 국민의 마음을 모으려 한 셈이다.

영어든 일본어든 한자어든 이미 우리말과 다름없이 쓰이고 있다면 그건 우리말이다. '파이팅' 또한 그렇듯 우리말 다짐 구호로 널리 쓰이는 말이라고 여겨 버리면 그만일지도 모른다. 하지만 대통령도 공영 방송도 연예인들도 우리 나라에 온 외국인 노동자들도 함께 외치는 다짐 구호로 '파이팅'이라는 말이 채택되었는데, 이거 좀 그렇지 않은가?

우리 일상에서 구호와 관련된 이와 같은 일은 얼마든지 자주 볼 수 있다.

어느 날, 한 전집 출판사에서 매년 연말 송년회 삼아 여는 '책 고사(告祀)' 구경을 하게 되었다. 외판 사원들까지 해서 이백 명 가까운 직원들이 함께 모인 자리라 돼지머리를 앞에 놓고 장사 잘되게 해달라고 기원하는 일도, 군사 독재 시대 대통령의 대국민 연설 같은 사장님 훈시도 있을 법한 일이라는 생각이 들었다. 의외의 일은 고사에 이어지는 연회(宴會)의 첫머리 때 맞부닥뜨렸다.

"사장님의 건강과 우리 회사의 무궁한 발전을 위해서 다 같이……."

부사장의 건배 제의에 이은 구호가 이랬다.

분필은 분필이 아니다

"부라보!"

선창에 이어 조금도 주저없는 전 직원의 외침, 부라보!

브라보도 아니고, 정확히 '부라보'인 건배 구호는 이어 다른 간부들에 의해 몇 차례나 더 시도되었고, 그때마다 젊은 사원들까지도 어김없이 따라 외치고 있었다. 부라보, 그 일본식 발음 신세로, '건배'며 '위하여'며 심지어 '원샷' 같은 새로운 구호까지 나와 있는 시대에 그것도 문자를 가다듬어 책을 내는 집단에서 그렇게 생생하게 살아 있을 줄이야!

하기는 다수가 모여 연회를 하면서 함께 즐기자는 뜻으로 힘차게 외치는 구호로 어떤 '공인된' 것이 있는 것도 아닐 것이다. 작가 최인호가 어느 학생지에 연재하던 소설에 고등학생인 등장인물들이 음료수로 건배를 하는 장면이 나온다. 그중 한 친구의 건배 구호는 뜻밖에도 '브라자!'였다. '브라자'라고 외치는 소리에 좌중은 모두 깜짝 놀란다. 여학생들은 얼굴이 새빨개져서 항의한다. 그러나 그 친구는 당당하게 말한다.

"'브라자'는 '브라보'와 '지화자'를 합한 구호다."

그 장면은, 몸에 어울리지 않는 건배 구호를 외치는 우리 나라 회식 문화에 대한 일종의 풍자인 셈이었다.

한때 저명한 문필가 한 분이 문화부 장관을 지내던 때 텔레비전 드라마 작가들과 식사를 하면서 '건배 구호로 순 우리말 감탄사인 '지화자'를 쓰도록 유도하자'고 제의한 적이 있다. 이후 몇몇 드라마에 '지화자'를 외치는 건배 장면이 나오기는 했지만 더는 확산되

구호부터 뒤집어라

지 않았다. 건배하면서 좋은 뜻으로 서로의 우의를 다지고 앞날의 발전을 기원한다는 의미로 사용하는 구호에는 그 동아리 구성원의 염원이 담겨 있다. 그만큼 상징성도 부여된다. 그 장관은 건배 구호를 우리 식으로 만들어 널리 유포시킴으로써 언어를 통한 국민 정체성 형성에 기여하려 했던 것 같다.

한데 사실 '지화자'는 '잘한다', '좋다' 하는 뜻의 감탄사이긴 하지만, 주로 궁술 대회에서 화살이 과녁에 명중했을 때 기생들이 그런 구호를 외치며 춤을 추었다는 기록이 남아 있다. 그러니까, '지화자'라는 구호를 썩 어울리는 건배 구호로 생각하기는 어렵다.

요즘 젊은 후배들과는 술자리를 시작할 때뿐 아니라 도중에 수시로 '원샷'을 외치며 건배를 해야 하는 통에 술 마실 기분을 자주 다치곤 해서 나는 그들에게 툭하면 '건배'에 얽힌 위와 같은 이야기를 들려주곤 한다.

얘기인즉슨 '우리다운 건배를 하자'는 것이 내 생각이다. 구시대는 '부라보'로 신세대는 '원샷'으로 획일화된 것이 우리의 술자리 구호이고, 이런 획일화된 자리는 지극히 억압적인 자리다. 게다가 부라보니 원샷이니 하는 말은 도대체 국적 불명 아닌가.

물론 우리에게 필요한 것은 원샷이라는 구호가 아니라 모두 시원하게 한 잔 마시면서 서로의 우의를 다지는 일이고, 파이팅이라는 구호가 아니라 힘을 내 경기를 이기는 일이며 대통령도 국민도 함께 힘을 내는 일이다. 그러니 한낱 구호 따위를 두고 잡음 일으킬 것이 없다고 생각할 수도 있다.

분필은 분필이 아니다

하지만 그것이 아니다. 구호는 그 시대 사람들의 인식의 산물이다. 반공을 국시처럼 받들던 한 시대의 전국가적 구호는 '멸공'이었다. 이제 남북 경협 회담을 마치고 돌아오는 버스 안에서 '멸공!' 하고 외칠 수는 없는 일이다.

당신은 어제저녁 회식에서 어떤 구호로 건배를 했는가? 아니, 오늘 저녁 또 무슨 구호로 회식을 시작하려는가? 여기 당신의 회식 자리를 위해 몇 가지 구호를 제시해 본다.

작고하신 소설가 한 분은 '맛있게-즐겁게, 즐겁게-맛있게' 라는 화답식 구호를 제창한 바 있다. 건배 제의를 하는 사람이 '맛있게!' 를 외치면 좌중이 '즐겁게!' 로 답을 하고, 다시 역순으로 '즐겁게!' 와 '맛있게!' 의 화답으로 이어가는 방식이었다.

내가 재직한 대학의 동료 교수 한 분은 다수 학생들이 모인 자리에서 이런 건배 제의를 해 좌중의 분위기를 돋우곤 했다. '이상은 높게, 우정은 넓게, 사랑은 깊게, 잔은 평등하게'. 이를 한 문단씩 끊어서 복창하게 하고 마지막에는 '우리 모두를 위하여!' 로 깔끔하게 마무리했다.

어떤 사람은 건배를 하는데 '진달래' 와 '당나귀' 를 외치자고 했다. 그게 무슨 뜻인가 물었더니, 진달래는 '진실하고 달콤한 내일을 위하여!', 당나귀는 '당신과 나의 귀한 만남을 위하여!' 이런 뜻이란다. 이쯤 되면 건배를 하면서 서로 화기애애해지는 분위기를 느낄 수 있을 것이다. 그 유쾌함은 단순히 술자리를 흔쾌하게 만드는 정도가 아니라 실은 술자리를 함께

구호부터 뒤집어라

하면서도 고정된 인식의 틀을 깨고 나 자신을 표현하는 창의적인 것을 찾은 데서 오는 쾌감으로 이어질 수도 있다.

이런 생각으로 건배 구호를 자꾸 새롭게 만들어보는 거다. 또한 '파이팅' 말고도 승리를 다짐하는 구호가 있을 것이다. 당신들은 어떤 구호를 외치며 회식을 하고 술을 마시는가.

회사나 단체를 위한 구호까진 아니라도 좋다. 당신 스스로도 자기를 다지고 내일을 기약하는 그 어떤 구호를 생각해야 할 때가 있을 것이다. 그럴 때 당신은 어떤 구호로 하루를 다지고 있는가. 구태의연한 구호를 버리고 새로운 당신의 구호로써 당신을 열기를 바란다.

분필은 분필이 아니다

너의 *목소리부터 뒤집어라*

- 박덕규

노래할 때 음정 박자를 잘 맞추지 못하는 사람을 일컬어 음치라 한다. 요즘은 자기가 음치임을 일부러 과장해서 드러내 유명해지는 사람도 있는 모양이지만 누구든 음치라면 크게든 작게든 콤플렉스에 시달리지 않을 도리가 없다. 학교 다닐 때 음악 시간에 당연히 음치인 티가 나서 교실을 자주 웃음바다로 만들었을 것이다. 오늘날 노래방 문화의 꽃을 피울 징도로 노래하는 일로 여기를 즐기는 한국인들 사이에서 음치인 사람이 음치를 감추고 지내기란 쉽지 않다. 그리하여 우리 사회에는 음치 치료라는 말이 생겨나 있고, 음치 치료사라는 직업인도 등장했다.

음치를 치료하는 방법에는 여러 가지가 있지만 음치 치료에서 무엇보다 중요한 것은 자신이 음치라는 사실을 실제로 느끼게 되는 일이다. 남이 들을 때는 분명히 음치인데 자기 스스로는 음치가 아니라고 우긴다면 치료가 불가능할 테니까. 음치가 스스로 음치임을 깨닫게 하는 방법은 자기 노래를 자기 스스로 듣게 하는 방법이 우선이다.

그 방법으로 가장 간단한 것은 자기 노래를 녹음해 듣는 방법이다. 어떤 곳에서는 좀 무식하게 보이지만 양동이 같은 것을 머리에 뒤집어쓰고 노래를 부르게 한다. 이런 방식으로 자기가 부르는 노래가 어느 음에서 어떻게 틀린지를 알게 되고, 그로부터 그 부분을 집중적으로 연습해서 고쳐 나가는 식으로 하다 보면 조금씩 음치에서 벗어나는 수순이 될 수 있다. 물론 지독한 음치는 말 그대로 지독하게 연습을 해야겠지만.

최근 청소년들이 읽고 있는 베스트셀러 중에 『내 여자 친구 이야기』(크리스티앙 그리니에 지음, 김주영 옮김, 사계절)라는 책이 있다. 어린 아마추어 피아니스트가 여자 친구에 대한 사랑의 열정을 연주로 이어가 뛰어난 피아니스트로 거듭나는 이 소설에 이런 대목이 나온다.

어제 프랑스 뮤직 방송에서 내 연주를 들었다.

자신의 연주를 듣는다는 건 고통스러운 일이다. 녹음은 마치 확대경처럼 늘 실수를 부각시킨다. 물론 슈베르트 연주는 괜찮았다고 본다. 하지만 「겨울」 연주는 엉망이었다. 두고두고 후회할 일이다.

분필은 분필이 아니다

연주회 실황 녹화 방송이 끝나자 바로 리코리니 선생님한테서 전화가 왔다. 선생님은 이런저런 칭찬을 하면서 내가 잘못 연주한 부분을 정확히 짚어내셨다.

주인공은 '녹음은 마치 확대경처럼 늘 실수를 부각시킨다'고 말하고 있다. 이 대목에서 보듯이 주인공은 자기 목소리를 녹음이라는 방법을 통해 객관적으로 들으면서 자기 실수를 정확하게 알아내고 있다(물론 소설 속에서는 자기뿐 아니라 저명한 피아니스트인 레슨 선생님도 함께 녹음된 방송을 들으며 더욱 예리하게 실수를 지적해 준다). 주인공은 이후 자기가 낸 소리를 들으며 자기가 잘못 소리를 낸 부분을 찾아내 그것을 고쳐 나가 음악도 성취하고 사랑도 얻는다.

자기가 낸 소리를 자기가 들어서 잘못을 고쳐 나가는 일로 치면 굳이 음악 애기를 하지 않아도 된다. 음악보다 일상에서 더 중요한 소리는 바로 말이다. 말의 중요성을 설명할 필요가 있을까. 몇 년 짝 사랑해 온 사람을 처음 만났을 때, 취직하려고 애써온 회사에 입사 시험을 쳐서 최종 면접에 나갔을 때, 위기에 빠진 사람을 보고 구조 대원을 부를 때…… 당신이 하는 말은 정확하고 분명해야 하고 때로는 신속해야 한다. 당신의 한마디 한마디는 당신의 인생이, 또는 이웃들의 운명이 천국과 지옥 사이를 오가게 한다.

평범한 일상 중에서도 당신이 하는 말은 당신의 운명을 조금씩 가름해 가고 있음을 알아야 한다. 물론 당신의 운명이란 것이 이미 당

너의 목소리부터 뒤집어라

신의 말솜씨를 결정해 놓았을 수도 있겠다. 당신은 책을 읽고 공부를 하고 운동을 하고 먹고 즐기면서 자랐다. 그 삶의 수준이 당신의 말솜씨를 결정했을 수도 있다. 그러나 언제나 여기서부터다.

자, 냉정해지자.

앞으로 당신에 대한 평가는 지금부터 당신이 하는 말과 절대적으로 관련이 있다. 그런데 당신의 수준이란 뻔하다. 읽은 게 뻔하고 공부한 게 뻔하고 생각한 게 뻔하기 때문이다. 그렇다고 내 수준이 요 모양이니 알아서 판단하쇼, 하고 방임할 수는 없는 일 아닌가. 지금부터라도 당신을 바꾸는 일을 해야 한다. 어떻게? 바로 가장 편하고 가장 가능성있게.

지금 눈앞에 있는 어떤 글자라도 좋다. 문장으로 된 어떤 글자라도 소리를 내어서 읽기 시작하라. 편하게, 그러나 의미를 생각하면서 지금 누군가에게 들려준다는 기분으로 읽어라! 벽에 붙은 광고, 방바닥에 아무렇게나 버려진 신문, 책꽂이에 먼지를 뒤집어쓰고 꽂혀 있는 책…… 아무 거라도 좋다. 그것을 소리 내어서 읽어라.

양반 집 자제들의 공부는 글을 소리 내어서 읽는 것이었다. 왜 그랬을까? 소리를 내어서 읽는 것이라야 뜻을 새기고 새긴 뜻을 외우는 데 쉬운 까닭이다. 해방 이후의 국어 공부에도 책을 소리 내어 읽는 것은 언제나 기본이었다. 아이가 책 읽는 소리가 들려 나오는 집은 그만큼 남에게 신뢰감을 주는 집이었다. 이즈음 어린이들은 책을 소리 내어 읽는 일을 좀처럼 하지 않는 듯해서 유감이다.

내가 문학 교육가라 하는 얘기가 아니다. 성공한 한 세일즈 매니

분필은 분필이 아니다

어가 낸 책 『첫인상 5초의 법칙』(한경 지음, 위즈덤하우스)에서는 '상대를 매혹하는 음성'을 가져 보라고 권고하면서 다음과 같이 그 방법까지 제시한다.

음성을 바꾸기 위한 가장 좋은 방법은 녹음기를 꺼내놓고 자신의 목소리를 들어보는 것이다. 아마도 깜짝 놀랄 정도로 실망하는 경우가 많을 것이다. 목소리가 작은 사람은 옥타브를 올려보기 바란다. 통상적으로 옥타브를 올리면 말의 소리가 커지고 활기가 넘친다. 너무 심한 사투리, 불명확한 발음은 소리 내어 책 읽는 방법을 통해 개선될 수 있다.

물론 소리를 내어서 책을 읽는 일에 약점이 없는 것은 아니다. 독서 속도가 느리고 책 읽는 소리로 남에게 피해를 줄 수 있다. 물론 그럴 때는 소리 내어 읽어서는 안 되는데, 그럴 때가 거의 대부분이라는 것이 문제다. 우리 시대가 이렇듯 책을 소리 내어서 읽기 불편한 사회가 되었다. 바로 그 점 때문에 소리 내어 글 읽기를 강조하고 있는 것이다.

모든 글에는 운율이 있다. 특히 질 쓴 글, 문학적인 글 등에는 그 운율이 마치 음악처럼 아주 탄력적이다. 좋은 글을 받아들이자면 그 속에 깃들어 있는 그 운율까지 한꺼번에 맛보는 게 좋다. 눈으로 읽어도 그걸 맛볼 수 있다. 그런데 가끔씩은 소리를 내어 읽어주면 그 운율이 더 명료하게 가슴으로 느껴진다. 우리가 시를 읊는 이유도

너의 목소리부터 뒤집어라

그런 데 있다. 때로 시는 의미적인 요소 이상으로 음악적인 요소를 담게 된다. 그러니 그걸 제대로 맛보자면 소리를 내어서 읊어야 하는 게다.

학생들에게 간단한 일로 가장 큰 효과를 보는 문학 공부가 시 낭송이다. 시가 짧은 언어로 많은 의미를 함축하고 있는 만큼 시를 낭송한다는 것은 짧은 언어를 읽고 그 함축된 넓고 깊은 의미를 생각한다는 것과 같다. 유럽의 국어 교육에서는 시 낭송과 암송을 특히 강조하고 있다. 독문학자 김주연은 시 낭송과 암송이 '모국어의 음성학적 아름다움에 대한 훈련과 더불어 의미론적 훈련을 동시에 가능하게 한다'고 설명해 준다. 영문학자 유종호는 시 암송 쪽을 강조하면서 그것이 '동양에서나 서양에서나 인문 교육에서 중요 훈련 중의 하나'였다고 역설한다.

소리 내어 읽기에 편하지 않은 소설 작품도 어떤 대목에서는 소리를 내어서 읽어주는 게 좋다. 작가 이문열은 후배 작가와의 대담에서 자신의 창작 비밀을 공개하면서 스스로가 구사하는 문장이 아예 운율이 계산된 문장이라고 고백하고 있다.

작가라면 누구나 자기 문장에 유려함이랄까 유연성을 주고 싶어 하는데, 산문에서 정형성이나 음수율을 적용하면 문장이 유려해집니다. 내 문장에서 유려하다 싶은 곳을 행갈이하면 산문시가 되거나 정형시가 나오지요. 우리에게 익숙한 음수율로 우선 흔한 게 3·4조, 7·5조 정도이고, 기분에 따라서는 12·8조도 반복하면

분필은 분필이 아니다

작은 노력으로 쉽게 효과를 볼 수가 있습니다.

이쯤 되면 시뿐 아니라 소설 작품에도 충분히 풍성한 음악성이 내재될 수 있다는 사실을 알게 된다. 당연히 소리 내어 읽을 가치가 차고 넘친다 할 만하다.

다시 화살을 자기 자신에게로 돌려보자.

나는 가끔 나 스스로를 문치 치료사라 칭한다. 노래할 음정이 엉망인 음치가 있듯이 글을 쓸 때 표현이 엉망인 문치가 있다고 나는 말한다. 글자는 쓸 줄 아는데 문장으로 된 글을 제대로 못 쓰는 사람은, 한 음 한 음 음은 아는데 그 음들이 이어가는 노래를 못 부르는 사람과 유사한 치(癡)가 있다는 얘기다. 음치가 선천적이라면 문치는 후천적이라는 게 내 진단인데, 그러나 문치를 치료할 때는 음치 치료와 유사한 방법을 쓴다. 물론 간단하다.

네가 쓴 글을 또박또박 소리 내어 읽어라!

이게 내가 택한 문치 치료의 제1법칙이다. 자기가 쓴 글을 여러 차례 소리 내어서 읽으면 어색한 구문, 잘못 쓴 낱말, 서로 호응이 안 되는 주술 관계 등이 드러나게 되어 있다. 물론 음치 치료 때와는 달리 이 문치 치료는 적어도 자기가 쓰고 싶어하는 내용에 이울리는 인식 수준이 있어야 소리 내어 읽어서 그 잘못들을 짚을 수 있는 능력이 발휘될 수 있다.

자기가 표현한 글을 자기가 소리 내어보고 그것을 잘 들어서 약점을 고치고 더 나은 글 쓰기 단계로 나아가라.

너의 목소리부터 뒤집어라

글 쓰기가 귀찮은 사람도 있으니까 더 어려운 얘기는 하지 말자. 우선 자기가 지른 소리를 자기가 잘 듣고 약점을 알아내고 그것을 고쳐 나가라.

분필은 분필이 아니다

책을 버려라

- 박덕규

우리 나라가 세계적인 교육 국가이면서 그 이름에 걸맞지 않게 '독서 빈국'이라는 오명 또한 쓰고 있는 나라라는 사실을 모르는 한국인은 없을 것이다.

우리 나라 사람들은 왜 책을 많이 읽지 않는 것일까. 이를 단순히 독서할 시간이 없어서라고는 말할 수 없을 것인데, 그렇다고 뭐라고 꼭 꼬집어서 밀하기도 쉽지는 않다. 어찌 되었든 심리적인 것이든 외부 환경에 요인이 있든 우리 나라 사람이 책을 읽을 수 있는 환경 속에 있지 않다는 것 하나만은 확실한 이유가 될 것이다.

그렇다면 책을 읽을 수 있는 환경을 만들면 되지 않겠느냐고 말할 수 있겠는데 그게 또 쉽지 않다. 제도적 후원도 있어야 하고, 사회

운동 차원에서 도서관 활성화도 전개해야 한다. 나는 여기서 한 가지, 우리 나라 사람들이 책을 읽을 수 있는 환경을 만들지 못하는 이유 하나로 의외로 우리 나라 사람들이 한번 지닌 책을 집에 오래 두고 사는 습관을 지적하고자 한다.

우리 나라 사람의 집은 집이 넓고 좁고와는 별도로 읽었거나 읽지 않았거나 하는 책들이 어떤 공간을 차지하고 있고, 때로는 이사 때마다 따라다니기가 보통이어서 온전히 소비하지 못하고 그냥 내다 버리는 음식물이나 가구 따위의 규모에 견주어 책에 대해서만큼은 아주 알뜰하다는 느낌마저 들 정도다.

당장 여러분의 책장을 들여다보라. 이런저런 이유로 최근에 구한 몇 권의 책들 외에도 수년 전에 읽은 베스트셀러며 운전이나 영어 회화, 컴퓨터에 관련된 책, 출세와 취업을 안내하는 처세론 책, 돈벌이에 도움이 된다는 실용서, 싸게 사들인 전집류, 여러 권짜리 대하소설 몇 권 등에다 학교 다닐 때 쓰던 교재나 참고 서적들, 어쩌면 어느 날 수행하는 기분으로 산 불경책이나 찬송가까지……. 아마도 그런 책들이 그곳을 차지하고 있을 것이다.

책 읽기를 유난히 즐기는 사람일수록 더욱이나 읽은 책을 쉽게 버리려 하지 않는 습관이 있는 듯하다. 이렇게 되면 한국인은 책을 많이 읽지는 않지만 그나마 읽은 책을 빨리 버리지는 않는 '문화인' 이라고 위안을 삼을 수도 있을 터이다.

그렇다. 책을 열심히 읽고 그중에서 어떤 책들은 오래오래 간직하고 있으면서 다시 꺼내 읽으며 평생의 벗으로 삼을 수 있으리라. 그

분필은 분필이 아니다

런데 과연 그렇게 될까. 지금의 당신의 서가에 꽂힌 책 중에서 그 어떤 책이 당신에게 자주 사랑받는 책인가. 과연 몇 권이 그런 책인가. 너무 자주 봐서 너덜너덜해졌다고? 그 책을 새로운 판형, 더욱 근대적인 디자인 감각, 동시대적 표기법에 맞는 표현을 통해 다시 읽는 것이 더 바람직하다는 생각을 해본 적은 없는가?

이런 까닭으로 읽은 책을 오래 보관하는 습성이 오히려 새로운 책 읽기를 방해할 수도 있다는 점을 생각해야 할 차례다. '위대한 저서' 몇 권을 평생을 벗하며 사는 것도 좋은 삶일 수 있지만 무수히 쏟아지고 있는 새 책들의 지식과 정보나 진리를 놓치고 만다면 과연 현대를 아울러 사는 삶이랄 수는 없을 것이다. 학교에서도 '명작은 되풀이해서 읽어야 제 맛'이라며 보다 심도 깊은 책을 읽으라고 권유하지만 실제로 그렇게 독서하는 확률도 희박할 뿐 아니라, 과연 그것이 시대에 맞는 가르침일지도 알 수 없다. 같은 내용이라도 새로 나온 책이 이전의 오류를 극복하면서 새 시대의 정신을 지향하고 있기가 보통인 것이다.

한 시인이 스승인 김춘수 시인의 집을 방문했다. 놀랍게도 김춘수 시인의 집에는 책이 별로 없었다. 대시인이 책을 읽지 않는다는 말인가. 그러면 젊은 날 그에게 영향을 주었다는 릴케 이야기는 뭐며, 스스로의 시론에서 언급한 예이츠며 워즈워드며 에즈라 파운드며 엘리엇은 무엇인가.

"선생님, 집에 왜 이렇게 책이 없나요?"

책을 버려라

이렇게 묻지 않을 수 없었는데, 대시인의 대답은 이러했다.

"책장에 책이 꽂혀 있는 게 무슨 의미가 있나?"

그 방문객은 그제야 책이 마음에 있고 머리에 있는 게 중요하지 집 책장에 꽂혀 있다는 사실은 중요한 게 아니라는 것을 깨달았다. 이후 그는 책을 마음에 지니되 집 안의 짐이 되도록 하지는 않게 되었다. 책은 읽는 것이지 곁에 두는 것이 아닌 것이다.

한 편의 좋은 영화를 보고 나서 그걸 또 본다고 할 때 우리는 또 한 번 관람료를 낸다. 반면에 책은 두고두고 읽어도 관람료를 더 안 내도 되어서 절약이 된다. 하지만 그만큼 책 시장은 위축되었다고 볼 수도 있다라고 말하면 얼마간 어폐가 있겠다. 우리가 출판사나 서점이 장사 잘되게 하자고 책을 읽는 건 아니니까.

내친김에 책값 얘기도 해보자. 따지고 보면 책만큼 싼 것도 없다. 한번 사서 죽을 때까지 즐길 수 있으니까, 사서 한번 즐기고 두 번 즐기고 그런다 한들 좋아서 즐기는 거니 누가 뭐라겠는가. 그것 참 싼 일인 거다.

한데 우리는 현실에서 그 값싼 책 한 권으로 너무 편하게 많은 것을 얻으려 한다. 많은 것을 얻지 못한 책은 아까워서 버리지 않고, 그래도 조금 얻은 책은 언제고 다시 얻으려고 버리지 않는다. 이렇게 되니 새 책이 들어설 공간은 부족해지고 새 책이 내게로 오는 시간은 더뎌지며 독서 문화도, 출판 시장도 확장될 가능성이 줄어든다.

우리가 책을 사 읽지 않는 이유 중에는 이런 것도 있다. 책은 영화

분필은 분필이 아니다

나 연극처럼 좋든 싫든 단번에 관람이 끝나 눈앞에서 없어지는 것도 아니고, CD나 액세서리처럼 눈앞에 같이 있는데도 그것들에 비해 유달리 '뭔가 제대로 소비를 하지 않고 있구나' 하는 정신적인 억압을 준다는 점에서 소비자(독자)로 보면 아주 두려운 소비 품목이다. 그런 탓에 우리는 같은 값으로 영화를 보고 더 비싼 값을 치르며 차를 마시고 휴대 전화 송신을 할지언정 그 시간에 책을 사 읽지 못하는 것이다.

우리는 책을 너무 신봉하고 그래서 책에 억압당한다. 그 책을 버려야 한다. 책을 버려야 새 책이 내게 온다.

책을 버려라

낯설게 하라 낯익게 하라

− 박덕규

당신은 오늘 아침 집에서 나올 때 현관문을 잠그고 나왔는가? 혹시 가스레인지에 불을 켜두고 나오지는 않았는가? 어쩌면 화장실 변기에 물을 내리지 않았는지도 모를 테지. 창피하게도 벗어놓은 속옷을 미처 치우지 않은 채로 나온 건지도 모른다.

모르겠다고?

불과 얼마 전에 자신이 한 일을 기억 못하는 증세가 조금 심각해지면 그걸 건망증이라 부를 테지. 그러나 대부분 그런 정도로 심각한 것일 수는 없다. 너 나 할 것 없이 진짜 건망증에 걸린 사람들이 더 많아지면 그건 정말 사회 문제, 아니, 국가 문제일 테니까.

문제는 멀쩡하게 잘 지내는 보통의 사람도 일상 중에 자기가 한

분필은 분필이 아니다

일을 기억하지 못하는 일이 잦다는 사실이다.

오늘 집에서 나올 때 마침 집에 아무도 없어서 현관문을 열쇠로 잠그고 집을 나섰어야 했는데 그렇게 했는지 어땠는지 모르게 되는 건 왜일까? 그건 늘 자신이 하고 있는 일이어서 특별히 하는 일로 스스로 인식하지 않으면 자기가 한 일로 기억되지 않게 되는 것이다.

같은 일을 되풀이하는 일은 특별히 인식되어지지 않게 되는 경향이 있어서 그 일을 하고도 했는지 하지 않았는지 기억이 나지 않게된다.

톨스토이가 쓴 일기 중에 다음과 같은 대목이 나온다.

나는 여기저기 방을 청소하다가 소파로 갔는데 내가 그것을 닦았는지 닦지 않았는지를 기억할 수 없었다. 이런 동작은 습관적이고 무의식적인 것이기 때문에 내가 그것을 기억할 수 없으며 그것을 기억한다는 것은 불가능하다고 느꼈다. 그래서 만일 내가 그것을 청소하고 나서 잊어버렸다면, 즉 무의식적으로 행동했다면 그것은 내가 청소하지 않았을 경우와 같은 것이다. 만일 어떤 사람이 의식적으로 그것을 바라보고 있었다면 그 사실은 확정될 수 있을 것이다. 하지만 아무도 보고 있지 않았거나 무의식적으로 보고 있었다면, 만일 많은 사람들 전체의 복잡한 생활이 무의식적으로 영위된다면 이런 생활은 결코 존재하지 않았던 것과 마찬가지인 것이다.

낯설게 하라 낯익게 하라

습관적이고 무의식적으로 이루어지는 일, 그것은 존재하지 않은 일이다. 세계적인 대문호 톨스토이의 이러한 진술을 달리 말해 보자.

당신이 겪은 일 중에는 이런 게 있을 것이다. 방금 무슨 책인가를 읽었는데 무슨 내용인지 전혀 생각이 안 난다. 그래서 다시 페이지를 앞으로 넘겨 또 읽어보는데 어느새 무슨 내용인가를 잊어버린다.

그 책의 내용이 어려워서 그럴 수도 있을 것이다. 그런데 상당 부분 그 책이 당신의 책 읽기를 스스로 인식하게 할 만한 요소가 없어서일 것이다. 글은 읽기에 익숙해질수록 읽는 이에게 습관을 낳게 한다. 습관적으로 하는 일은 하는 게 아니다. 즉, 습관적으로 받아들이는 책 내용은 진정한 의미의 수용이 아닌 것이다. 책 내용에 대해 독자의 인식은 이미 자동화되어 있으니 읽기는 읽는데 그냥 자동적으로 느끼는 수순을 밟아 읽은 것에 불과한 것이다. 그런 독서를 참다운 독서라 말할 수는 없다.

그런데 어떤 책은 쉽게 읽히는 책도 아니면서 한 글자라도 놓치면 안 될 것 같다는 생각으로 끝까지 읽게 된다. 그럴 때 그 책에는 뭔가 전에 접해보지 못한 새로운 것이 있다고 볼 수 있다. 즉, 너무 친숙해서 다 아는 얘기, 뻔한 상황으로 비치는 글이 있는가 하면 전에 접한 적이 없는 이상한 이야기로 그 글 앞에서 방심할 수 없도록 만드는 그런 글이 있는 것이다.

'러시아 형식주의' 라 명명되는 문예 이론에서는 이런 '이상한 느낌을 주는 글' 을 두고 문학 작품의 특징에 대해 설명한 바 있다. 문

분필은 분필이 아니다

학 작품을 빛내기 위해 바쳐지는 예술적 기법에는 대상을 친숙하지 않게 만들어 독자가 그것을 이해하고 받아들이는 시간을 지연시키는 속성이 내재되어 있다는 것이다. 그 친숙하지 않게 해서 형태를 난해하게 만드는 수법을 '낯설게 하기'라고 명명하고 있다. 예술성을 지향하는 작품일수록 읽기 난해하다고 느끼게 되는 것은 바로 이 때문이다. 위의 톨스토이의 일기도 바로 러시아 형식주의자의 한 사람인 쉬클로프스키가 '낯설게 하기'의 필요성을 설명하기 위해 인용한 글이었다(『러시아 형식주의 문학 이론』, 한기찬 옮김).

혹시 너무 낯설어 독자가 읽기 불편해하는 책이 무슨 의미가 있을까 하고 반문하고 싶은 사람이 있을지도 모르겠다. 그러나 우리가 심심풀이로 읽은 유머 기사조차도 새로운 소재가 아니면 전혀 웃지 않고 읽는다는 걸 알아야 한다.

우리가 아무리 많은 책을 읽어도 기존의 의식대로 손쉽게 그 책의 내용을 받아들인다면 독서의 의미는 적다. 반면 낯설게 하기에 힘입은 글 앞에서 비록 천천히 지각되더라도 새롭게 생각하고 따지는 과정을 겪으며 하는 독서는 그만큼 의미가 커진다고 할 수 있다.

이 '낯설게 하기'에서 우리는 무엇을 배울 수 있는가. 바로 니 자신의 낯설게 하기를 배울 수 있다. 단조롭게 반복되는 일상에서 스스로 큰 의미를 찾지 못한다면 그 일상의 틀을 깨는 '일상의 낯설게 하기'를 감행할 필요가 있다.

헤어스타일을 바꾼다거나 패션 감각을 달리 빛내 본다거나 하는 것도 한 예일 수 있겠고, 출근하는 교통수단이나 통로를 바꿀 수도 있겠다. 산책을 하거나 등산이나 여행을 하는 것도 그런 예에 속한다. 애인을 바꾸려 시도해 봄 직도 하고 새로운 취미 생활을 가질 수도 있겠다.

자기 스스로 하는 낯설게 하기 이상으로 중요한 것이 타인과의 관계 속에서의 낯설게 하기이다.

오늘 당신과 내가 만나 무슨 얘기인가를 한다. 내가 말하면 당신이 듣고, 당신이 말하면 내가 듣는다. 그러는 어느 순간 우리는 서로의 얘기를 전혀 듣고 있지 않다는 것을 알게 된다. 너무 익숙해서 습관적으로 상대의 말을 이해해 버린 것이다. 그러고 나니 아무것도 기억에 남는 게 없어지는 것이다.

당신이 내일 취업을 하기 위해 면접을 보러 간다고 하자. 그리고 면접관들이 어떤 질문을 했다고 하자. 그럴 때 당신이 누구나 다 할 수 있는 구태의연한 답을 한다면 면접관들의 반응은 어떻겠는가.

나는 당신이 보는 여느 사람과는 다릅니다, 라고 말할 수 있는 어떤 태도를 지녀야 면접 테스트에 성공할 확률이 높아진다. 남에게 선택되는 순간에 늘 볼 수 있는 그 인물로 비치면 손해다. 특별히 인식되게 할 낯선 이미지를 연출하라.

당신의 애인이 당신에 대해 더 이상 호기심을 가지고 있지 않다면 당신은 이 낯설게 하기에 대해 생각해 보아야 한다. 뭔가 새로운 것을 보여주려는 마음으로 애인을 대하지 않으면 애인의 시선은 당신의 얼굴을 향하지 않게 될 것이다.

분필은 분필이 아니다

여기에서 중요한 사실 하나를 짚어보자. 낯설게 하기 자체가 하나의 습관이 되는 경우다. 당신이 애인을 위해 매번 특별한 것을 준비해 내미는데 애인은 그것을 특별하게 받아들이는 기색이 아니다. 애인이 나의 낯설게 하기에 대해 심드렁한 반응을 보인다. 내가 싫어졌다는 것일까.

이럴 때 당신은 당신의 낯설게 하기 수법을 반성해야 옳다. 나의 낯설게 하기가 더 이상 낯설게 보이지 않는 상황이 온 게 아닌가? 바로 낯설게 하기가 당연시되어서 무얼 해도 특별한 것으로 보이지 않게 된 상황에 대해서 생각해야 한다.

자, 그동안 애인을 위해 나는 무수한 음악을 들려주었다. 그 음악은 말할 것도 없이 세상에서 가장 유명한 클래식이었다. 지루함을 막기 위해 고전적인 클래식과 현대적인 클래식을 병행하기도 했다. 그런데 애인은 이제 그 음악에 별다른 감흥을 느끼지 않는 듯하다. 물론 애인은 음악에 대한 이해가 깊은 편이 아니어서 언제라도 클래식에 싫증을 낼 수도 있다. 문제는 그 음악을 제공하는 나에 대해 환한 얼굴로 고마움을 표하는 일이 아예 없어졌다는 것이다.

애인에게 있어 만날 때마다 색다른 클래식 CD를 선물하는 나의 '낯설게 하기'는 이제 전혀 색다른 호기심을 수는 일이 아닌 것이다. 그 낯설게 하기는 더 이상 낯설게 하기가 아니다. 그것은 기계적으로 반복되는 일일 뿐이다. 이럴 때는 낯설게 하기가 도리어 아무 자극이 없는 지극히 평범한 일이 될 뿐이다.

이런 문제는 다시 문학에서도 적용될 수 있다. 문학에서 낯설게 하기는 작품에 대한 지각을 지연시킨다. 독자는 책을 읽다가 머리가 지끈지끈 아파오는 경험까지 한다. 그 책이나 이 책이나 골치 아프기는 매한가지다. 따지고 보면 말만 뒤틀어놓았을 뿐 새로운 느낌으로 다가오는 것도 아니다.

책 읽을 때마다 늘 이렇다면 차라리 안 읽고 말겠어! 이런 기분이 들 정도다. 이렇게 해서 오늘날 독자들은 문학 작품에서 멀어진다. 대신에 어떤 책이 읽히느냐. 골치 아픈 책 말고 읽기 편한 책, 애인 같고 친구 같은 책, 나를 포근하게 감싸주는 책, 나에게 그 무슨 말인가 속삭여 주는 책, 나를 위로하는 책…….

낯설게 하기가 거듭되면서 그것이 어떤 새로움으로 느껴지기보다 오히려 그게 그것 같다는 느낌을 주게 된다면 결국은 그건 낯설게 하기가 아닌 것이다.

한편, 나는 우리 시대의 유명한 인기 시인의 한 사람인 정호승의 시를 말하면서 '낯익게 하기'의 시라고 설명한 바 있다. 슬픔, 사랑 등의 익숙한 감정, 바람 불고 풀잎 날리는 눈에 선선한 풍경, 쉽고 평이한 시어, 입에 익은 운율 등으로 나타나는 그의 시적 특성은 그동안 낯설게 하기로 치달아온 우리 시의 형식에 비추어 지극히 낯익은 세계다. 그런데 이 낯익은 세계는 낯설게 하기라고 믿어온 그들 세계가 시적 특성인 것처럼 믿게 된 세계에서는 도리어 낯선 세계라 할 수 있다.

아주 낯익은 것이 아주 낯설게 보이게 된 이 아이러니야말로 문학이 지닌 것이다. 우리네 인생이라고 문학과 다를 것인가. 문학이 인

분필은 분필이 아니다

생의 것이듯 인생도 문학의 것이다. 낯선 것들이 와서 판치는 세상에 10년 전에 입던 교복이 신선해 보이고 20년 전에 뛰놀던 운동장에서 돌아가는 풍향계가 우리 시선을 더 오래 끌고 있다. 모두 어렵고 복잡하게 말할 때 쉽고 단순하게 말하는 것이 오히려 더 효과를 발휘할 때가 있다. 이를테면 모두 클래식을 부르고 있어서 모두 그렇고 그런 노래를 부르고 있는데, 누군가가 불쑥 간드러진 대중가요를 불러 앙코르를 받는 식도 가능하다.

예술은 일상을 재구성하면서 낯선 세계를 일상이라고 펼쳐 놓는다. 문학이 그렇고 영화가 그렇고 광고가 그렇다. 그 재구성에 바로 낯설게 하기의 대법칙이 개입된다. 그것은 끊임없는 재구성을 요구한다. 그래야 그것을 새로운 것으로 받아들이는 독자를 만나기 때문이다. 그 결과 현대 문학은 난해해졌고 대중 예술은 엽기적이 되었다.

그사이 그 어떤 것보다 언제나 신선한 자리가 그대로 남아 있었으니 그게 그동안 너무 친숙해서 없는 것으로 여겼던 것들이다. 이리하여 **가장 낯익은 것이 가장 낯설게 하기의 주역으로 떠오르는 것이다.** 당신이 익히 잘 아는 어떤 것 안에, 바로 '낯설게 하기'의 비밀이 숨어 있다.

낯설게 하라 낯익게 하라

미쳐야 미친다

– 장석주

조선의 18세기는 변화로 요동치는 시기였다. 공부만 열심히 파서는 부족했다. 한 분야에 미치지 않고는 일가를 이룰 수가 없었다. 박제가는 '홀로 걸어가는 정신을 갖추고 전문의 기예를 익히는 것은 왕왕 벽이 있는 자만이 능히 할 수 있다'고 했다. 벽(癖)이란 인이 배인 습관을 말한다. 웬만해서는 고칠 수 없는 습벽이다. 이런 습벽에 들린 사람을 요새 말로 하면 마니아이다. 이 시기의 조선에는 마니아들이 넘쳐 났다.

박제가는 「백화보서(百花譜序)」에서 꽃에 미친 김 군(君) 이야기를 한다.

꽃에 미친 그는 1년 내내 꽃밭에서 살았다. 아침부터 저녁까지 꽃

분필은 분필이 아니다

을 관찰해 꽃이 피고 지는 모양, 꽃술이나 잎새의 변화를 관찰하고 그림으로 남겼다. 아예 꽃 아래 자리를 깔고 누워 꽃을 관찰했다. 손님이 와도 한마디 말도 나누지 않은 채 꽃에만 빠져 있었다. 그랬으니 사람들은 그를 미친 사람이거나 멍청이라고 손가락질하며 비웃고 욕했다. 마침내 그는 갖가지 꽃의 생태를 정밀하게 관찰한 책 『백화보』를 남겼다. 하지만 그는 온전한 제 이름조차 알리지 못했다. 지금까지 김 군으로만 알려졌다.

조선의 18세기 지식인들 중에는 이런 이들이 많았다. 매화에 미치고, 벼루에 미치고, 그림에 미치고, 시에 미치고, 수석에 미치고, 비둘기에 미치고, 앵무새에 미치고, 책 읽기에 미치고, 공부에 미쳤다. 천문학자 김영, 독서광 김득신, 책에 미친 이덕무, 그 밖에 허균, 권필, 홍대용, 박지원, 박제가, 정약용, 노긍 등도 벼슬을 하고 입신양명하는 일반적인 길을 따르지 않고 마니아의 길을 걸은 사람들이다.

이들의 삶은 평탄하지 않았다. 세상이 그들을 가만두지 못했던 것이다. 대개는 죄인, 역적, 서얼, 환쟁이들로 시대로부터 천대를 받고, 참담한 가난과 신분의 질곡에 매여 사회의 냉대 속에서 살다 갔다. 물론 사회의 주류가 될 수 없는 원천적 결함을 내장한 운명은 필연적으로 불운을 피할 수가 없었다. 그들은 철저하게 인정받지 못했다. 마이너리그에서 뛰다 소리없이 사라지는 무명 선수와 같았다.

역사에 기릴 만큼 높은 경지에 오르는 일은 대충대충으로는 이룰

미쳐야 미친다

수 없다. 갈고닦지 않는 재능은 재능이 아니다. 조선 시대 후기의 북학파 실학자 중에서 저술을 가장 많이 남긴 신세대 선비 이덕무(李德懋)가 바로 그 사람이다.

이덕무는 1741년에 태어나 1793년에 죽었다. 나이 53세였다. 친구 박지원이 전하는 말에 의하면 그이는 '보잘것없는 가난한 선비'였지만 높은 덕을 지녔던 사람이다. 어른이 되고 나서는 온갖 서적을 두루 읽었다고 한다. 평생 동안 읽은 책이 2만 권이고 손수 베낀 책이 수백 권에 이른다.

이덕무는 저를 가리켜 '간서치'라고 했다. 책만 읽는 바보라는 뜻이다. 그는 하루도 안 쉬고 책만 읽었다. 풍열로 눈병에 걸려 눈을 뜰 수 없는 지경에서도 실눈을 뜨고 책을 읽었다. 동상에 걸려 퉁퉁 붓고 피가 배어 나오는 손으로 책을 빌려달라는 편지를 썼다. 살림도 돌보지 않은 채 기갈 들린 사람처럼 책만 읽었다. 이렇게 읽은 책이 수만 권이고 베낀 책이 수백 권이었다.

이덕무는 무너질 듯한 집은 비바람을 채 가리지 못할 정도이고 변변치 못한 음식조차 자주 거를 정도로 가난했다. 오죽하면 너무 추운 날씨를 견디다 못해 한밤중에 자다 일어나 이불 위에 『한서(漢書)』한 질을 덮고 『논어(論語)』를 매서운 바람이 들어오는 곳에 병풍처럼 세워 추위를 막았겠는가! 그이는 아마 그러지 않았으면 얼어 죽었을 것이라고 말한다.

붓필은 붓필이 아니다

가난한 집이니 변변한 책이 있을 리 없었다. 대개는 아는 이들에게 빌려 읽었는데, 아무리 귀한 책이라도 그이가 빌려달라고 하면 '책을 두고 자네의 눈을 거치지 않으면 그 책을 무엇에 쓰겠는가?'라며 선뜻 내줬다.

문을 닫아 걸고 책을 읽은 지 40년, 그 이름이 마을 밖으로 나가지 않았다고 한다. 그이는 스스로를 책에 미친 바보라고 일렀다. 이덕무는 아무도 자기 전기를 써주지 않았기에 스스로 자기에 대한 글을 짓는데, '간서치전'이 바로 그것이다. 그이는 이렇게 썼다.

"목멱산 아래 어리석은 사람 하나가 살았다. 말씨는 어눌하고, 성품은 졸렬하고 게을러 세상일을 알지 못하였으며 바둑이나 장기 같은 잡기는 더 더욱 알지 못하였다. 남들이 욕을 하여도 변명하지 않았고, 칭찬을 하여도 잘난 척하지 않았으며 오직 책 보는 일만을 즐거움으로 삼았기에 춥거나 덥거나 배고프거나 병드는 것에도 전혀 아랑곳하지 않았다."

이덕무는 좀벌레가 『이소경(離騷經)』이린 책을 갉아 먹은 걸 발견했다. 좀벌레는 '추국(秋菊), 목란(木蘭), 강리(江籬), 게거(揭車)' 등의 글자를 갉아 먹었다. 그이는 좀벌레를 잡아 죽이려다가 좀벌레가 향기로운 풀만 갉아 먹은 걸 신기하고 기특하게 여겨 아이와 함께 좀벌레 수색 작업에 나선 일도 있다. 그 벌레의 머리와 수염에서 특이

미쳐야 미친다

한 향내가 넘쳐 나는지를 알아보기 위해서였다.

그이는 가난했지만 결코 비굴하지 않았다. 아름다움에 대해 너그럽고 자신의 처신과 살림살이에 대해서는 엄격했다. 그이의 문장에는 명예와 절개를 귀히 여기되 세속의 영화(榮華)에 미혹되어 한치의 흔들림도 없는 삼엄한 인품에서 뿜어 나오는 아름다움과 향기가 고스란히 배어 있다.

이덕무는 나이 39세가 되던 해인 1799년, 규장각 초대 검서관에 임명된다. 검서관은 관품(官品)은 낮은 자리였으나 진귀한 서적을 자유롭게 열람할 수 있고, 왕을 가까이 할 수 있는 기회가 많은 자리였다. 아버지가 서자 출신이므로 그이도 신분적 제약 때문에 높은 관직으로는 나설 처지가 못 되었다. 정조 임금의 사랑을 듬뿍 받은 그이는 평생을 청렴과 근검으로 꾸리며 '어릴 때부터 스물한 살이 될 때까지 하루도 선인들의 책을 손에서 놓은 적이 없었다'고 할 정도로 오로지 책을 읽고 책을 짓는 일에만 정진했다.

어리석음의 경지가 극을 지나치면 그것은 기필코 지혜가 된다. 조선의 18세기 마니아들은 부귀영화를 꿈꾸지 않았다. 그저 좋아서 그것을 할 뿐이었다. 그들은 미쳐서 시대의 척박함에서 비롯된 운명의 불우함을 이겨냈다. 그들은 미침으로 존재의 전 질량을 투신하면서 당대의 불행을 후대의 영광으로 바꾸는 운명의 질적 전환을 일궈냈다.

양적 팽창의 끝에서 열리는 질적 전환의 눈

분필은 분필이 아니다

부심이여! 미침은 납을 순금으로 바꾸는 삶의
마법이며 연금술이다. 불광불급(不狂不及), 즉
미쳐야 미친다! 열정과 광기없이는 아무것도
이룰 수가 없다는 뜻이다.

미쳐야 미친다

제3장 외로움도 경쟁력이다

외로움의 황홀을 아는 자만이 타인을 포용하고 사랑할 수 있다. 외로움이란 존재의 모멸에서 존재의 긍정으로 나아가는 과정에서 생성되어 나타나는 나를 향한 지향의 한 형태다. 우리가 죽음을 향하여 있는 존재이듯이 외로움은 뿌리질 수 없는 실존의 본래적 조건이다. 거기서 도망가지 않고 그것을 투명하게 응시하기, 조용히 끌어안기, 그리고 그 너머의 세상 보기를 해야 한다.

외로움도 경쟁력이다

– 장석주

우리는 넓고 거친 우주의 바다를 외로움이라는 쪽
배를 타고 흘러간다. 우리는 1인분의 외로움에도 곧 죽을 듯이 질식
할 듯이 헐떡거린다. 그 외로움이라는 것의 실체는 무엇인가?

'나-주체' 와 외로움의 관계는 새와 새장의 관계와 같은 것인지도
모른다. 우리는 새장에서 벗어나기를 원하고, 새장에서 벗어나면 다
시 새장으로 돌아기는 길을 찾아다닌다. 나와 너 사이의 텅 빈 거리
는 나를 둘러싸고 있는 외로움이라는 아우라가 나타나는 영역이다.

그리움은 타자와 나 사이의 거리에서 생긴다. 외로움은 소모적 감
정이 아니다. 외로움은 타자를 끌어안는 포용력을 키우는 실존의 에
너지다. 진정 새장을 벗어난 자만이 새장을 찾게 된다. 정말 외롭지

123

않은 자는 타자를 찾지 않는다. 타자를 절실하게 갈구하지 않고는 사랑할 수 없다. 외로움의 황홀을 아는 자만이 타인을 포용하고 사랑할 수 있다. 외로움이란 존재의 모멸에서 존재의 긍정으로 나아가는 과정에서 생성되어 나타나는 나를 향한 지향의 한 형태다.

어쩌면 외로움은 피할 수 없는 실존의 본질이고, 사랑이란 일종의 비정상적으로 부풀어 올라 과잉이 된 열정의 비인습적 지속 상태를 일컫는 것인지도 모른다. 외로움은 일상적 현실이고, 사랑은 마약을 복용한 것과 같은 격앙된 감정 상태에서 허둥대는 비일상적 상황이다. 존 쿠퍼 포우어스는 말한다.

"인간은 누구나 그 마음의 밑바닥에서는 고독하다. 태어날 때 우리는 울부짖는다. 그 부르짖음은 고독의 절규다."

이 세상에 몸을 받고 태어난다는 것은 두 개의 영겁 사이에 걸쳐져 있는 '홀로 선 자기'를 '일회적, 의식적 삶'으로 받아들이는 것이다. 광대한 우주를 홀로 떠가는 한 척의 배, 그것이 나라는 배다. 고독 혹은 외로움은 숭고한 열정이다. 타자 혹은 세계의 낯섦을 견디게 하는 것은 오로지 '군집 생활 속에서 내면적 고독을 수양하는 길' 뿐이다.

우리는 혼자 태어나고 혼자 죽는다. 이건 바뀔 수 없는 인생의 진리다. 죽음의 두려움에 굴종하는 하찮은 영혼들만이 헐떡거리며 자

외로움도 경쟁력이다

신의 외로움을 타자를 통해 해소하려고 노력한다. 숭고한 영혼들은
겸허하게 초연함, 즉 자각 혹은 해탈을 지향한다. 왜냐하면 '영혼이
고독한 순간에만 우주의 불가사의한 힘이 그 속을 흐를 수 있다'는
사실을 잘 알고 있기 때문이다. 영혼의 가장 높은 단계는 '신같이
고독해지는 것'이다. 고독은 환영(幻影)이 아니다. 그것은 실체다.
그것은 고양된 영혼만이 잠깐 엿볼 수 있는 삶의 정수(精髓), 삶의 황
홀경이다.

사람은 나-너의 상호적 지평 속에서 비로소 의미를 얻는 존재다.
다시 말해 인간과 함께하는 인간일 때 비로소 지각된 자기로 설 수
있다. 그러나 이 지각된 자기는 끊임없이 나-너의 세계로 미끄러져
들어간다. 지각된 자기는 나-너의 세계라는 뿌리 위에 솟은 줄기고
꽃이다. 그럼에도 불구하고 현대인들은 이 나-너의 공존이 깨어진
세계 속에서 파편화된 나의 홀로움 속에 제 삶을 펼치려고 애쓴다.
마르틴 부버는 말한다.

"나, 그 자체란 없으며 오직 근원어 나-너의 나와 근원어 나-그
것의 나가 있을 뿐이다. 사람이 나라고 말할 때 그는 그 둘 중 하나
를 생각하는 것이다. 그가 나라고 말할 때 그가 생각하고 있는 나가
거기 존재한다. 또한 그가 너 또는 그것이라고 말할 때 위의 두 근원
어 중 어느 하나의 나가 거기에 존재한다."

나의 현전(現前)은 나-너의 관계 속에서만 나타나는 현상이다. 그

외로움도 경쟁력이다

게 참된 삶이다. 그러나 우리는 나-너를 쪼개 분리, 분별하고 낱낱으로 나눈다. 나가 없는 너 혹은 너가 없는 나는 시들어 버린다. 신은 나-너의 회로 속에서 늘 새롭게 생성 중인 전일성(全一性), 영겁 회귀하며 구현되는 인격의 또 다른 이름이다.

깨어진 세계 속에서 나-너로 거듭 태어난다는 것은 쉬운 일이 아니다. 나-너의 상태란 사랑과 의지가 작용하는 상태를 가리킨다. 그것은 나를 잃어버림으로써 나를 완벽하게 소유하는 상태다. 샤르댕이 말한바 '연인들이 서로 상대방 속에서 자기 자신을 잃어버린 경우가 아니라면 어느 순간에 그들이 자기 자신을 가장 완전하게 소유할 것인가?' 하는 경지를 가리키는 거다.

롤로 메이는 사랑의 행위가 어떻게 주체의 의식의 깊이에 공헌하는가를 살핀다. 사랑하는 사람은 서로의 욕구와 욕망을 적극적으로 받아들이고 '기쁨의 특이한 감각'을 나눈다. 그리하여 '새로운 게쉬탈트, 새로운 자장(磁場), 새로운 존재 안에서 공유 현상이 일어나는 것'을 겪는다. 이것이 사랑의 경이다.

롤로 메이는 말한다.

"우리 모두가 나면서부터 물려받은 분리와 고립의 상태를 극복하기를 갈망하는데 왜냐하면 우리는 어디까지나 본질적으로 개인이기 때문에 두 사람이 모든 개개인이 그렇게 하는 것처럼, 두 개의 고립된 자아로서가 아니라 하나의 통일체로서의 관계에 참여할 수 있다는 사실이다."

외로움도 경쟁력이다

외로움은 질병이 아니니까 애써 그걸 벗어나려고 할 필요는 없다. 사랑은 외로움에서 벗어나는 한 대안이다. 외로움은 밥이다. 그게 피가 되고 살이 될 때 나-너라는 관계의 진경에 들어갈 수 있다. 나-너는 둘이면서 하나고, 하나면서 둘이다. 아니, 여럿이며 하나고 하나면서 여럿이다. 뼛속까지 외로운 사람은 감히 외롭다고 입에 올리지 못한다. 말할 수 있는 외로움은 진짜 외로움이 아닐지 모른다.

외로움은 성적·정서적 유대의 결핍과 부재의 산물이다. 합법적으로 성적·정서적 공동체를 만들 수 있는 방법은 결혼하고 가족을 만드는 것이다. 가족이란 성별, 가치관, 관점, 나이가 다른 사람들이 비폭력적, 비파괴적으로 함께 사는 법을 배우는 곳이다. 문제는 가족만으로 충족되지 않는 결핍과 부재가 있다는 것이다.

아울러 결혼, 가족은 그것을 얻는 대신 지불해야 할 기회 비용이 있다. 우선 나만의 시간, 오롯이 나 자신이 되는 것, 나만의 자유, 자아실현 등등을 유보하거나 포기해야 된다. 카프카의 『변신』은 가족이라는 이름의 공동체가 한낱 가족 이기주의를 만들어내고 그것에 굴종하기를 요구하는 끔찍한 곳임을 폭로한다. 가족의 일원이라도 그 가족 이기주의에 협력할 수가 없을 때 협력을 거부할 때 그는 가족 안에서 벌레로 전락한다. 가정은 교화와 선도라는 명분 등으로 정신적, 육체적 학대가 드물지 않게 자행되는 곳이기도 하다. 가족이라는 공동체 안에서 감히 '외롭다!' 라고 말하는 것은 불온하고 불경스러운 행위로 간주된다.

외로움도 경쟁력이다

우리는 외로울 때 자기 내면을 들여다보고, 진정한 자기의 깊이에로 회귀할 수 있다. 그러나 가족에 귀속해 있을 때 나는 가족의 이익과 안녕을 위해 존재하는 하나의 식민지에 지나지 않는다. 심연으로서의 나, 자유 의지로서의 나는 가족 이데올로기의 강령들을 받아들이고 그 의무들을 수행하는 동안 잊어야 한다. 임신, 출산, 육아라는 고단한 의무들, 법정 노동 시간을 무시로 초과하는 가외의 가사 노동, 관계의 구속, 성차별, 불평등, 상호 배타적 독단의 충돌, 저열한 의심과 질투들을 받아들여야 한다. 사랑의 열정이 식고 결혼이 외로움의 유일한 대안이 되지 못한다는 사실이 드러나더라도 우리는 인습과 타성으로 섹스, 여가 시간 함께하기, 무의미한 대화, 각자의 역할에 따른 의무들의 메마름을 받아들여야 한다. 결혼은 그것의 밖에 있는 사람에겐 천 개의 빛나는 거울이다. 그러나 그 거울이 산산조각으로 부서지고 난 뒤 자신의 심연에로 회귀하는 길을 잃고 종교, 사교 활동, 쇼핑 중독, 새로운 직업, 자식의 가능성 개발하기 등등에 필사적으로 매달리는 사람들을 본다.

가장 가깝게 있는 사람이 가장 상처 입히는 사람이 될 가능성도 높다. 내 안의 많은 열망들은 강고한 현실적 조건 아래서 죽어버린다. 가슴에 외로움의 공동은 커져 버린다. 그러니까 사랑, 결혼이 외로움의 근본적 해결은 아니다. 외로움은 개체화의 필연적 산물이니까 그것으로부터 도망가기보다는 그걸 사랑, 결혼의 에너지로 바꾸려는 노력을 하는 게 현실적이 아닐까?

어떤 경우에도 외로움을 핑계 삼아 의존적이 되는 건 치명적이다.

외로움도 경쟁력이다

사랑과 결혼이 '두 명의 이방인이 함께 만나 서로를 재정의하는 하나의 극적 사건'이라면 상대방을 소유 지배하려는 건 결국 관계의 종말에 이르는 지름길이다. 배려, 상호 이해, 친밀감 만들기, 기대치의 의도적 감소, 유순함, 겸손, 정직성, 변함없는 충실성, 자기 갱신의 노력…… 등등이 사적 영역을 공유하는 사람에게 바라는 것들이다.

우리는 더 간절하게 우호적 관계 속의 포근함을 바라면서도 더 강력하게 금빛 햇살 속의 갈매기가 되어 날아가려고 한다. 우리를 둘러싼 현실적 상황들은 더욱 불확실하고 유동적이다. 우리가 죽음을 향하여 있는 존재이듯이 외로움은 뿌리칠 수 없는 실존의 본래적 조건이다. 거기서 도망가지 않고 그것을 투명하게 응시하기, 조용히 끌어안기, 그리고 그 너머의 세상 보기를 해야 한다.

외로움의 이면은 고립, 유폐감, 소외다. 결혼을 하고 함께 사는데 어느 순간 문득문득 날카롭게 파고드는 외로움에 놀랄 수도 있겠다. 어떻게 이런 일이 생길 수 있는가? 사랑은 묘해서 사람을 환상에 빠뜨리고 당연히 현실을 회피하게 만든다. 사랑하는 사람들은 그 대상과 그를 둘러싼 현실을 바로 보지 않고 자기 환상에 빠져 사랑하고 있다는 사실 자체를 사랑하게 된다. 사랑은 환상이지만 결혼은 현실이다. 결혼은 대개 낭만적 사랑에 빠져 있을 때의 거리를 없애게 된다. 사랑의 마술에서 깨어날 때 '천 개의 빛나는 거울에 둘러싸인' 듯한 환상에서 깨어나는 거다.

열정은 식고 남는 것은 쓰디쓴 일상적 현실이다. 우리가 사랑했던

외로움도 경쟁력이다

사람이 내 안의 외로움을 채워줄 거라는 기대, 환상은 깨지고 그걸 할 수 있는 건 오직 자기 자신뿐이다. 비현실적 기대감과 환상은 사랑의 촉매이자 본질이다. 결혼은 2인분의 외로움을 함께 사는 거다. 멀리 있는 대상은 이상화하고 그리워할 수 있지만 늘 살을 맞대고 사는 사람은 무수한 단점들과 상호 배타적 독단들로 무장하고 나타나 서로를 찌른다. 그건 상대편도 마찬가지다.

환멸과 실망은 상호적이다. 그때쯤 완치된 것처럼 보였던 외로움이란 질병이 슬며시 도진다. 이건 나나 너가 못나서 그런 게 아니고 일반적 현상이다. 한 가지 위안이 되는 건 나만 혼자 외로운 게 아니라는 거다. 혼자 살 때는 혼자 외로웠지만 둘이 살 때는 둘이 함께 외로워하며 사는 것이다. 서로의 몸에 묻어나는 외로움을 소금 핥듯이 서로 핥아주면서 말이다.

우울증은 외로움의 극단에서 발병하는 병이다. 자살의 유혹을 받는 것도 그 벼랑에 섰을 때다. 우리는 살면서 얼마나 많은 실망과 환멸을 떠먹어 버린 것일까? 이제 현실을 바로 봐야 한다. 비현실적 기대감을 거두고 그 현실의 아이러니를 웃어버릴 수 있는 여유가 우리를 미치지 않게 할 수 있다. 결혼 뒤의 외로움은 침샘을 자극하는 시디신 신김치 같은 것이다. 남는 문제는 오로지 그것에 진절머리를 치고 도망가느냐, 아니면 아무 일도 없었다는 듯 그 신김치를 맛있게 입 안에 넣고 우걱우걱 씹느냐 하는 것일 뿐이겠다.

외로움도 경쟁력이다

나를 *깎아내려라*

– 김용배

　　　　누구나 남을 평가할 땐 인색하고 예리한 잣대를 사용하지만 자신을 되돌아볼 땐 풍성하고 녹슨 잣대를 사용한다.

상대 평가의 원칙은 이미 정해져 있다.

능력이 있는가, 예의가 있는가, 겸손힌가, 적성에 적웅히는 시람인가, 가정에 충실한가, 애사심이 있는가, 정의로운 사람인가, 용기가 있는가, 친구, 선후배 관계는 또 어떻게 되는가, 배경은 어떻고 주변 인물들의 사회적 기반은 확실한가 등등 자신 고유의 방정식을 사용하여 답을 구한다. 대체로 피상적인 평가를 성립한 후 기준을 넘어서면 효용 가치가 있는 사람으로 여기고 기준 미달이면 온갖 험담으로 깎아내린다.

자신은 무조건 배제되어 있다. 자신에 대한 식을 구해본 적이 없기에 게으르고 남의 말하기 좋아하고, 주어진 일을 마무리 지을 줄 모르며 남 탓하기를 좋아하는 자신이 어떤 사람이며 남에게 어떤 평가를 받고 있는지 조금도 깨닫지 못한다.

나를 판단하기 위해 하는 일이라곤 고작 거울 앞에 선 자신을 바라보는 것뿐이다. 그처럼 바보 같은 짓이 없음에도 자신에 대해선 이 모양 저 모양으로 관대하다.

거울 속의 나는 언제나 교만하고 콧대가 유난히 높은 사람이다. 남들이 인정해 주는 것보다 훨씬 더 잘생겼고 앞으로도 더 잘생길 수 있는 가능성이 무한해 보인다. 거울은 언제나 화려하게 꾸며진 겉만 보여주고 있음에도 내면을 파악해 보려 애쓰지 않고 언제나 거울 앞에 비추인 꾸며진 자신을 대견스러워한다.

나는 상대에게 어떤 평가를 받고 있는지 조금도 깨닫지 못한다. 상대는 쉽게 나에 대한 정확한 평가를 해주지 않기 때문이다. 상대는 언제나 겉이 화려한 장식적인 말만 골라 해준다. 장점 한두 가지만 얼렁뚱땅 달콤하게 귓속에 넣어주고 되돌아서면 당장 손가락질을 한다. 두 가지 장점을 말해 주었지만 사실은 네 가지 단점을 지니고 있는 사람이 바로 저 사람이라고 말한다.

인간은 하등적인 요소를 함께 지니고 있어 상대방이 추켜주면 대단히 만족해한다. 지금까지 그렇게 길들여져 왔기 때문에 나라는 존

132

재는 거울 앞에 서 있는 것처럼 멋있고 훌륭한 인격체라고 생각한
다.

아주 큰 소리로 나의 인품이 퍼져 나가고 있음에도, 고함처럼 나
의 성격이 진동하고 있음에도, 오직 나만 그 소리를 듣지 못한다.

나에 대해 아주 솔직하게 접근해야 한다. 지금의 내가 어
떤 사람인지 잘 모르겠다면 과거의 나는 어떤
사람이었는지를 뒤집어보라. 쉽게 자기 자신을
깨달을 수 있을 것이다.

#2

잠시 학창 시절의 나를 기억해 보자.

좋았던 기억보다도 나빴던 기억이 먼저 떠오를 것이다. 왜냐면 좋
았던 기억은 금방 잊어버리지만 나빴던 기억은 쉽게 잊혀지지 않기
때문이다. 가장 먼저 떠오르는 것은 뭐니 뭐니 해도 발목의 족쇄와
도 같았던 시험 때의 기억일 것이다.

어떤 시험 때는 찍기를 포함하여 온갖 비법을 총동원해 인간 승리
의 극적인 표본이 된 적이 있었을 것이다. 또 어떤 시험 때는 그야말
로 최악의 상황이어서 주제와 범위는 도무지 몰이해의 극치이고, 햄
릿 형의 전형이 되어 죽기 아니면 까무러치기로 일전을 불사한 적도
있었을 것이다. 그리하여 매 학년마다 널뛰기 성적이 거듭되었을 것

나를 깎아 내려라

이다. 달리 생각해 보면 어쨌든 당일치기로 그날그날을 버텨갔던 자신이 몹시 대견스러워지기도 할 것이다.

그로부터 째깍째깍 무수한 시간이 흘러 지금에 이르렀다. 만일 지금도 변함없이 학창 시절과 같은 아슬아슬한 위치에 서 있다면 당장 심사숙고한 사색을 먼저 해보아야 한다.

#3

첫 번째, 패배 의식을 버리는 일이 시급하다.

한번 적당히 넘어가는 사람은 두 번째도 적당히 넘어간다. 습관은 답습에서 오는 것이다. '적당히'를 좋아하는 사람은 인생 자체를 적당히 살 수밖에 없다. 습관을 버리는 일이 얼마나 어려운 일이란 말인가?

그런 사람은 온통 이런 생각에 젖어 있다. '이번에도 죽이 되는 밥이 되든 어떻게든 일단 이 난관만은 헤쳐 나가고 보자' 또는 '눈 가리고 아웅 하는 방법이 무엇이란 말인가?' 그런 비생산적인 생각만 가득하여 또다시 불안정한 눈망울을 사르르 감으며 용 꿈과 돼지 꿈을 꾸기 위해 침대 속으로 파고들 것이다.

패배 의식에 젖어 있는 사람들의 전형적인 사고가 그렇다.

두 번째, 모자라는 부분은 당장 채워야 한다.

차를 몰고 오지를 가고 있다고 가정해 보자. 인가는 물론이고 주

외로움도 경쟁력이다

유소도 없는 곳이라고 상상하자. 차의 휘발유가 바닥을 보이면 대단히 불안해질 것이다. 공포심마저 느낄 것이다.

인생은 차를 몰고 오지를 가는 것과 같다. 확실한 이정표가 세워져 있지 않다. 자신이 원하는 곳에 휴게실이 있을 리 없고 끝이 어디인지 도무지 알 길이 없다. 계속 이어진 덜컹거리는 비포장 도로의 연속이고 그것도 긴 미로로만 이어져 있다. 도움을 줄 사람이 보이지 않는 것은 물론이고 하필이면 날까지 저물고 있다.

이 문제를 해결하려면 주유소가 있는 휴게실을 먼저 찾아야 한다. 그런데 그런 곳은 자신이 원하는 곳에 있을 리 만무하다. 준비되지 못한 인생은 반드시 이와 같다.

맹자(孟子)는 추(鄒) 나라 사람으로 자(字)는 자여(子輿)이고 본 이름은 맹가(孟軻)다.

어렸을 때 성격은 올곧지 못했던 것 같다. 이리저리 휩쓸리기를 좋아했고 심지가 곧지 못했음이 분명하다. 맹모삼천지교(孟母三遷之敎)의 고사를 보아도 그 점을 알 수 있다.

노(魯) 나라 귀족인 맹손씨(孟孫氏)의 후손으로 태어났지만 몰락하여 추 나라로 옮겨갔는데 하필 그곳이 묘지 근방이었다. 맹자는 하루 종일 장례식 흉내를 내며 놀았다. 다음에 이사 간 곳은 시장 근처였다. 이번에는 장사꾼 흉내만 내며 놀았다.

그의 어머니는 세 번째로 이사를 갔는데 그곳이 서원(書院) 부근이었다. 그때부터 맹자는 학자 흉내를 내었고 서생들의 예의범절을 흉

나를 깎아 내려라

내 냈다. 맹자의 어머니는 이곳이야말로 아들을 키울 만한 곳이라 여겨 그곳에서 오래도록 살았다. 맹모삼천지교를 이르는 말이다.

지금 사람들은 잘 모를 것이지만 예전에는 심지가 곧지 못하고 줏대없는 사람을 가리켜 ‘맹추’라는 말을 썼다. ‘이런 맹추 같으니……’라는 말은 자기중심이 없는 사람을 지칭하는 욕이다. 언젠가 맹추라는 욕이 어디서 유래했을까를 생각해 본 적이 있다. 국어사전에도 유래가 확실하게 나와 있지 않다. 다른 말로 ‘멍추’라고만 나와 있다.

나는 맹추가 바로 맹씨 성을 지닌 추 나라 사람 맹자를 가리키는 것이라고 생각한다. 이리 휩쓸리면 거기서 그런 대로 어울리고 저리 휩쓸리면 또 거기에서 그럭저럭 어울려 자기 주관을 나타내지 못했던 맹자의 어린 시절 성격 일면을 빗댄 말일 것이다.

맹자는 맹모삼천지교에 의해 학습에 열중하고 예절을 터득한 것이 아니다. 맹자는 이후로도 변덕을 부렸다. 학업에 싫증을 내어 한석봉이 그랬던 것처럼 중도에서 포기하고 집으로 돌아온 것이다.

중국에 맹자의 어머니가 있다면 한국에는 한석봉의 어머니가 있다. 양국의 두 어머니를 잠시 비교해 보도록 하자.

한석봉의 어머니는 떡 장사였다. 학업을 그만두고 돌아온 한석봉의 어머니는 불을 끄고 떡을 썰며 아들에게는 글을 쓰게 했다. 한석봉의 어머니는 불을 껐어도 일정한 크기로 떡을 썰었지만 한석봉은 개발쇠발을 그렸다. 한석봉이 깨달음을 얻은 것은 바로 그 순간이었다.

외로움도 경쟁력이다

맹자의 어머니는 베를 짜는 것으로 생계를 꾸려가고 있었다. 맹자가 학업을 포기하고 돌아오자 맹자의 어머니는 짜고 있던 베를 갈기갈기 찢어버렸다. 맹자는 그때 '학업을 중도에서 포기하면 찢겨진 베처럼 무용지물이 된다' 라는 깨달음을 얻었다. 맹자가 다시 서원으로 돌아간 것은 물론이다.

흔히 맹모삼천지교는 알고 있지만 맹모단기지교(孟母斷機之敎)는 모른다. 그것이 맹자에게 결정적인 깨달음을 주었음에도.

맹자는 시경과 서경을 편찬하고 춘추를 지으며 역경을 풀이했다. 그리고 제자들과 함께 논어를 만들게 되었으니 맹모단기지교야말로 가장 값진 베 한 필을 허비한 것이라 말할 수 있을 것이다.

맹자는 늘 자신의 부족함을 한탄했다. 맹자의 소원은 '공자를 제대로 배우는 것' 이었고 평생 추구한 목표가 '더 아는 것' 이었다. 언제나 배움에 굶주렸고 그것을 채우려 했기에 그는 유가(儒家) 최고의 인물 중 한 사람이 되었다.

세 번째, 언제나 나를 되돌아보도록 하자. 나는 과연 무엇을 알고 있으며 무엇을 지금까지 연마했단 말인가?

과거는 과거로 존재하게 하면 된다. 중요한 건 지금부터다. 나의 인생은 결코 짧은 것이 아니기에 그렇다.

『여자의 일생』의 잔느처럼 '인생은 그렇게 슬픈 것만도 기쁜 것만도 아니라는 점' 을 먼저 깨달아야 한다. 인생은 대단히 굴곡적인 것이다. 다각적인 사색을 거듭하여 클라이맥스를 연출하여 충분히 반전을 노려볼 만하다.

나를 깎아 내려라

지금 서 있는 위치가 어정쩡하다면 먼저 깊은 사색에 심취하여 보라. 이때는 반드시 정당하고 올바른 사색이어야 한다. 나를 발견하는 것이 우선적인 일이다. 나는 어떤 성격의 소유자이고 어떤 장점이 있으며 나의 단점은 무엇인가? 세세하게 점검하자.

지나치게 주관적인 것은 아닌가, 독선적인 것은 아닌가, 주변 인물들과 잘 어울리는 사람인가, 아니면 격리된 사람인가, 남의 이목에 거슬리는 사람인가, 아니면 남이 본받을 만한 무엇인가 있는 사람인가…….

장점이 있다면 그 점을 확대하고 단점이 있다면 과감하게 버려야 한다. 당연히 자신의 단점이 무엇인가를 깨닫는 것이 선행 과제다.

4

사과나무에서 사과가 떨어지는 것은 대단한 수확의 감소다. 농부에겐 지독한 스트레스가 된다. 그러나 뉴턴에게는 그것이 대단한 발견이었다. 떨어지게 하는 것과 떨어지는 것의 차이를 사색했던 사람은 뉴턴 이전에도 있었을 것이지만 그것을 더 깊은 사색의 결과물로 만든 사람이 뉴턴이었다.

뉴턴의 이론은 현대 물리학에선 약간의 문제가 있다. 그건 시기상의 문제로 너무 일찍 법칙을 발견한 것이다. 누군가의 수정이 필요

외로움도 경쟁력이다

했는데 아인슈타인이 그 몫을 맡았다.

위대한 발견은 상호 의존적인 형태에서 비롯된다. 한자의 요철(凹凸)이라는 글자처럼 어울려야 진정한 한 쌍으로 재창조되는 것이다. 이 또한 지극히 상대적인 것이고 오랜 사색의 결과다.

자신의 정체성에서 도저히 헤어 나올 수 없는 발 빠른 포기자가 아니라면 지금부터 나를 뒤집어서 세밀하게 훑어보자. 아마도 몇 군데 수리하면 그런 대로 쓸 만할 것이다. 다시 인생을 시작한다는 마음으로 그동안의 경험 축적을 최대한 활용하여 지금부터의 자아는 지금까지의 자아보다 훨씬 더 유용하게 거듭날 수 있다는 확신을 갖자.

자아를 파악하려 하는 것이 가장 큰 것을 파악하려 하는 것이다. **나에게 인색하고 예리한 잣대를 수시로 대어보는 것이 중요하다.** 어느 정도 나를 파악했으면 나를 평가할 때나 나를 말할 땐 인색한 잣대를 사용하라. 그리하면 새롭게 발견된 자아가 그리 멀지 않은 곳에서 나를 향해 숨 가쁘게 달려오고 있을 것이다.

나를 깎아 내려라

빈둥 거려라

— 박덕규

읽어야 할 것, 보아야 할 것이 넘쳐흐르는 시대다. 이런 시대에는 빨리 많이 읽고 보아온 사람이 그렇지 않은 사람보다 더 큰 능력을 발휘할 것이라 판단한다 해서 잘못일 리 없다. 그래서 부모들은 자식들에게 많은 정보를 제공하고 그것들에 빨리 숙달하도록 지원을 아끼지 않으려 한다. 한두 살짜리 아이 때부터 공부할 거리를 다량으로 제공해 주는 부모들도 흔해졌다. 한술 더해 뱃속에 든 아이에게도 태교라는 이름으로 구체적인 여러 교육 프로그램들이 상용하고 있는 추세다.

이 시대 사람들은 이렇듯 태아로부터 태어나 학창 시절을 거쳐 사회에 진출할 때까지, 나아가 사회생활을 하다가 퇴임할 때까지, 아

외로움도 경쟁력이다

니, 그 이후 늙어 죽는 순간까지도 이 세상에서 생산되는 무한한 정보를 가능한 한 빨리 많이 자기 것으로 삼으며 살아야 한다. 그래야 성공할 수 있다고 믿으며 하루를 그 어떤 것들로 그득 채워야 한다는 강박관념마저 느끼며 살아간다.

이런 세태에 대한 비판의 시각도 물론 만만치 않다. 특히 조기 교육의 열풍은 심각한 사회 문제를 낳고 있는 것으로 지적되고 있다. 텔레비전의 한 프로그램에서도 조기 교육을 받고 있는 아이들의 상당수가 심한 스트레스로 다양한 정신적, 육체적 질환을 앓고 있다는 보고를 한 바 있다. 또 습득하는 정보가 모두 '입시'에 제한된 것일 뿐 진정한 의미로 '정보 사회'의 생활인으로서 성장하는 데 도움을 줄 만한 게 아니라는 지적도 있다.

비판이 만만찮다 해도 이미 대세를 이룬 사회 현상은 날이 갈수록 그 비판에 대해 당당해지기 마련이다. 빨리빨리 읽고 많이많이 얻어 내라. 원없이 배우고 실력을 쌓아라. 이것이 대세다. 그리고 이 모든 것은 통과 의례적으로 '입시'라는 관문을 지나간다는 사실을 알고 있다.

그나마 문학의 위기, 인문학의 위기 등의 말이 유포되고 있는 중에 억설적으로 인문학의 집적물인 고전, 문학, 신화, 역사 관련 책이나 영화, 만화 등 문화 생산물들이 사랑받고 있는 이유도 '입시'를 정점에 두는 우리 나라의 독특한 교육 구조 덕이라 말하는 사람도 있다. 기형적인 입시 메커니즘이 학문의 핵인 인문학을 실종케 하는 데 앞장섰는데, 알고 보니 바로 그 장본인이 한편에서 인문학을 살

빈둥 거려라

려 숨을 쉬게 하고 있었다는 얘기다. 말인즉슨 입시가 아니라면 무엇하러 동서고금의 명저를 읽고 있겠느냐는 것이다.

이 사실은 무엇을 의미하는가. 가능한 짧은 시간에 가능한 많은 내용을 배우고 익히고 외우는 것이 오히려 **진정으로 알아야 할 것, 배우고 익혀야 할 것을 제대로 얻지 못하게 하는 결과를 낳을 수도 있다는 것을 의미한다.**

지구인들은 입시와 관련없이 읽어야 할 책도 많고, 경험해야 할 일도 많다. 마찬가지로 한꺼번에 읽혀지고 경험되어지는 일 외에도 천천히 읽혀지고 느긋하게 경험해야 할 일 또한 많다. 베토벤의 음악을 한꺼번에 음미하기 위해 압축해서 들을 수 있겠으며 박수근의 그림들을 한 점에 일 초씩 해서 불과 몇 분 만에 다 보는 일을 상상할 수 있겠는가.

이 같은 일은 문학 교육 현장을 통해서도 설명할 수 있다. 최근에 학생들과 짧은 단편 소설을 읽는 시간을 가져 보았다. 학생들은 상당수 작품을 '무슨 얘기인지 이해하지 못하겠다'는 표정을 지었다. 나는 아예 강의 시간에 충분한 시간을 주고 한 편 한 편 읽게 했다. 어떤 작품은 공책에 소설 속 공간을 그림을 그리면서 읽게 했다.

가령 서정인의 초기 소설 『강』 같은 작품은 앞머리에 작중 인물들이 앉은 버스 안 위치를 꼼꼼하게 그림을 그려가며 읽으라고 권했다. 그런 과정을 통해서야 그제야 소설의 참맛을 알겠다는 반응이 있었다.

외로움도 경쟁력이다

황순원의 엽편 소설 『소리 그림자』는 짧은 길이의 작품인데도 작중에 곱사가 된 친구가 그린 그림에서 불꽃을 느끼는 장면 등을 온전히 상상하는 과정이 없으면 제 맛을 느낄 수 없는 소설이다. 이런 걸 짧다고 후딱 읽어 버릇하면 그 맛을 느낄 수 없게 된다. 이런 작품이 어디 한둘이겠는가. 이런저런 공상을 즐기면서 빈둥거리는 한이 있더라도 천천히 읽는 편이 빨리 읽고 얼른 다른 책을 읽는 것보다 낫다.

나아가 인간에게는 아예 책도 없고 다른 놀 것도 없이 빈둥거리는 시간도 필요하다. 짝사랑하는 애인을 생각하며 아무것도 하지 않고 빈둥거린 시간도 필요하고, 인생 무상을 느껴 하염없이 슬픈 생각에 빠져 울며 빈둥거린 시간도 필요하고, 당장은 어떻게 해볼 수 없는 일을 공상하는 시간도 필요한 거다.

그런 시간을 낭비라고 생각하는 사람도 있을 것이다. 그러나 감기에 걸리거나 몸살을 앓거나 할 때 아무것도 하지 않고 누워 있다가 병에서 회복하듯이, 살면서 별다른 외상도 없이 무슨 병을 앓는 것처럼 정신 상태에 어떤 구심점을 잃고 빈둥거리는 시간을 겪는 시간도 나중을 위해 필요한 것이다.

수백 년 후의 인류의 미래를 상상하는 아이를 생각해 보라. 그 아이가 천천히 책을 뒤적이는 모습이, 낙서를 하고 있는 모습이, 누워서 이리저리 뒤척거리는 모습이 마치 빈둥거리는 것처럼 보일지도 모른다. 그러나 그런 빈둥거리는 시간 없이 어떻게 과학이 탄생했겠으며 문학이 탄생했겠는가.

빈둥거려라

자라나는 아이에게 빈둥거리는 시간을 주어야 한다. 마찬가지다. 우리에게도 빈둥거리는 시간이 필요하다. 그러나 쓸데없이 바쁜 척 왔다 갔다 하는 시간은 있어도 진정으로 게으르게 빈둥거릴 시간은 우리에게 많지 않다.

단 빈둥거리는 동안 바삐 움직이는 것은 눈앞에 없는 것이 좋다. 가령 텔레비전 드라마라든지(라디오 방송도 이와 비슷하다) 컴퓨터 게임 이라든지 사람과 차들이 바삐 오가는 도심이라든지 이런 것들은 피하는 것이 좋겠다.

> 깜빡거리는 것들은, 위험하다
> 엘리베이터 표시등, 병원 약국의 번호판
> 횡단보도 신호등, 카드 공중전화의
> 액정 화면, 컴퓨터의 커서……
>
> —이문재, 「저 깜빡거리는 것들」에서.

이런 바쁜 도시에서 빈둥거리는 일은 시인의 말 그대로 위험천만 이다. 모두 바쁜데 혼자 빈둥거리면 '죄인' 취급당하기 쉽다.

그러니 가능하다면 일상을 탈출하라. 숲 속 같은 곳이 좋겠지만 그런 곳에 가 있기 쉽지 않다면 조용히 산책할 수 있는 곳, 그것도 아니라면 조그만 마당, 그것도 아니라면 한 평도 안 되는 베란다의 화분들 앞, 그것도 아니라면 그냥 맨방바닥, 그런 곳에서 조금 게으른 몸 동작으로 뒤척이면서 공상하는 것이 좋겠다.

외로움도 경쟁력이다

연필 한 자루, 공책이나 일기장 같은 것, 그리고 읽고는 싶은데 잘 읽히지 않아서 읽지 못하던 책 한 권…… 이런 정도는 지니는 것이 좋겠다. 책 읽다가 어떤 잡념에 빠져 공상하다가 막연한 느낌 속에서 낙서하다가 다시 그림도 그리다가 힘이 다하면 잠자다가 꿈꾸다가 또 어떤 느낌이 들면 낙서를 해보다가 하는 그런 시간이 중요한 것이다.

오늘 조바심 내며 살아온 당신, 바로 당신도 가끔은 빈둥거리는 것에 시간을 할애하고 그것을 즐길 줄 알아야 한다.

빈둥거려라

조용히 눈을 바라보라

– 박덕규

좋은 친구를 많이 사귀어라.

이런 충고를 많이 들었을 것이다. 좋은 친구를 많이 둘수록 자기 발전에 도움이 된다는 얘기다. 하지만 세상에는 내 맘에 쏙 드는 친구가 있는가 하면 그렇지 않은 사람도 너무 많아서 좋은 친구를 둔다는 것이 말처럼 쉽지 않다. 친하고 싶은 친구들이 나를 좋아하지 않으면 내가 아무리 친구들을 많이 사귀고 싶어도 사귈 수가 없을 수도 있다.

내게 과연 좋은 친구를 가려서 사귈 선택권이 있는가 하는 것도 문제다. 그러니 '좋은 친구를 많이 사귀어라' 라는 주문은 사실 친구를 잘못 사귀어 인생을 망치는 수가 있으니 조심하라고 경계하는 의

146

미는 되어도 그 이상의 실천적인 방향 제시는 되지 못한다.

게다가 이 충고는 매우 '이기적인' 주문이기도 하다. 역설적으로 말하면 이 말은 좋은 친구를 사귀어서 자기는 덕을 보고, 그 친구는 덕을 보든 말든 상관없다는 뜻이 된다. 또는 그 친구는 내게 좋은 친구여야만 하고, 나는 그 친구에게 좋은 친구가 아니라도 좋다는 말도 된다. 말장난 같지만 이치가 그렇지 않은가. 바람직한 교우 관계에 대한 충고로 '좋은 친구를 많이 사귀어라' 하는 말은 아무래도 곤란할 것 같다.

좋은 친구를 많이 사귀라는 충고를 이타적인 내용으로 옮기면 어떻게 될까? 보다 많은 이들에게 좋은 친구가 되도록 하라. 이런 정도가 되지 않을까. 내가 남들에게 좋은 친구가 되도록 애쓰게 되니까 나한테도 좋고, 말할 것도 없이 남에게도 좋은 일일 거다.

그렇다고 남들에게 좋은 친구가 되는 일이 또한 어디 쉽겠는가. 어쩌면 좋은 친구를 많이 사귀는 일만큼이나 힘든 일인지도 모른다. 당장 친구들이 나를 필요로 해야 할 터인데 그 점에서 자신이 없기가 보통이다. 나를 친구로 필요로 하는 사람이 있어도 막상 무슨 얘기를 해주어야 할지 모를 때가 많다. 대화를 하다 보면 '코드'가 맞는 사람도 있지만 도무지 코드가 맞지 않는 사람도 아주 많아서 그 사람 옆에 있다는 것 자체가 고문으로 느껴질 때도 있다. 그러다 보면 자연히 교우 관계가 좁아지고, 결국은 남들에게 좋은 친구가 된다는 말은 공허해지고 만다.

세상에 많고 많은 사람들은 다 저마다 개성이 있다. 우리가 만나

조용히 눈을 바라보라

는 사람들도 다 나름의 개성을 가지고 있다. 이들 중 되도록 많은 사람에게 좋은 친구가 되자면 그 개성을 수용하겠다는 자세가 필요하다. 과묵한 사람, 목소리가 큰 사람, 도덕성을 강조하는 사람, 술 마시다가 큰 소리로 노래를 부르는 사람, 그 자리에 없는 사람을 도마에 올려서 난도질하는 사람, 시비를 잘 거는 사람, 음식을 마구 시켜 놓고 나중에 계산할 때는 딴전을 피우는 사람…… 이런 다양한 사람들의 다양한 개성이 내게 다 수용될 수는 없을 것이다. 도저히 수용할 수 없는 무치의 경지도 있을 것이다.

그런데도 그 많은 사람들과 함께 어울리면서 친하게 지내는 사람이 있는가 하면 그렇지 않고 극히 제한적으로 만남을 유지하는 사람도 있을 것이다. 여러 사람과 별 마찰 없이 대화를 잘 나누고 지내는 사람이 있는가 하면 주변 친구들과 함께 있는 시간 동안 공연히 서먹서먹해하고 불편해하거나 아니면 자기 혼자 대화의 중심에 서려고 많은 얘기를 혼자서 하다가 결국에는 따돌림당하는 사람도 있다.

여러 친구들과 부담없이 잘 어울리려면 말을 거는 쪽이 말을 듣는 쪽보다는 낫다. 교제 관계에서는 대화가 중요하고, 그 대화는 말을 거는 사람에 의해 시작되는 거니까. 낯선 이가 있거나 해서 또는 서로 성격상 말을 아끼는 편이라 어색한 침묵이 흐를 때 이를 풀어주는 대화를 시작할 정도는 되어야 좋은 친구가 될 기본적인 자격이 있다.

그러나 상대의 말을 듣기보다 혼자 말을 많이 하는 것은 좋은 친구가 되려는 사람으로서는 결격 사항이다. 말이 많으면 당장은 주변

외로움도 경쟁력이다

을 시끌벅적하게 만들어 심심치 않게 해주는 장점이 있지만 상대에게 마음의 문을 열 시간을 주지 못하게 된다. 당연히 여러 사람에게 좋은 친구가 될 가능성은 그만큼 적어진다.

"넌 언제나 한꺼번에 이야기를 쏟아놓지? 그것도 듣는 사람이 듣는 역할밖에 할 수 없는 자기 얘기만. 그러면 듣는 쪽은 맞장구치는 것 말곤 할 게 없잖아. 일방적으로 얘기하지 말고 대화를 하면 침묵 따위는 생기지 않아. 만약 생겨도 그건 자연스런 침묵이니까 초조해지지도 않고."

키우요는 타이르듯 말한다. 사람 사이의 커뮤니케이션 방법을 같은 나이의 친구한테서 배운다는 건 그야말로 귀를 틀어막고 싶을 만큼 부끄러운 일이다.

17세 때 문예상 수상으로 등단해 2년 뒤인 2003년에 아쿠타가와상을 수상한 와타야 리사의 문제의 그 수상작 『발로 차버리고 싶은 등짝』(정유리 옮김, 황매)의 한 대목이다. 이 소설의 주인공 소녀 하츠의 성격에 대해 친구 키우요가 충고하고 있다.

하츠는 친구들과의 대화에서 '썰렁' 해지는 게 무서워서 자기가 먼저 뭔가 열심히 지껄인다. 어제 본 텔레비전이 재미있었다, 아침에 금붕어가 죽었다 등등. 그러나 하루에 있었던 일을 전부 얘기해도 다시 침묵이 흐르고 하츠는 또 그것을 못 견뎌 무슨 말이든 주워섬긴다. 하츠에게는 당연히 친구가 적다. 작중 인물의 캐릭터 창조

로 치면 삐딱하고 모난 외톨이라는 캐릭터를 잘 설명하고 있는 대목
이 된다.

교제에 있어 중요한 것은 대화의 양이 아니다. 반복해서 얘기하지
만 대화를 한다는 그 자체는 매우 중요하다. 많은 대화가 교제에 있
어 윤활유 구실을 한다. 불편한 관계, 서먹서먹한 분위기도 서로 말
을 나누다 보면 해소되기도 한다. 그러나 진정한 의미의 친구 사이
라면 여기에 어느 정도의 질 높은 대화 내용이 얹어져야 한다. 좋은
친구는 상대에게서 마음의 문을 연 말을 꺼내게 하는 사람이다. 뛰
어난 카운슬러는 수많은 이들의 마음의 문을 연 말을 들은 사람이
다.

그렇다면, 무엇으로 상대의 마음의 문을 열게 할 것인가.

우선 상대의 개성을 인정하는 자세가 필요하다. 상대의 태도가 지
나치게 억압적이거나 주변을 불편하게 할 정도가 아니라면 상대가
이끄는 분위기에 맞춰주는 것이 좋다. 그리고 조금씩 상대의 장점을
찾아내 그 장점과 대화하기 시작해라. 가능하면 그 장점을 칭찬해
라. 상대가 관심있어 하는 일, 상대가 열심히 하고 있는 일, 상대의
가능성이 가장 엿보이는 일 등에 대해서는 나 역시 관심이 많고 많
은 말을 나누고 싶고 되도록 함께하고 싶고 도와주고 싶다고 말한
다.

상대가 지닌 장점에 대해 기꺼이 후원자가 되겠다는 생각은 교제
관계에서 정말 필요한 일이다. 내가 만약 어떤 조직을 이끌어간다고
할 때 내가 알게 된 어떤 사람의 장점은 모두 나와 일을 함께할 든든

외로움도 경쟁력이다

한 요소가 된다. 한 나라의 대통령, 기업의 사장, 큰 단체의 우두머리가 된 사람들이 거느리고 있는 인재들은 결국 그 다양한 장점들의 결집을 위해 모인 것이다. 평소 수많은 남들의 개성을 인정하고 그 장점을 귀 기울여 듣지 않았다면 나중에 큰일을 하려고 인재를 동원하려 해도 제대로 동원할 수가 없는 것이다.

어떤 경제인은 이렇게 말했다.

"내가 필요한 자리에 쓸 만한 구석이 있으면 다른 단점은 다 덮어두고 그 사람을 쓴다."

교우 관계에서도 마찬가지다. 사람들에게는 누구나 단점도 있고 장점도 있다. 단점을 지적해 주는 것도 좋은 친구의 역할이다. 그런데 그 일은 위험하다. 인간이란 나이가 들수록 지적당하는 것을 싫어하기 때문이다. 의절이라는 결과를 빚어도 좋고, 미움을 사도 좋다고 생각한다면 물론 단점을 지적하는 일을 두려워해서는 안 된다. 그러나 그런 지적도 또한 상대의 장점을 최대한 높이 산 뒤에 시도하는 것이 바람직하다.

좋은 친구가 되자면 상대의 마음의 문을 열어야 한다. 상대의 마음의 문을 열기 위해서는 상대의 개성을 인정하고 그 장점을 최대한 칭찬하는 자세가 되어야 한다. 그것을 위해 가장 필요한 것이 있다. 그것은 상대의 눈을 조용히 바라봐 주는 일이다. 상대에게 부담을 주지 않을 정도의 눈빛을 담아 나는 너의 말을 귀담아듣고 있으며 네가 하는 말이 흥미로우며 하는 중요한 일에는 마음

조용히 눈을 바라보라

으로 후원하겠다는 뜻이 담긴 그런 눈으로 상대
를 바라봐 주는 데 익숙한 사람에게 친구가 없
을 수 없다.

그 사람은 이미 많은 사람들에게 좋은 친구가
되어 있으며 다시 말해 어느덧 좋은 친구들을
많이 사귀고 있는 친구가 되어 있다.

외로움도 경쟁력이다

가난하게 *사는 법을 배워라*

- 장석주

우리 나라가 유동성 부족으로 국가 부도 위기에 몰린 뒤로 사람들의 머리 속은 어떻게 하면 돈을 벌 수 있는가, 라는 화두로 가득 찼다. 대기업들이 문을 닫고, 멀쩡하게 잘 나가던 직장인들이 실업자가 되어 거리로 쏟아져 나왔다. 사회 전체에 위기감이 높아지고 공황 심리가 번졌을 때 사람들은 돈만이 지고한 가치이고, 인생의 성패를 가늠할 수 있는 유일한 척도라고 확신했다.

제록스 사의 영업사원 출신인 로버트 기요사키가 투자 성공으로 부자가 되어 쓴 『부자 아빠 가난한 아빠』가 인구에 회자된 것도 그 즈음이다. 이 책의 목차를 들춰보니 사람들이 부자가 되지 못하는 5가지 이유, 부자가 되기 위해 갖추어야 할 10가지 힘, 부자가 되기 위해 아직도 더 필요한 몇몇 요령 등이 얼른 눈에 들어온다. 정말 이 책을 읽고 얻은 투자 기법과 금융 지식에 따라 재테크 습관을 바꾸면 부자가 될지도 모른다는 생각이 든다. 그러나 『부자 아빠 가난한 아빠』는 부자가 되는 법은 가르쳐 주지만 정말 행복한 사람이 되는 법은 가르쳐 주지 않는다.

근대의 프로젝트는 근대인들을 고용과 노동에 묶어놓으며 인간에게 더 많이 쓸 수 있는 에너지와 잉여의 시간을 주겠다고 약속했다. 그러면 더 행복해질 것이라고 예언도 곁들였다 .

현대인들은 거주지를 실내로 옮기고 육체 노동을 기피하며 전기로 냉난방을 하고 더 많은 자동차와 냉장고, 전화, 그리고 필요 이상의 여가 시간과 쾌락을 누릴 만큼 부유한가에 따라 한 사회의 문명화 정도를 결정한다. 신중한 행동과 인간적인 법률, 전쟁의 감소와 행위와 목적의 고매한 척도는 문명화를 논의할 때 아예 사라진 개념이 되었다.

그래서 우리는 더 행복해졌는가? 근대의 프로젝트는 인간에게서 '기도의 길을 따름으로써 얻는 고독, 참 지식에 대한 왕성한 추구, 희생과 자기 부정의 정열, 동료의 영혼에 대한 깊은 관심' 등을 거의 완전하게 박멸해 버렸다. 물질적으로 풍요로운 사회를 일구는 것을 제1의 가치로 삼은 근대의 프로젝트가 우리의 신체에 가난은 벗어나야 하는 것, 극복해야 되는 것으로 각인시킨 것은 당연한 일이다.

외로움도 경쟁력이다

가난은 삶을 누추하게 만드는 질병이다. 우리는 한사코 그 질병으로부터 멀리 달아나기 위해 생산의 증대와 부의 축적을 우선적인 가치로 추구하도록 세뇌되었다. 그리하여 우리의 무의식에는 가난에 대한 근본적인 두려움이 숨어 있다. 그런데 가난을 예찬하다니! 물질적 집착에서 해방된 삶이라는 뜻에서 가난은 자연의 법을 따르는 삶이다. 자연 속에서는 언제나 더 많이 버림을 통해서 얻는 가난이 최적화의 생존 조건이다. 그것은 한마디로 놀라운 기적이다.

벌집은 최소한의 밀랍으로 그것을 가장 튼튼하게 받칠 수 있는 각도로 만들어져 있다. 새의 뼈나 깃은 최소한의 체중으로 가장 큰 힘을 날개에 실을 수 있도록 되어 있다.

자연에서는 남아도는 것은 죄악이다. 미켈란젤로에 따르자면 자연은 낭비를 정화하도록 되어 있다. 자연 상태에서 생존을 이어가는 동물에게 비만이란 없다. 하마조차 본디 그런 체형을 타고났을 뿐 비만 상태는 아니다. 자연의 신호가 아니라 문명의 신호에 따르는 사람과 사람에 길들여진 애완 동물만이 비만에 빠진다. 비만은 낭비라는 나쁜 습관이 초래한 질병이며 인위적 재앙이다. 자연에서 처벌되지 않는 낭비란 존재하지 않는다. 최소의 비용으로 공학적 공간을 얻는 벌집과 공중을 날기 위해 속을 비우는 새들의 뼈에서 볼 수 있듯이 자연은 낭비를 정화하여 생존 조건을 최적화하는 지혜를 내재화하고 있다.

작은 거처와 소박한 삶은 가난의 물질화된 양태이다. 가난은 불필요한 필요의 끝없는 확장을 즉시 멈추는 것이고, 그리하여 일체의 과잉을 추문으로 만드는 고결한 선택의 결과다. 필요를 확장시키고 키우는 방식의 삶은 필연적으로 물질의 오용과 남용에 이른다. 가난은 그것에 대한 거의 유일한 대안이다.

자발적 가난은 유일하게 창조적인 가난, 그러니까 자유를 얻기 위해 꼭 필요한 성스러운 가난이다. 이는 인위적으로 조작된 미래와 존재에 반하는 투쟁이며, 야망과 권력에 얽매여 사랑을 잃고 자아를 상실한 채 타인에게 운명을 내맡기는 확실한 해독제이다.

재산의 증식을 향해 늘어선 강요된 가치 시스템 속에서 우리는 어떻게 자발적으로 '가난'에 들어갈 수 있는가? 재산의 개념을 새롭게 세워야 한다. 신선한 공기, 맑은 물, 침묵과 마음의 평화, 건강, 깊은 자유…… 와 같은 비물질적인 가치가 왜 중요한 재산이 아닌가? 자발적 가난은 도덕의 축이고 모든 가치에 우선하는 가치다. 무소유를 삶의 이상으로 삼는 사람들, 이를테면 힌두 고행자들, 불교 승려들, 프란체스코 수도사들은 일회용 소비를 끊고 욕망을 최소화하며 금욕주의의 미학을 실천하는 사람들이다. 욕망의 복잡함 속에서 난파당한 사람들에게 그들은 방향을 제시해 주는 샛별이며 등대 같은 존재들이다.

자발적 가난은 욕망에 사로잡히는 것이 괴로운 것이라는 걸 깨닫게

외로움도 경쟁력이다

하며, 그리하여 자아를 욕망의 고삐에서 풀어 자유로운 영혼의 통제 아래 두는 것이다. 우리가 자주 잊지만 지구는 한정된 자원이다. '지구는 존재하는 모든 인간의 필요를 충분히 만족시킬 만큼은 자원을 제공하지만 탐욕을 만족시킬 만큼 자원을 제공' 하지는 않는다. 공허한 풍요의 황폐함으로부터 벗어나기 위해 우리는 더욱 생활과 사고의 단순함으로 나가야 한다.

당신은 공허한 풍요를 선택할 것인가, 아니면 창조적 영감을 주는 자발적 가난을 선택할 것인가? 부는 개체적 존재의 소유가 될 수 없는 것인지도 모른다. 인간은 욕망을 욕망하는 존재다. 우리는 언제나 소유의 허상만을 손에 쥘 뿐이다. 왜냐하면 그것은 '시장과 화폐의 흥망성쇠, 인간의 조절 범위 너머에 있는 요인들, 손실에 관한 불안들' 속에 이미 선점되어 있기 때문이다.

소유되지 않고, 소유할 수 없는 것들을 좇아가는 일만큼 허망한 일이 있는가? 설사 우리가 그것을 소유할 수 있다 할지라도 개체의 의지 범주를 넘어서는 잉여의 소유는 그것을 통제하기 위해 외부의 힘을 빌어야 한다. 그것은 더 많은 근심과 불안을 낳는 원천이다. 말초 신경을 만족시키는 탐욕과 필요 이상의 안락함에 대한 갈망을 끊고, '꼭 필요한 최소의 것으로 존재의 단순한 골격만으로 부유함의 모든 욕구' 를 대체해야 한다. 자발적 가난은 '하나의 과정, 하나의 기원, 하나의 성취' 이다.

◎ 이 글에 인용된 글은 『자발적 가난』, (슈마허 외 지음, 그물코, 2003)의 문장이다.

가난하게 사는 법을 배워라

자족 하라

- 장석주

사람은 본디 없음에서 나왔다. 숨결을 받은 몸의 존재가 된 뒤로 사람들은 죽을 때까지 있음을 추구한다. 사람을 욕망의 존재라고 규정 짓는다면 그 욕망은 오로지 있음을 향해 있다. 자연은 그 있음의 근본을 이룬다. 어떤 욕망이나 목적을 가진 행위의 주체인 사람은 자연에서 있음을 구한다. 이를테면 현대 문명이란 인류가 자연의 있음을 빼서 사람 위주의 있음으로 바꾸어놓은 행위의 최종적 결과물이며 그것의 총화이다.

자연을 깔아뭉개고 만든 문명의 이기(利器)들을 쓰면서 사람들은 예전보다 더 많은 여유와 풍요를 즐기게 되었다. 하지만 더 많은 여

외로움도 경쟁력이다

가 시간과 물질적 풍요가 사람을 그 이전 시대보다 더 행복하게 만들었다는 증거는 어디에도 보이지 않는다.

사람이 지구상에 처음 나타난 이래 사람들은 제 생존을 위해 오로지 자연에서 물과 열매를 구하고 짐승을 사냥하며 살아왔다. 채취와 수렵, 농작물의 경작 등 모든 것이 자연에서 이루어진다. 자연은 언제나 넉넉하게 사람살이에 필요한 것을 베풀어왔다. 하지만 산업 혁명 이후 인류가 기술과 산업화의 가치를 숭상하고 그것에 기대 물자의 대량 생산과 대량 소비 시대로 나아가며 대규모적으로 자연을 착취하기 시작했다. 사람들은 자연을 정복한다고 했다. 힘으로 강제 제압해야 할 만큼 자연이 무분별하고 위협적이며 사람에게 해를 끼친 적이 있었던가? 사람들은 개발이라는 명목으로 자연을 파괴하고 훼손했다.

사람들이 식량과 집, 지식과 오락을 얻기 위해 동남아시아나 남미의 열대우림을 마구잡이로 남벌하여 지구의 허파 구실을 하는 울울창창한 숲들이 사라져 간다고 한다. 그뿐인가. 물과 공기는 오염되고, 다양한 생물 종들이 지구 위에서 사라지고, 지구 자원은 고갈되어 간다. 사람들은 주체하지 못하는 탐욕 때문에 자연을 잃고 얻은 것은 지구 온난화, 산성비, 핵폐기물…… 따위들이다.

더 구체적으로 말하자. 지구 위에 걸어다니는 사람들이 제 몸을 건사하기 위해 해마다 육지에서 자라는 모든 식생의 40퍼센트를 먹어치우고, 청정 지역을 거쳐 흘러나오는 담수를 3분의 1이나 오염시키며, 세계 삼림의 3분의 2, 초원의 4분의 3을 훼손한다. 이런저

자족^{하라}

런 까닭으로 사람들은 공룡이 살던 시절 이후로 가장 많은 지구의 생물종을 멸종시켰다는 보고도 있다. 문명적인 삶의 유지는 이처럼 대개 무한대의 자원으로 여겨지는 자연의 희생과 착취에 힘입은 것이다.

사람들은 자연과 더불어 살아가야만 할 뿐 아니라 자연의 일부에 속하는 존재다. 자연을 떠나서는 살 수 없다. 다행스럽게도 사람들의 생각이 서서히 변하고 있다.

구체적으로 소비자의 기호와 공공 정책을 생태계 파괴를 최소화하고 환경이 나쁜 영향을 덜 받는 방식으로 바꾸고, 지구 자원을 덜 쓰는 다양한 방식의 대안을 모색해야 한다. 전보다 더 많은 사람들이 느림이나 명상, 산책의 가치에 대해 말한다. 더 많은 사람들이 소박하고 단순한 자연 친화적 삶을 추구하는 것은 매우 다행스러운 일이다.

나는 오랫동안 자연과 더 가까워지는 삶을 꿈꾸어왔다. 자연 속의 삶이란 어떤 모습이었던가. 나는 한적한 시골에서 개구리와 무당벌레와 사마귀와 함께 살며 고요하게 나이를 먹고 싶다. 장 그르니에가 말한 바 있는, '내가 진정으로 원했던 것은 바로 일상의 현실로부터 나를 떼어놓는 것이었고, 가식없는 '자연의 상태'로 되돌아가는 것' 바로 그것이다. 자연과 나는 불이(不二)다. 사색과 산책을 하며 혼자 조용히 밥을 끓이고 글을 쓰며, 세상과는 뚝 떨어진 채 정원을 가꾸듯 내면의 비밀을 가꾸며, 자연과 내가 하나가 된 오롯한 삶

외로움도 경쟁력이다

을 누리고 싶은 거다.

희끗희끗해진 머리를 길러 묶고 마당에 내놓은 의자에 앉아 해거름이 다가오는 저 우주의 시간을 맞고 싶은 거다. 탁자에는 읽다 덮어둔 몇 권의 책, 적포도주 한 병, 빈 컵, 가슴을 치며 지나가는 멀리 있는 누군가에 대한 그리움들…… 늑대와 개 사이의 시간…… 그 적요한 저녁 시간을 그 무엇에도 침식당하지 않는 자유를 온전히 누리고 싶은 거다. 돈보다도, 권력보다도, 명성보다도, 떠들썩한 사교 생활보다도, 그저 내 몸과 마음을 느리고 고요하게 시간 속에 풀어놓은 채 살고 싶다. 나는 하루의 많은 시간들을 산책과 독서로 채우며 나머지 시간들은 명상과 글 쓰기로 보내고 싶다. 그 비밀스러운 삶을 살고 싶은 거다.

벌써 눈치 챘겠지만 나는 시골에 산다. 아직도 필요한 것들을 구하기 위해 부지런히 저 거대 도시를 오르내리지만 자연은 내 삶의 거처다. 밤나무 숲이 있고, 저수지가 내려다보이는 곳에 작은 집이 있다. 집 주변에 해마다 배나무, 살구나무, 복숭아나무, 대추나무, 모과나무와 같은 유실수와 느티나무, 미선나무, 이팝나무, 단풍나무, 꽃사과나무, 구상나무, 금송, 수수꽃다리, 오죽, 명자나무와 같은 많은 나무들을 심고, 약수터와 마을과 마을로 이어지는 무수한 오솔길과 내가 심고 가꾸지 않은 드넓은 언덕의 밤나무 숲을 산책하며 다섯 마리의 개와 함께 산다. 전보다 훨씬 더 자주 은하수와 별똥별들, 그리고 청개구리와 거미와 반딧불이와 무당벌레들을 보며 드물게 뱀과 다람쥐와 청설모와 너구리들도 함께 산다.

자족 하라

여름 밤의 어둠 속을 떠다니는 반딧불이가 드물게 눈에 띈다. 비가 오면 청개구리들은 묵묵히 유리창을 기어오른다. 나는 비 오는 날 청개구리들이 왜 유리창을 한사코 기어올라 가는지 그 까닭을 알지 못한다. 11월 즈음해서 기온이 떨어지면 무당벌레들이 출몰한다. 방충망에 달라붙어 있는 무당벌레, 욕조에 받아놓은 목욕물에도 떠 있는 무당벌레, 부엌이며 책상 위를 기어다니는 주황색 반점의 무당벌레들…… 그것들과 더불어 사는 지혜를 하나씩 터득하고 내 몸을 기꺼이 자연에 길들이며 사는 이 삶을 기꺼워한다. 자연 속에 살면서 내 안에 웅크리고 있는 굶주린 짐승은 눈에 띄게 양순해지기 시작한다.

외로움도 경쟁력이다

고독 속에 피는 아름다운 사랑

– 문흥술

인간은 홀로 사는 것이 아니라 여러 관계 망 속에서 살아간다. 가족과 친척 관계는 물론이고 친구, 선후배, 직장 동료 등을 비롯하여 각종 사회 집단과의 관계 망에 얽히고설킨 채 살아간다. 아침에 일어나 가족과 식사를 하고 집을 나와 회사나 학교로 가서 선후배와 동료끼리 부대끼고 저녁에는 여러 사람들과 어울리다 집으로 돌아오기 마련이다. 이찌면 우리 모두 똑같은 생활을 반복하면서 살아가는지도 모른다.

반복되는 일상, 그 지겨운 하루, 그리고 사람들. 모두가 자기의 안위와 행복과 이익만을 생각하면서 남을 헐뜯고 짓밟는 데 혈안이 된 나날들. '나만 빼고 다 망해라' 식의 이기적인 삶이 지배하는 삭

막한 일상. 도대체 무엇 때문에 살아가고 무엇 때문에 만나는지를 알 수 없는 시간의 연속. 모든 것이 귀찮고 만사가 지겨울 때, 그래서 하는 일마다 짜증이 나고, 만나는 사람마다 원수 같아 보이는 삶의 연속. 사람과 사람 사이에 쌓여가는 극복할 수 없는 불신의 벽. 그 벽의 중압감에 사지가 억눌려지고 허우적거리기만 하는 시간의 궤적.

비가 추적추적 내리는 어느 날 저녁, 파김치가 되어 집으로 돌아갈 때, 문득 가로등 불빛 아래 길게 늘어선 비에 젖은 그림자를 보고 나라는 존재는 무엇인가, 나는 왜 무엇을 위해 살아가는 것인가 하는 의문이 들 때가 있다. 어디론가 훌쩍 멀리 아무도 없는 곳으로 떠나 버리고 싶다는 강렬한 충동이 엄습하면서 몸이 부들부들 떨릴 정도의 고독감에 휩싸일 때, 이 넓고 광활한 세상에서 자신의 외로움을 달래줄 것이 아무것도 없다는 생각에 절망하곤 한다. 그럴 때 훌쩍, 정말 훌쩍, 부모도 가족도 친구도 모두 잊고, 멀리, 홀로, 여행을 떠나보면 어떨까. 모든 관계 망과 단절된 아무도 없는 곳에 자신을 유폐시킨 채, 고독과 외로움에 처절하게 부딪쳐 보자.

당신이 태어나기 전에도 당신이 아니었던 것처럼 죽고 나서도 당신이 안 될 것이다. 그 때문에 당신은 깊은 절망에 빠진다. 그러나 그 절망은 당신으로 하여금 당신과 비슷한 모든 자들, 즉 외관상으로 형제와 같은 자들이나 무에서 무로 행진하는 비참한 그림자들을, 또는 무한의 영원한 암흑 속에서 잠깐 빛을 내는 의식의 불꽃들

외로움도 경쟁력이다

을 동정하도록, 다시 말해서 사랑하도록 한다.

—『생의 비극적 의미』 우나무노.

애초부터 인간은 고독한 존재이다. 인간은 살아가면서 수많은 관계 속에서 부대끼지만 결국은 모든 것을 스스로 결정하고 행동해야 하는 외로운 존재이다. 수많은 관계 망 속에 외롭게 방치된 고립된 섬에 표류하는 존재, 그것이 우리의 본래 모습이다. 살아가면서 뿐만 아니라, 이 세상에 태어나기 전에도, 그리고 죽고 난 뒤에도, 인간은 광활한 대지에 유일하게 존재한다.

이처럼 인간은 고독한 존재라는 비극적인 자기 인식으로부터 삶의 고뇌와 번민은 시작된다. 세상에서 '나'라는 존재는 무엇이며 산다는 것의 의미는 무엇인가. 인간의 운명과 존재 의의에 대한 이러한 성찰로부터 고독은 배가 되고, 그러한 고독을 극복하기 위해 인간은 자신과 유사한 것을 찾아 그것을 인격화한다. 주위에서 늘 만나는 사람으로부터 출발해서 높게는 신에서부터, 밑으로는 나무 한 그루, 풀 한 포기, 모래알 하나에 이르기까지 모든 것을 인격화하면서 자신의 고독을 함께 공유할 대상을 찾아 방황한다. 마치 이가 빠진 동그라미가 그 짝을 찾아 끝없이 방황하듯이.

긴 방황의 노정에서 인간은 자신과 비슷한 처지에 있는 것에 대해 동정과 연민과 슬픔을 느끼고 그것을 함께 공유하고 싶어한다. 그럴 때 사랑이 싹튼다. 말하자면 사랑은 인간 존재에 대한 비극적 자기 인식에 그 뿌리를 두고 있는 것이다.

165

일상에서 우리가 사람을 만나고 사랑하고 관계를 맺는 것은 바로 우리 인간이 가지고 있는 이 비극적 자기 인식에서 비롯된다. 그러니까 애초에 우리는 인간 존재의 유한성과 고독을 함께 공유하고 더불어 살기 위해 타인을 사랑하고 아끼는 것이다. 그런데 그런 관계가 우리를 지배하는 이기적인 삶과 상품 물신화된 삶에 의해 변질되면서 타락할 대로 타락해 가고 있는 것이다. 사랑의 본래적 의미를 찾아 홀로 여행을 떠나는 것은 그래서 아름답다.

언젠가 본의 아니게 2주가량 멀리 여행 아닌 여행을 떠난 적이 있다. 물론 그전에도 자주 혼자 여행을 떠나곤 했다. 가슴이 답답하거나 하는 일이 잘 되지 않을 때, 한밤중에도 훌쩍 차를 몰고 멀리 여행을 떠났다가 며칠 뒤 돌아오곤 했다. 그런 여행을 통해 몸과 마음을 새롭게 추스르면서 스스로를 담금질하곤 했다.

그런데 이번에는 그런 짧은 여행이 아니라 장장 2주 동안 외부와 철저하게 차단된 채 감옥 같은 생활을 해야만 했다. 핸드폰도 몰수당하고 인터넷도 사용할 수 없는 상황에서, 큰 방에 홀로 2주 동안 기거하였다. 처음에는 그곳 생활에 적응하느라 정신이 없었는데, 어느 정도 시간이 지나고 조금 안정이 되자 많은 것이 생각나기 시작했다.

무엇보다 혼자 고독한 시간을 보내야 하는 것이 제일 힘들었다. 창밖으로는 5월의 따스한 햇살과 몽실몽실해진 푸른 산이 선명하게 보였다. 그때 저 산을 자유롭게 휠휠 돌아다닐 수 있다는 것이 얼마나 좋은지를 처음 깨달았다. 내가 늘 부대끼면서 짜증 내고 화내고

외로움도 경쟁력이다

회피하려고 애를 썼던 그 모든 관계들, 가정과 직장과 동료 집단과의 관계가 얼마나 소중한 것인지를 절감할 수 있었다.

누군가를 가슴 아프게 했던 일, 혹은 누군가와 다투었던 일, 또 무엇인가 소홀히 했던 일들이 주마등처럼 스쳐 가면서 많은 자책과 반성과 후회의 시간을 갖게 되었다. 내가 맺고 있던 그 모든 관계들이 실상은 내가 사회의 한 구성원으로 살고 있음을 입증하는 소중한 것임을 알게 되었을 때, 지난 내 삶에 대한 아쉬움과 함께 앞으로의 삶에 대한 새로운 기대감을 느낄 수 있었다. 밖에 나가면 지금부터 학생들을 더 열심히 가르치고, 또 학교에 충실하면서 문학에도 열정으로 임해야겠다는 각오를 수없이 다졌다. 그리고 술자리에서 웃고 떠들면서 친분을 쌓던 일이 내 인생에서 얼마나 복되고 소중한 것인가를 새삼 뼈저리게 느낄 수 있었다.

그러면서도 가장 절실하게 와 닿는 것은 내가 사랑하는 사람들이었다. 늘 곁에 있으면서 소중한 줄을 몰랐던 모든 이들이 얼마나 보고 싶던지. 그리고 그들에게 잘못했던 일들이 또 왜 그렇게 많이 떠오르던지.

봄 가을 없이 밤마다 돋는 달도
'예전에 미처 몰랐어요.'

이렇게 사무치게 그리운 줄도

고독 속에 피는 아름다운 사랑

‘예전에 미처 몰랐어요.’

달이 암만 밝아도 쳐다볼 줄을
‘예전에 미처 몰랐어요.’

이제금 저 달이 서름인 줄은
‘예전에 미처 몰랐어요.’

—「예전엔 미처 몰랐어요」 김소월,

늘 가까이 있을 때는 소중한 줄 몰랐던 임이 저 달처럼 멀리 떠나
갔을 때 비로소 사무치게 그리운 존재이며, 그 존재와 함께 있지 못
해 서럽다는 소월의 시가 불현듯 뇌리에 강하게 떠올랐다. 늘 가까
이 있으면서도 소중한 줄을 몰랐던 ‘달’과 같은 그리운 이들.

감금된 2주 동안, 일로 파김치가 되어 밤늦게 잠자리에 들어서도
사랑하는 사람들이 보고 싶어 눈을 말똥말똥 뜬 채 하염없이 어두운
창밖을 바라보면서 고독해하던 기억이 지금도 선명하다. 그때서야
‘나’라는 존재는 홀로 이 세상에 던져진 것이지만 내가 사랑하는 사
람들이 있음으로 해서 내 삶이 결코 외롭고 고독하지 않았다는 것을
깨달았다. 그 긴 밤 불면으로 밤을 새면서 사랑하는 이들의 얼굴과
이름을 하나하나 떠올리면서 나는 창밖 밤하늘을 무수히 수놓고 있
는 별들에게 맹세를 했다. 내 사랑하는 이들에게 지난 내 잘못을 백
배 사죄하고 앞으로 그 어떤 이기적이고 이해타산적인 조건 없이 그

외로움도 경쟁력이다

들을 진심으로 영원히 사랑하리라고.

사랑하는 것은
사랑을 받느니보다 행복하나니라
오늘도 나는 너에게 편지를 쓰나니
그리운 이여 그러면 안녕!
설령 이것이 이 세상 마지막 인사가 될지라도
사랑하였으므로 나는 진정 행복하였네라

—「행복」 일부, 유치환.

　사랑은 받는 것보다 주는 것, 그것이 진정한 사랑이며 그런 사랑을 나눌 수 있는 곳이 바로 내가 늘 부딪치는 일상의 모든 것임을 깨달았다는 것, 내가 2주 동안의 감금 생활에서 얻은 가장 값어치있는 깨달음일 것이다. 어쩌면 평범할지도 모를 그 교훈을 나는 왜 여태까지 몰랐을까라고 반문하면서 밖으로 나오는 날, 나는 5월의 푸른 하늘 아래 마음껏 심호흡을 하면서 앞으로 내가 만날 모든 사랑하는 이들을 마음껏 사랑하고, 또 그들과의 소중한 관계를 더욱 아름답고 값지게 가꾸어야겠다고 거듭 다짐을 했다.

제4장 너희가 매미를 아느냐

사회라고 구분 지어진 울타리로 들어설 나이가 된 젊은이라면 적성에 따른 직업 선택도 중요하지만 먼저 '삶' 과 '삶 이상의 삶' 이 명확하게 구분되어야 한다. 인간은 매미가 아니며 단지 종족 보존 차원에서 생이 주어지는 것이 아니기에 그렇다. 더욱이 칠 일의 삶조차도 판단 미숙으로 장마철에 머리를 내미는 우를 범한다면 '삶 이하의 삶' 이 된다.

너희가 매미를 아느냐

− 김용배

1

　　신(神)은 탄생의 위대함을 선물했다. 그것으로 신의 역할은 끝났다. 삶의 성공 여부는 오로지 자신의 몫이다.

　　자신의 삶을 어떤 신념으로 어떻게 기획하고 가정이, 사회가 주는 자양분을 어떻게 흡수했으며 어떤 자기 원칙을 지니고 나를 위해 어떤 준비를 했는지가 '살이' 과정에서 연속적으로 일어나는 쟁점이다. 그것이 긴 인생 여정을 거니는 동안 내내 사색해야 될 관건이며 운명의 마스터키가 된다.

#2

매미가 세상 밖으로 나오려면 보통 칠 년 정도를 흙 속에서 기다려야 한다. 북아메리카의 어떤 종은 십칠 년간이나 땅속 생활을 하는 것으로 유명하다.

매미들의 일생은 거의 비슷비슷하다. 한여름에 식물 조직을 터전으로 일제히 알을 낳는다. 매미는 알 상태로 첫해 겨울을 난다. 봄이 되면 껍질을 깨고 유충, 즉 굼벵이 초기 상태로 부화한다. 굼벵이는 번데기가 되었다가 다시 굼벵이로 변하는 과정을 반복하며 성장을 거듭한다. 그렇게 오륙 령 이상을 지나야 우화(羽化)를 위해 땅을 헤집고 나무 위로 기어오른다. 이때가 다시 한여름철이다.

이 시기가 가장 중요하다. 비로소 매미가 되기 위한 탈피를 시작하는 것이다. 이 시기는 가장 위험한 시기이기도 하다. 천적으로부터 어떠한 보호막이 없는 것은 물론이고 한 마리의 벌레에서 매미로 거듭나기 위한 가장 어렵고 가장 힘든 과정을 겪어야 한다.

그 어려운 과정을 무사하게 마쳐 성충 매미가 되면 보통 칠 일 정도 산다. 그 기간 동안 위대한 종의 번식 과정을 마치고 허무하게 죽는 것이 매미의 일생이다.

그런데 수많은 난관을 차례로 극복하고 매미로 탄생하는 그날, 하필 그날부터 장마철이 시작될 때도 있다. 우리 나라의 장마철은 한여름철에 집중되기 때문이다.

너희가 매미를 아느냐

장마철에 탈피한 매미는 박제나 마찬가지다. 날개가 젖어 날 수 없게 된다. 장마가 그칠 때까지 탈피한 장소에서 기다려야 하는데 그동안 먹이 활동을 할 수 없어 굶어 죽게 된다. 칠 년 기다림이 무 의미한 생으로 끝나고 마는 것이다.

3

누구나 한 인격체로 자리매김될 때까지 이십 년 이상을 준비해야 한다.

사회라는 울타리로 뛰어들 첫 번째 기초 과정을 이때 배운다. 주 어진 삶에 대해 이때 생각해야 하고 인생에 대한 깊이있는 생각과 포부가 이때 이루어진다. 대학 과정까지 또 어떤 이는 '친구 따라 유 학'을 다녀오기도 한다. 안타깝게도 이 과정에서 인생의 3분의 1이 라는 참으로 긴 시간이 소모된다.

그 이후가 참으로 중요하다.

누구에게나 선택이라는 인생의 필수 과정이 기다리고 있다. 이때 가 되면 우선 밖에 비가 오는지 눈이 오는지 자세히 살펴야 한다.

비만 온다면 우산이라는 이기를 사용하면 상관없겠지만 태풍이 몰려온다면 집 안에 머무는 것이 더 안전하다. '태풍이 몰려와도 상 관없어'. 그런 용감한 생각을 지녔다 하더라도 자신을 맞아줄 세상 의 선택들은 태풍을 피해 모두 집 안에 틀어박혀 있을지도 모른다.

너희가 매미를 아느냐

만용은 금물이다.

4

사람마다 적성이 다르고 다른 각의 관심 각도를 지니고 있다. 일률적일 수가 없는 것이 사람만의 특성이다.

인간의 특성은 두 가지로 구분된다.

첫 번째, 삶은 보편 타당한 삶이다. 사람은 누구에게나 기본적으로 더 높은 곳을 바라보며 걸어가고 싶은 욕구가 잠재되어 있다. 정열적인 행동 양식이 나타나고 남보다 더 많은 것을 얻고 싶어한다. 본능에 이끌려 수시로 충동적인 면이 나타난다.

쇼핑몰에만 가면 자신을 억제하지 못하는 충동 구매 욕구가 여기에 속한다. 남자들의 동물적 감정 또한 여기에 속한다. 남자들이라면 누구에게나 종족 보존의 잠재 의식이 내재되어 있다. 이는 종의 보존 원칙이기도 하다. 이러한 삶을 '주어진 것 이상의 더 풍족한 조건을 원하는 삶', More-Life라고 한다. 이것은 진화와 같은 일상적인 발전은 하되 승화되지 못한 삶이다.

두 번째, 삶은 이상을 앞세우는 삶이다.

현재까지 사고 능력은 인간의 전유물로 인정되고 있다. 물론 유인원이나 지능 지수가 높은 동물들도 어느 정도의 사고 능력을 인정하지만 그것을 마지막 진화 과정을 마친 피조물의 사고라고 인정하진

너희가 매미를 아느냐

않는다. 이념과 개념의 능력을 갖추지 못했기 때문이다.

그리스의 소피스트 프로타고라스는 '인간은 만물의 척도'라고 명제했다. 다시 말해 진화된 삶 이후의 이상(More-Than-Life)을 소유해야 인간인 것이다.

사회라고 구분 지어진 울타리로 들어설 나이가 된 젊은이라면 적성에 따른 직업 선택도 중요하지만 먼저 '삶'과 '삶 이상의 삶'이 명확하게 구분되어야 한다. 인간은 매미가 아니며 단지 종족 보존 차원에서 생이 주어지는 것이 아니기에 그렇다. 더욱이 칠 일의 삶조차도 판단 미숙으로 장마철에 머리를 내미는 우를 범한다면 '삶 이하의 삶'이 된다.

슈바이처가 추구한 길은 목사가 아니었고 의사가 아니었다. 검은 대륙의 성자로 삶 이상의 삶으로 묵묵하게 걸어갔다. 간호사가 되려면 나이팅게일이 되라는 뜻이다. 단 한 번 우리에게 주어진 삶이다. 최상을 추구할 충분한 이유가 여기에 있다.

너희가 매미를 아느냐? 칠 년을 어둠 속에서 지내다 겨우 칠 일 동안 광명 속에서 살다 가는 매미를?

야생 동물을 멸종시킵시다

– 김용배

눈 쌓인 깊은 산이 화면에 비친다.

굶주린 멧돼지 떼가 이리저리 먹을 것을 찾아 헤매는 장면이 화면을 가득 채운다. 나레이션이 이어진다. 눈이 너무 많이 내려 야생 동물들이 먹이를 찾지 못해 굶주리고 있다고……

곧 이어 제법 야생 동물들을 사랑한다는 사람들이 나와 멧돼지 떼의 먹을거리들을 이곳저곳에 뿌려준다. 이어 멧돼지들이 먹을거리들을 모조리 먹어치우는 장면들을 보여준다. 잠시 후 멧돼지 떼에게 먹을거리들을 뿌려준 사람들이 자랑스럽게 인터뷰하는 모습을 방영

너희가 매미를 아느냐

한다. 그들은 한결같이 말한다. 야생 동물들을 사랑하는 마음에서 거금을 들여, 시간을 쪼개 이런 자발적인 행동을 했노라고.

머리가 이상한 사람들이다. 도대체 얼마나 많은 야생 동물들을 살육하기 위해 그 따위 화면을 찍어 방영하는 것이란 말인가? 차라리 그들은 스스로 방 안에 감금되어 움직이지 않았어야 했다. 그랬다면 그들이 움직이며 소모한 만큼 이 땅에 윤활유가 남아돌았을 것이다.

2

지리산에 반달곰을 방사한다고 난리가 났다. 수많은 연구자들이 그 일에 매달려 헤아리기 어려울 만큼 많은 예산을 낭비했고 추적기를 목에 다는 등 거의 국가적인 사업이랍시며 가관의 극치를 이루었다.

물론 반달곰의 유전자를 연구하고 종의 번식을 위한 노력에는 박수를 보낸다.

그러나 어쨌든 방사 결과는 참담할 것이다. 반달곰들이 지리산에 제대로 적응하지 못할 것이 너무나도 뻔한데 방사를 서둘러대니 그것들이 무슨 재주로 그곳에서 살아남을 수 있단 말인가.

이런 예는 얼마든지 있다. 제주도는 까치가 살아서는 안 되는 섬이다. 결과가 뻔한데도 어느 지각없는 인사들이 제주도에 까치 떼를 들여왔다. 당장 제주도 비둘기들이 멸종 상태로 내몰리고 있다. 까

야생 동물을 멸종 시킵시다

치들이 비둘기들의 새끼를 잡아먹은 후 비둘기 둥지를 자신들의 터전으로 삼았기 때문이다.

더구나 제주도는 인근 추자도와 사수도에 걸쳐 학계에서조차 제대로 파악하지 못하고 있는 녹색 비둘기가 드물게 관찰되는 곳이다. 그 인사들이 오늘도 그 녹색 비둘기를 멸종시켜 가고 있다.

울릉도에는 흑비둘기라고 불리는 특산종이 살고 있다. 학명이 어찌 되는지 몰라도 울릉도의 흑비둘기는 세계 어느 곳에서도 쉽게 관찰할 수 없는 매우 귀한 종이다. 이 흑비둘기를 멸종시키는 방법은 간단하다. 까치 몇 마리만 울릉도에 들여보내면 된다. 그러면 울릉도 흑비둘기 대신 매일 아침마다 시끄럽게 깍깍거리는 까치 떼들을 무수하게 관찰하게 될 것이다.

#3

돌과 옥을 구분하려면 그것을 알아보는 눈을 지니고 있어야 한다. 멧돼지 떼에게 먹이를 주는 일은 그나마 이 땅에 몇 마리 남아 있는 반달곰들을 멸종으로 몰고 가는 일이다.

멧돼지와 반달곰은 기막히게도 먹잇감이 일치한다. 산에 사는 가재와 물고기, 나무 열매, 구근(球根)들, 새싹들. 멧돼지의 먹이는 곧 반달곰의 먹이다. 더구나 두 종의 생활권도 일치한다. 깊은 산중이 두 종의 공통적 터전이다.

너희가 매미를 아느냐

멧돼지는 떼를 지어 몰려다닌다. 그것들이 휩쓸고 지나간 자리에 남는 것은 파괴뿐이다. 반달곰은 단독 생활을 한다. 멧돼지 떼가 몰려오면 재빨리 피하지 않고서는 생명을 부지할 수 없다. 멧돼지 떼가 먹을거리들을 싸그리 먹어치우면 반달곰은 쫄쫄 굶어야 한다. 굶주린 반달곰이 무슨 수로 종의 번식을 할 수 있겠는가.

혹시 여러분은 다람쥐를 본 적이 있는가? 귀엽고 앙증맞은 몸짓으로 절로 미소를 짓게 만드는 그 작은 녀석을 본 적이 있는가?

다람쥐는 한때 이 나라 인근 어디에서나 볼 수 있는 녀석이었다. 그러나 지금은 제법 깊은 산중으로 들어가야만 겨우 한두 마리씩 볼 수 있다.

다람쥐를 산에서 쉽게 볼 수 없는 이유는 청설모 때문이다. 청설모가 사는 산에 다람쥐도 함께 산다는 말은 거짓말이다. 이런 현상은 다람쥐와 청설모의 먹잇감이 일치하기 때문이다.

청설모는 밤과 잣송이와 호도 열매를 모조리 까 먹어 농부들로 하여금 수확을 포기하게 만든다. 먹성도 엄청나다. 다람쥐가 밤 몇 알, 잣 몇 송이를 훔쳐 먹는 일과는 비교가 되지 않는다.

#4

진정으로 야생 동물을 사랑한다면 뉴질랜드의 야생 동물 보호법을 알아야 한다.

뉴질랜드는 야생 동물들의 천국으로 알려져 있다. 뉴질랜드 인들은 스스로 야생 동물들의 천국으로 가꾸었다.

아이러니한 말처럼 들릴지 모르겠지만 뉴질랜드에는 동물 사냥꾼들이 있다. 그들은 야생 동물을 사냥한 대가로 국가에서 돈을 받는다. 그들의 자랑거리는 '지금까지 몇만 마리를 사냥하여 죽였다는 것'으로 사냥한 숫자가 많을수록 국가적 영웅 대접을 받는다.

뉴질랜드의 야생 동물 사냥꾼들이 사냥하는 동물은 단 두 가지 종이다. 첫 번째가 멧돼지이며 두 번째가 포섬이라 불리는 청설모를 닮은 설치류이다.

그들의 논리는 명확하다. 멧돼지를 제거함으로써 야생의 온갖 야생 동물들이 어떠한 위협도 받지 않고 왕성한 먹이 활동을 할 수 있게 해준다는 것이다. 그래야 멧돼지와 먹잇감이 일치하는 다른 종의 번식이 왕성해진다는 주장이다.

실제로도 야생 칠면조 무리는 멧돼지 떼를 제거해 줌으로 대단한 숫자로 불어났다. 야생 칠면조뿐만이 아니다. 멧돼지와 먹잇감이 일치하는 여타의 종들도 기하급수적으로 숫자가 늘어났다. 그런 종들은 멧돼지와 비교할 수 없을 정도로 귀한 종들이다.

포섬은 나무의 새순을 갉아 먹어 나무를 성장하지 못하게 만드는 종이다. 우리 나라의 청설모처럼 생겨먹었지만 덩치는 그보다 더 크다.

청설모와 포섬은 각각의 특징이 있다. 공통점이라 해도 무방할 것이다. 앞에서도 말했지만 청설모는 인간이 재배하는 유실수의 열매

너희가 매미를 아느냐

를 모조리 갉아 먹어 농부의 수확을 포기하게 만드는 놈이다. 포섬은 아예 유실수나 펄프용 목재의 새순을 갉아 먹어 나무를 성장하지 못하게 한다. 한 가지 다행스러운 점이 있다면 이 나라 이 땅에는 아직 포섬이 수입되지 않았다는 점이다. 그러나 청설모는 날마다 불어난다.

#5

기운이 남아돌고 예산이 남아도는 어떤 부류의 님들이여. 먼저 자신의 생각을 뒤집는 것이 순서일 듯합니다. 넘치는 힘과 예산으로 청설모를 제거하고 멧돼지를 때려 잡아 멧돼지 고기로 소주나 마시고 앉아 있는 것이 이 땅의 반달곰을 위해 백 번 감사한 일이 될 것입니다.

한 종이 번성하면 한 종이 멸종의 길로 간다는 것은 삼척동자도 다 아는 일 아닙니까? 이 점을 분명히 깨닫는 것이 이 땅의 반달곰을 진정으로 위한 일인 듯한데 님들의 생각은 어떠하신지요.

야생 동물을 멸종시킵시다

단순하게 살아라

— 장석주

    물질주의적 팽창의 삶을 따르느라 우리의 내면에서 영성(靈性)은 메마르고 황무지와 다름없이 되어간다. 겉으로는 웃어 보이나 마음에는 평화가 없다. 도시에서는 상대방에게 좋은 인상을 주기 위해 웃는 것도 훈련한다. 가면의 웃음을 달고 산다. 내면으로는 빈곤과 불행에 허덕이는 사람들이 지하철이나 백화점, 병원에 가면 차고 넘친다. 내가 시골 생활을 결심한 것은 깊고 느리고 고요한 삶을 살기를 진심으로 바랐기 때문이다.

    시골에 남겨둔 땅에 집을 짓기로 결단을 내린 것은 참 기특한 생각이었다. 도시에서의 삶에 지쳐 손에 쥔 것도 없이 집을 짓기로 결단을 내리자 막막한 가운데서도 길이 열렸다. 집을 맡아 지어주겠다

너희가 매미를 아느냐

는 친구가 나서고, 건축비는 땅을 담보로 농협에서 대출을 받았다. 설계도면이 나오고 집 짓기 공사가 시작되었다. 오랫동안 고추밭이 었던 집터를 돋우느라 덤프트럭으로 칠십여 대분의 마사토를 쏟아 부었다. 덤프트럭이 하루 종일 들락날락거렸다. 공사가 시작되자 거칠 것이 없었다. 집 짓는 중간에 장마가 닥쳐 인부들이 며칠씩 일손을 놓고 하늘이 개기만을 기다렸다. 처음 설계도면이 나온 데서 큰 변경 없이 시공(施工)은 진행됐다.

어느 날인가는 동네 사람들이 집 짓는 걸 구경하러 몰려왔다. 한 삼사십여 호 모여 사는 마을이니 집 짓는 것도 볼거리였다. 이웃으로 지낼 동네 사람들을 위해 시내에 나가 삼겹살과 소주, 그리고 음료수들을 한 아름 사 들고 왔다. 공사 인부들과 남자들은 불을 피워 삼겹살을 굽고 소주잔을 돌렸다. 아주머니들에게는 음료수를 따라 주었다. 덕담이 오가고 웃음소리가 끊이지 않았다. 공사는 순조롭게 진행되었다. 집 짓는 데 특별히 어려웠던 점은 없었다. 나는 터 고르기를 할 때부터 부지런히 집 짓는 과정을 사진으로 기록했다.

집 짓기 공사는 석 달쯤 걸려 마무리 단계에 들어섰다. 마침내 튼튼하나 조촐한 집이 완성되고, 서울 살림을 꾸려 이사했다. 집의 내부는 완성되있지민 주변 조경은 미치 손을 대지 못했다. 이삿짐이 들어온 날도 비가 내린 뒤라 땅은 질퍽했다. 이삿짐을 싣고 온 포장 회사 화물차 바퀴들이 질퍽한 땅에 박혀 헛돌곤 했다. 힘들게 이사를 마무리하고 장마가 물러가고 난 뒤 집 안팎 정리를 했다. 차를 세울 마당의 일부에는 자갈을 깔고 나머지에는 잔디를 심었다. 집 주

단순하게 살아라

변 묘목 시장에서 사오거나 이웃에서 얻어온 유실수와 각종 나무들을 시간날 때마다 심었다.

시골에다 집을 짓고 사는데 불가결한 것은 물이다. 동네 사람들의 말이 지하 수맥을 찾는 일이 쉽지 않다고 했다. 다행히 집 마당에서 수맥을 찾아 지하 암반을 뚫고 관정(管井)이 팔십여 미터 정도 들어가자 지하수가 솟구쳐 올라왔다. 맑고 깨끗한 물이 콸콸 쏟아져 나왔다. 지하수를 이틀 정도 바깥으로 뽑아냈다. 그래야만 관정을 뚫느라 들어간 오염 물질들을 밖으로 뽑아낼 수가 있다고 한다.

그해 시골에서 첫겨울을 나며 미처 월동 준비를 갖추기도 전에 갑자기 기온이 영하로 곤두박질치는 바람에 지하수를 퍼 올리는 수도가 얼어붙어 버렸다. 수도가 얼어붙으니 물을 쓸 수가 없었다. 식수는 물론이거니와 보일러도 가동되지 않고 화장실도 쓸 수가 없었다. 집은 물이 없으니 그대로 무용지물이나 다름없었다. 그 불편함이란 이루 말로 다 표현할 수가 없었다. 삶이 막막했다. 눈이 쌓여 미끄러운 오솔길을 걸어가 옻샘 약수터에서 식수를 길어와야만 했다. 물은 집이라는 생명체가 살아가기 위해 필요한 피나 마찬가지였다. 물은 생명이다. 물은 땅에 뿌리를 박고 사는 식물이나 돌아다니는 동물에게 다 같이 필요하다. 그 첫겨울의 시련을 넘기며 우리 식구들은 큰 교훈을 얻었다. 그 뒤로 추위가 닥치기 전에 수도가 얼지 않게 하기 위해 만전의 준비를 다한다.

이듬해 여름에는 극심한 가뭄이 들이닥쳤다. 유례없는 가뭄 때문에 모내기를 포기하고 애를 태우던 농부가 스스로 농약을 마시고 목

너희가 매미를 아느냐

숨을 끊는 참담한 일도 벌어졌다. 가뭄에 밭작물이 타 들어가는 걸 두손 놓고 바라봐야만 하는 농부의 아픔을 내가 속속들이 알 수 있을까마는 가뭄이 계속되자 인심조차 흉흉해졌다.

내가 사는 곳에도 가뭄은 심각했다. 아래 윗집의 지하수가 바닥이 났는지 물이 나오지 않았다. 다행히 우리 집은 예전과 다름없이 맑은 물이 콸콸 쏟아져 나왔다. 아래 윗집에서 식수를 길어가고, 우리 수도에 긴 호스를 연결해 타 들어가는 밭작물에 물을 주었다. 물의 고마움을 그때만큼 실감했던 적은 또 없었다. 동네 사람들의 식수는 물론이거니와 밭작물의 해갈에도 우리 집 지하수가 크게 기여했던 것은 뿌듯한 일이었다. 좋은 물은 축복이다. 어쨌든 나는 좋은 물을 마시는 축복을 누리고 산다.

시골에 살면서 농사짓는 것을 옆에서 지켜보니 사람들이 너나 할 것없이 화학 비료를 남용한다는 사실을 알 수 있었다. 농사짓는 사람들에게 비료를 쓰는 것은 생각하고 말 것이 없다. 너무나 당연시하는 분위기이다. 하나의 관성이다. 화학 비료나 살충제를 땅에 쏟아 붓는 방식의 농법은 땅을 죽이고 생태계의 이로운 생물체들을 죽인다. 이 독성 물질들은 강이나 하천으로 흘러 들어가 물속 조류들의 이상 증식으로 부영양화를 일으키고 지하수를 오염시킨다. 결국 이 오염된 물은 여러 경로를 거쳐 다시 우리 몸속에 들어온다. 그러니 물을 더럽히는 것은 바로 우리 몸, 우리 생명을 더럽히는 것과 같다. 우리 몸은 순환하는 물의 한 도정(道程)에 속해 있다.

집 뒤편 산길을 오르면 옷샘 약수터가 있는데, 시내에 사는 사람

단순하게 살아라

들이 차를 갖고 물을 뜨러 온다. 휴일이면 물통의 줄이 길게 늘어서 서 한두 시간쯤은 기다려야 한다. 깨끗한 물이 건강에 좋다는 사실을 모르는 사람은 없다. 그러나 무심히 버린 생활 쓰레기들과 마구잡이로 뿌려대는 화학 비료나 살충제가 일으키는 물의 오염을 심각한 현실의 문제로 받아들이는 사람은 드물다. 만인의 문제는 그 누구의 문제도 아닌 것이다. 화학 비료나 살충제 따위를 무차별적으로 살포하면 생태계 파괴나 물 오염이 불 보듯 뻔하다. 그걸 피하려면 무당벌레와 같은 곤충의 도움을 받는 친환경적 농법으로 바꿀 필요가 있다.

시골에서 사는 기쁨은 작은 것들에서 찾을 수 있다. 깨끗한 물과 공기, 나무들과 오솔길, 하루 종일 바라볼 수 있는 저수지…… 이런 것들이 시골 사는 즐거움들이다.

나는 일찍 자고 새벽에 일어난다. 봄가을엔 거의 매일 물안개가 자욱하게 마당까지 올라온다. 물안개 속에 서 있는 나무들과 저 너머의 산 능선들은 그대로 한 폭의 수묵화(水墨畵)와 같다. 텃밭에 뿌린 상추나 아욱의 씨들이 틔운 연초록의 싹들, 비 갠 뒤 여름 하늘에 청명하게 떠오른 무지개, 철마다 새로 피어나는 꽃들, 집 뜰에서 뛰어들어 온 청개구리, 캄캄한 허공을 반짝반짝 불빛을 밝히며 떠다니는 반딧불이, 청량한 바람 한줄기, 할로겐 램프를 켜놓은 것은 밤하늘에 주렁주렁 매달린 별들…… 이런 것들이 주는 기쁨으로 내면을 가득 채운다. 시골 길을 걸어가면서 주변의 벌개미취, 노루귀, 매발

너희가 매미를 아느냐

톱, 꿩의바람, 노란줄무늬비비추와 야생초들을 그냥 지나치지 않는
다. 그것들과 얘기를 나눈다. 그것들은 나와 더불어 함께 사는 무수
한 너다. 누가 가꾸지 않아도 스스로 그러함 속에 제 존재를 실현하
고 있는 그것들은 나의 고향이 되어준다.

농경 활동을 중심으로 하는 시골 생활은 단순하며 느슨하다. 시골
의 꾸불꾸불 이어지는 길 위에서 뛰어가는 사람을 만나는 일이란 드
문 일이다. 도시는 무한 속도의 경쟁을 부추기기 때문에 사람들은
뛰어다녀야 한다. 도시에서의 업무는 때로 분초를 다투는 급박함을
갖고 있지만 시골에서 씨 뿌리고 수확을 거두는 일 따위는 하루 이
틀쯤 늦어진다고 어긋나는 경우는 거의 없다. 나는 숨 가쁘게 뛰어
가야만 하는 삶의 터널에서 빠져나온 탈주자다. 삶의 환경이 삶의
방식을 결정한다. 그 근본에서 비경쟁적인 시골에서는 단순하고 느
린 삶의 방식이 적당하다. 이때 단순성은 어떤 강제가 아니라 자발
적 능동성의 요구에 따른 단순함이다. 깨달음과 실천 의지가 담보되
어야만 성취될 수 있는 그 무엇이다.

단순하게 *살아라*

여행에서 지혜를 구하라

— 장석주

손초(孫楚)가 은둔 생활을 작심하고 친구 왕제(王濟)에게 제 속뜻을 밝혔는데, 돌을 베개 삼고 시냇물로 양치질하겠다는 말을 그만 돌로 양치질하고 시냇물로 베개 삼겠다고 발설했다. 왕제가 놀리자 손초는 태연하게 시냇물로 베개 삼는 것은 귀를 씻기 위함이고, 돌로 입을 씻는 것은 이를 튼튼하게 하기 위해서라고 말했다.

머칠째 혹한의 추위가 한반도의 중부 지역을 맹수처럼 가로질러 간다. 견공의 물 그릇도 얼어붙고 바깥에 있는 수도도 얼어 있다. 춥기는 하지만 오늘은 햇빛이 아주 좋은 날이다. 수백 마리의 가창오리들이 떠서 자맥질하고 있는 금광 호수의 물은 과묵하다. 집 아래

너희가 매미를 아느냐

밤나무 숲은 바람이 지날 때마다 서걱댄다. 청설모 식구들이 부지런히 오르내리는 밤나무 가지에는 아직 붉은 가랑잎들이 매달려 있어 바람이 지날 때마다 소리 시늉을 하는 것이다. 그것 말고는 세상천지가 청산가리라도 뿌려놓은 듯 깊고 푸른 고요로 들끓고 있다.

햇빛이 쏟아져 들어오는 창가의 소파에 기대어 책을 읽다가 바람 소리에 가만히 귀를 기울인다. 점심을 먹기 전에 오랜만에 집의 견공들을 데리고 옻샘 약수터까지 산책을 갔다가 돌아왔다. '돌로 양치질하고 시냇물로 귀를 씻기 위해' 내가 서울 살림을 작파하고 시골로 이사 온 게 벌써 삼 년째이다.

인생은 비매품이다. 그건 사고팔 수 있는 게 아니다. 돈 많은 자라고 인생을 두 번 살 수는 없다. 인생은 많이 느끼고 사랑하는 자의 것이다. 저 도시에서는 인생을 온전하게 살 수가 없었다. 도시에 사는 비둘기들의 발가락을 자세히 본 적 있는가. 비둘기들은 발가락이 하나나 두 개가 없는 놈들이 흔하다. 나일론 끈 따위에 걸려 불구가 된 것이다. 도시의 비둘기들은 더러운 물과 모이를 찾아 때 묻은 잿빛 날갯죽지를 퍼덕이며 공원으로 날아온다. 그 비둘기들이 사는 도시에서의 삶은 조건법 시제로 말해지는 삶이다. 뭐뭐 한다면 뭐뭐 할 수 있을 텐네. 행복 같은 건 일 때문에 늘 유예되는 싦. 겨우 쓰디쓴 맥주 한 모금의 쾌락으로 위로받는 삶. 나는 그 삶을 버리고 시골로 왔다.

시골에서는 조간 신문을 오후 서너 시쯤 받아본다. 신문 배달이 직접 안 되기 때문에 우체부가 갖다 준다. 집 주변의 밭과 언덕, 밤

여행에서 지혜를 구하라

나무 숲, 더 멀리 산과 호수가 있는 곳이다. 내가 여기에 와 한 일이라곤 책 읽기, 글 쓰기, 음악 듣기, 오솔길 거닐기, 밤나무 숲 돌아다니기, 호수를 바라보며 명상하기, 시립 도서관에서 시간 보내기, 닷새마다 열리는 안성 장 돌아다니며 구경하기 등이다. 그것도 무료해지면 차를 몰고 석남사나 칠장사, 청룡사와 같은 고찰(古刹)들을 찾아가 한나절을 보낸다. 그리고 시간이 날 때마다 집 마당이나 텃밭과 같은 빈 땅에 줄기차게 나무를 심었다.

참 몇 번 지나간 봄가을마다 여러 종류의 나무를 심었다. 배나무, 살구나무, 대추나무, 복숭아나무와 같은 유실수와, 보리수, 해당화, 홍매화, 수수꽃다리, 산목련, 오동나무, 은행나무, 느티나무, 금송, 구상나무, 노각나무, 층층나무, 꽃사과나무, 단풍나무, 전나무, 영산홍, 오죽…… 들을 심었다. 십 년쯤의 세월이 흘러간 뒤 이 나무들이 무성하게 자라나 정원을 만들어줄 때를 상상한다.

나는 한 군데 뿌리를 박고 평생의 시간을 사는 나무처럼 붙박이의 삶을 생각하고 있다. 나는 시골의 삶에 썩 만족한다. 나도 한때 도시의 삶에 중독된 영장류로 사는 것에서 행복했던 적이 있다. 돈을 벌고 이름을 얻는 일에 정신없이 빠져들었다. 그때 일에 미치고 술에 미치고 여행에도 미쳤었다. 참 많은 여행을 다녔었다. 해마다 가까운 일본이며 중국을 비롯해서 태국이나 홍콩이나 인도, 그리고 저 먼 미국이나 독일, 프랑스, 영국, 이탈리아, 스웨덴, 덴마크, 네덜란드로…… 돌아다녔다. 박물관과 미술관, 고적(古蹟)과 옛 성들, 번화한 이국의 풍물들. 비행기를 타고, 버스를 타고, 기차를 타고, 걸어

너희가 매미를 아느냐

서 그것들을 찾아다녔다.

여행은 몸을 피곤하게 한다. 그래서 여행을 다녀온 뒤에는 언제나 집이 주는 편안함에 안도한다. 아아, 우리 집이 이 세상에서 가장 편하군! 그러나 얼마 지나지 않아 숨 막히는 그 자질구레한 일상에 진절머리가 날 때쯤 또 그 무위(無爲)와 반복으로 꽉 짜여진 현실로부터 탈출을 꿈꾸는 것이다.

자크 아탈리라는 프랑스의 사회학자는 21세기를 유목의 시대라고 규정한다. 현대인들에게는 붙박이로 사는 것보다 여기저기 떠돌아다니며 사는 게 낯설지 않은 일상화된 현실이 된다는 얘기다. 난민(難民)이 아니더라도 잦은 집 바꾸기, 전직(轉職), 그리고 유학이나 이민으로 우리는 살아가면서 수도 없는 장소의 이동을 경험한다. 장소의 이동이란 말을 바꾸면 장소의 상실이다. 여행은 그런 것이다.

인류는 혈거(穴居)의 삶으로부터 기어나와 아파트먼트의 벌집 생활에 길들여졌다가 이젠 다시 유목의 길에 나선다. 마하트마 간디는 말한다.

"나는 가난한 탁발승(托鉢僧)이오. 내가 가진 거라고는 물레와 교도소에서 쓰던 밥그릇과 염소 젖 한 깡통, 허름한 담요 여섯 장, 수건, 그리고 대단치도 않은 평판, 이것뿐이오."

물욕과 안락을 포기한다면 누구나 탁발승이 될 수 있다. 아니다.

누구나라고 말하는 것은 지나친 비약이다. 자발적 단순함을 받아들인 자들, 기꺼이 유목의 삶을 제 삶으로 받아들이는 자만 탁발승이 될 수 있다.

단순한 삶이란 목적지가 아니라 중간 기착지일 뿐이다. 그것은 영혼이 깃들인 삶을 가리킨다. 단순하게 살기 위해 많은 것들을 버려야 한다. 불필요한 물건들을 잔뜩 끌어안고 돌아다닐 수는 없다. 탁발승은 최소한도의 것만을 몸에 지니고 떠돈다. 탁발승이란 그래서 무소유의 사람이다. 오늘의 여행자들이란 바로 탁발승이다. 여행을 많이 다닌 사람들의 짐 꾸러미는 크지 않다. 트렁크만 보아도 그가 초보 여행자인지 아닌지를 쉽게 분별할 수 있다. 대개 초보 여행자들의 트렁크는 크고 무겁다. 쓰지도 않을 게 분명한 갖가지 잡동사니를 잔뜩 집어넣은 트렁크를 힘겹게 끌고 다닌다. 그러나 자주 여행에 나선 사람들의 짐은 아주 간소하다.

핸리 솔트라는 사람은 이렇게 쓴다.

"아침과 봄에 얼마나 감동하는가에 따라 당신의 건강을 체크하라. 당신 속에 자연의 깨어남에 대해 아무 반응이 일어나지 않는다면, 이른 아침의 산책의 기대로 마음이 설레어 잠에서 떨쳐 일어나지 않는다면, 첫 파랑새의 지저귐에 전율을 일으키지 않는다면 눈치채라, 당신의 봄과 아침은 이미 지나가 버렸음을."

아아, 그건 불행한 일이다.

너희가 매미를 아느냐

그 불행을 치유하기 위해 나는 당신에게 여행을 권유한다. 파랑새의 지저귐을 듣고도 전율할 줄 모르는 당신, 이제 떠나라! 흔히 인생을 여행에 비유하기도 한다. 인생은 순간으로 이루어져 있고, 우리는 그 순간들을 자맥질해 가는 것이다. 대체로 여행은 고생스럽다. 예기치 않은 불운과 봉변에 직면할 수도 있고, 나날의 삶이 어떻게 될지 모를 태풍과 같은 변화무쌍 속에서 이루어진다. 그럼에도 불구하고 여행은 우리에게 새로운 모험과 충만한 삶을 선사한다. **여행은 평범한 삶을 단 한 번뿐인 운명으로 바꿔놓는다.** 바람처럼 자유로운 영혼을 가진 사람만이 여행을 떠날 수 있다.

집 안팎을 들쑤시고 돌아다니는 들쥐들을 잡아 나무 아래에 묻는다. 들쥐는 몸집이 작아 그런지 시궁쥐처럼 흉측스럽지 않을뿐더러 새까만 눈을 들여다보면 귀엽기조차 하다. 들쥐를 묻고 난 뒤 썰렁한 밤나무 숲 속을 돌아다니며 나고 죽은 것의 근본에 대한 생각에 한동안 잠겨 있었다. 아마도 바깥 세상을 나가 돌아다녀 본 적이 없는 들쥐는 제가 나고 돌아다닌 반경 몇백 미터의 공간이 세계의 전부일 줄 알 것이다.

잡풀이 우거진 밭과 어두운 다락방, 오래된 괴일이 부패하며 뿜어내는 방향이 가득 찬 다용도실…… 들쥐의 미로와 같은 동선(動線)은 거기서 크게 벗어나지 못한다. 한 번도 먼 곳을 여행해 본 적이 없는 들쥐는 여행의 끝이 안겨주는 허무를 알지 못할 것이다.

오래전에 여행에 관한 시 한 편을 쓴 적이 있다. 일생을 커피 스푼

여행에서 지혜를 구하라

으로 되질하며 소모해 버릴 것 같은 불길한 예감들과 싸우며, 매일매일 희망없는 삶에 대한 모반을 꿈꾸던 시절이다. 그때 나는 비루하고 근시안적인 들쥐의 삶을 영위하고 있었을 뿐이다. 그때 내 전(全) 인생은 은행 구좌에 저당 잡혀 있던 시절이었다. 나는 살아 있었으나 정말 살아 있지는 못했다. 살아 있는 자들은 꿈을 꾸며 그 꿈을 이루기 위해 무언가를 계획하고 도모한다.

황제 요(堯)가 허유(許由)를 찾아와 후계자가 되어달라고 청하니 허유는 일언지하에 황제의 청을 거절하고 달려나가 흐르는 강물에 귀를 씻었다. 혹은 친구 소부(巢父)가 소문을 듣고 허유를 불러, 네가 어딘가 빈틈이 있기 때문에 그런 말을 들은 것이라고 꾸짖으니, 허유가 시냇물로 나가 귀를 씻고 눈을 닦았다고도 전한다. 나는 빈틈이 많은 사람이니 허유와 같은 삶을 살지 못한다. 물론 허유와 같은 명성을 얻지 못했으니 나를 찾아와 후계자가 되어달라고 청하는 황제도 없다. 그러니 나는 스스로 탁발승처럼 세상에 나가 지혜를 구하고 눈과 귀를 즐겁게 하는 쾌락을 구한다. 그것이 여행이다!

너희가 매미를 아느냐

산에서 '야호'라 외치는 사람은 무서운 사람

- 문흥술

내가 사는 동네에는 약 300미터 높이의 아담한 산이 있다. 이름하여 구룡산이다. 아홉 마리 용이 승천했다는데, 아무래도 믿어지지 않는다. 용이 승천하기에는 산세가 너무 평탄하기 때문이다. 그 산을 나는 틈만 나면 오른다. 딱히 정해진 출근 시간이 없는 직장을 다니는 관계로 조금만 여유가 있으면 산을 한 시간 정도 타는 것이 취미다. 아침 식사 전이나 혹은 점심 식사 후 또는 해질 무렵이나, 여유가 조금이라도 있는 때면 땀복 하나 걸치고 간편한 운동화 차림으로 산에 무작정 오른다.

이 산은 등산 초입부터가 가파르다. 약 15분에 걸쳐 오르면 땀이 온몸에 배기 시작한다. 그럴 즈음 산 중턱에 있는 약수터에 도달한

197

다. 바가지로 약수를 벌컥벌컥 마시면 속이 시원해진다. 잠시 휴식을 취한 후 다시 정상으로 오른다. 아기자기하게 난 산길을 따라 약 15분가량 가다 보면 정상에 다다른다. 정상에 서면 내가 사는 마을이 소꿉 장난감처럼 한눈에 들어온다. 맑은 날에는 저 멀리 여의도의 63빌딩은 물론이고 한강 끝 지점도 가물가물 보인다. 심호흡을 몇 번 한 후 천천히 걸어서 하산한다.

대략 한 시간이면 산을 올라갔다 온다. 땀에 흠뻑 젖어 집에 와서 샤워를 하면 그야말로 몸이 날아갈 것처럼 개운하다. 샤워를 한 후 커피를 한 잔 맛있게 마시고서는 직장에 가거나 혹은 집 공부방 책상에 앉아 책을 읽거나 글을 쓴다. 그럴 때는 머리가 맑다 못해 투명할 지경이어서 글이 그냥 쓰여진다.

처음에는 산에 오르지 않고 동네 앞에 있는 조깅 코스에서 뜀박질을 했다. 그러다가 산에 오르기 시작하면서 이제는 달리기를 거의 하지 않는다. 뛰는 것보다 산을 한 걸음 한 걸음 오르는 것이 훨씬 좋기 때문이다.

산을 좋아하는 몇 가지 이유 중 하나가, 뛸 때는 생각을 가다듬을 수 없었는데, 산에 오를 때는 머리 속에 뒤엉켜 있던 이런저런 생각들이 일목요연하게 정리가 된다는 점이다. 가령 작품 비평을 하는데 책상에 앉아 있으면 생각들이 순서없이 마구 튀어나와 도무지 정리가 되지 않을 때가 있다. 그럴 때 훌훌 털어버리고 산을 천천히 오르면서 소요음영하다 보면 뒤엉킨 실타래가 풀리듯이 생각이 자연스럽게 정리된다. 혹은 뭔가를 써야겠는데 아무 생각이 나지 않을 때

너희가 매미를 아느냐

에도 산에 오르면 쓸 거리가 이것저것 생각나기도 한다.

산에서 이런 사색의 여유를 가질 수 있는 것은 아마도 산이 갖는 분위기 때문일 것이다. 인적이 드문 산길을 걷다 보면 세상사 온갖 잡념들이 사라지면서 머리 속이 텅 비는 듯한 느낌이 든다. 산은 계절마다 그 표정을 달리한다. 산은 늘 그 자리에 있지만, 그 산은 눈 덮인 겨울 산, 온갖 꽃들로 만개한 봄 산, 녹음이 우거진 여름 산, 만산홍엽이 불타는 가을 산으로 표정을 달리하면서 우리를 늘 새롭게 맞이한다. 그 어떤 산이든 산에는 산에서만 볼 수 있는 정기가 있다. 그 정기가 또렷이 무엇인지는 확언할 수 없지만 다만 하나, 산의 정기는 내 몸과 마음을 맑고 깨끗하고 겸손하게 한다는 것이다.

하늘로 향해 곧게 줄기를 뻗은 채 수많은 가지를 늘어뜨리고 그 가지마다에 푸르고 넉넉한 잎을 무성히 달고 있는 나무들. 그 나무 아래 널리 흩어져 제각각의 모양으로 뿌리를 내리고 있는 풀들. 풀들 사이로 오묘한 자태를 뽐내며 활짝 만개한 꽃들. 그리고 그 사이 사이에 신묘하게 앉아 있는 돌멩이들. 그 모든 것들이 살아 숨 쉬면서 원시적이면서 야성적인 기운을 발산하는 곳, 그것이 산이다.

간혹 약수터 근처 벤치에 누워 하늘을 쳐다볼 때가 있다. 그럴 때면 푸른 하늘로 뻗어 있는 나무가 하늘에 뿌리를 내리고 있는 것 같은 착각이 든다. 아니, 착각이 아니라 나무가 뿌리를 하늘에 드리우고 하늘과 우주의 맑고 투명한 정기를 산의 곳곳에 발산하고 있는

산에서 '야호'라 외치는 사람은 무서운 사람

듯한 느낌을 받는다.

그런 산을 천천히 오르다 보면 세파에 찌든 내 몸과 마음이 산의 정기로 맑고 깨끗하게 정화되는 기분을 확연히 느낄 수 있다. 세상사 온갖 잡념과 상념이 하나하나 제자리를 찾아가서 그 뚜렷한 실체를 드러낸다. 동시에 지친 내 몸도 푸른 산의 정기가 충만해지면서 터질 듯 생동감있게 살아나는 감을 받는다.

그런 대자연의 심오한 생명력과 정기를 느끼다 보면 나 자신이 한없이 겸손해질 수밖에 없다. 인간이 자연을 정복하면서 자본주의의 물질적 풍요로움을 얻었다고 주장하지만, 그 대가로 인간은 많은 것을 잃어버렸다. 인간이 상실한 것 중 가장 중요한 것이 아마도 때 묻지 않은 자연일 것이다.

해발 300미터의 산에 불과하지만 산은 나의 모든 것을 정화시켜 준다. 그러니 산에 감사하는 마음을 가질 수밖에 없지 않는가. 산의 나무 한 그루, 풀 한 포기, 돌멩이 하나가 얼마나 소중한 존재인가를 깨닫게 되고, 그들에 비해 '나' 라는 인간은 얼마나 더럽고 타락하고 추악한 존재인지를 또한 깨닫게 된다. 인간은 자연을 결코 정복할 수 없다는 것, 따라서 인간은 자연에 무한히 감사하면서 자연을 사랑하고 자연과 더불어 살아야 한다는 깨달음을 얻을 수 있는 것이다.

아무것도 아닌 산 같지만 이처럼 마을 뒷산은 나를 늘 새롭게 변화시킨다. 산이 없다면 나는 아마 벌써 타락하고 훼손된 세상사에 질식사했을 것이다. 산을 오르면서 평소에는 하지 못하던 삶에 대한

너희가 매미를 아느냐

반성과 사색을 할 수 있고, 이를 통해 보다 맑고 깨끗하고 겸손한 삶을 살아가기 위한 노력을 할 수 있는 것이다.

우리는 흔히 '정말 정신없이 바쁘다'라는 말을 한다. 눈 코 뜰 새 없이 매일매일 일에 부대끼고 사람에 부대끼고 하면서 시간이 어떻게 가는 줄 모르는 채 하루를 보내고 파김치가 되어 잠자리에 드는 것이 우리네 일상일 것이다. 그런 일상에서 자신의 몸과 마음을 정화시키고 새롭게 변화시키려 한다면 산을 찾아라.

흔히 사람들은 산을 오르는 이유로 건강해지기 위해서라고 말한다. 그런 말을 하는 사람들은 산이 우리에게 주는 수많은 효용 가치 중의 극히 일부만을 알고 있을 뿐이다. 산은 우리에게 육체적인 건강뿐만 아니라 정신적인 건강을 준다. 이 정신적인 건강이야말로 산이 우리에게 주는 최대의 선물일 것이다.

그래서 바쁜 일상이지만 시간을 쪼개고 쪼개서 나는 늘 산을 찾는다. 평일에 산을 찾지 못하면 주말에는 꼭 산을 찾는다. 우리가 살고 있는 도시의 근처에는 반드시 산이 있기 마련이다. 주말 아침 일찍 일어나 도시 근교의 산으로 떠나면, 떠나는 그 순간부터 흥이 나게 마련이다.

산행을 하면서 나는 절대로 떠들지 않는다. 그러면 산의 정기를 느낄 수 없기 때문이다. 산에 존재하는 모든 생명체에 감사하고 고마워하면서 겸손한 마음으로 천천히 산을 오른다. 그러면 산의 고귀한 생명체들은 그들의 마음을 열고 그들의 정기를 나에게 한껏 심어

산에서 '야호'라 외치는 사람은 무서운 사람

준다. 그러면 내 몸과 마음이 달라지고 있음을 확연히 감지할 수 있고, 그 다음 한 주의 생활이 달라지는 것을 분명히 느낄 수 있다.

가끔 무박 2일로 장거리 산행을 떠날 때도 있다. 대개 나는 혼자 산행을 떠난다. 어쩔 수 없이 동행을 하게 되면 산에 대해 감사할 줄 아는 사람과 함께 떠난다. 밤차를 타고 가면서 휴식을 취하고 새벽에 도착해서 간편한 아침을 먹고 산에 오른다. 오르면서 산에 감사하고 고마워하고 그 산 앞에 자신을 한없이 낮추면 산은 많은 것을 깨우쳐 준다.

가끔 가다 산에서 떠들고 심지어는 술판을 벌이는 사람들을 본다. 그런 사람들을 보면 그냥 한 대 때려주고 싶을 때가 많다. 나는 정상에 올라서도 절대 '야호'라고 외치지 않는다. 그 외침은 산을 정복했다는 인간의 오만한 태도에서 비롯된 것이기 때문이다.

산은 결코 정복의 대상이 아니라 우리를 깨우쳐 주는 스승이다. 스승 앞에서 감히 어떻게 '야호'라고 외치는가. 만약 같이 산행을 떠난 사람이 '야호'라고 외치면 나는 버럭 화를 낸다. 그리곤 절대 그 사람과 다시는 산행을 하지 않고, 또 일상에서도 잘 만나지 않는다. 그 사람은 매사를 정복자의 논리로 대하는 무서운 사람이기 때문이다. 그런 사람은 자신의 이익만을 위해 남을 해칠 수 있는 잠재력을 충분히 가지고 있는 사람이다.

스승 같은 산에서 한 수 배우고 오는 것, 그래서 일상의 나를 늘 새롭게 변화시키는 것, 그것이 우리가 산을 오르는 이유이고 또 목적이다.

202

산에서 '야호' 라 외치지 마라.

대신 한없이 겸손한 자세로 산에게 감사드리고, 산으로부터 삶의
새로운 것을 배우자.

산에서 '야호' 라 외치는 사람은 무서운 사람

세 살 버릇이 가져온 결과

- 문흥술

사람의 어떤 행동 하나를 보면 **평소 그 사람의 품행이 모두 드러난다.** 품행이 나쁜 사람이 어떤 특별한 일, 가령 기업체 면접이나 웃어른과의 면담이 있어 평소 자신의 나쁜 품행을 은폐시키려 하지만, 은연중 그것이 드러나는 법이다.

출판사에서 기획 위원으로 근무할 때, 출판사 직원을 새로 채용할 일이 있어 회사 사장님, 주간, 나, 또 다른 기획 위원이 신입 사원 면접을 할 때가 있었다. 꽤 이름있는 출판사라 그런지 1명 채용에 수십 명이 응시를 했다. 1차 서류 전형과 필기 고사를 거친 후 6명을 최종 면접 대상자로 설정했다. 면접 서류가 넘어왔는데 어떤 사람을 뽑을지 대략의 윤곽이 드러났다.

너희가 매미를 아느냐

예나 지금이나 한국 사회가 학벌 위주이고 성적 위주임은 잘 알려진 사실이다. 그래서 내가 관여하는 출판사만이라도 그런 잘못된 관행을 깨뜨리기 위해 객관적으로 면접을 보려고 했지만 어쩔 수 없이 1, 2차를 거치면서 확정된 점수를 중요시할 수밖에 없었다. 그래서 대략 6명의 면접 대상자 중에서 그때까지 점수가 가장 좋은 사람을 집중적으로 면접하기로 했다.

서류 심사와 필기 심사에서 1등을 한 지원자가 두 번째 면접 대상자로 들어왔다. 다른 면접 장소처럼, 지원자는 면접을 위해 문을 열고 들어와서 오른쪽으로 서너 걸음 옮겨와 심사 위원 맞은편에 놓인 의자에 앉아야 했다. 그런데 문을 노크하고 들어온 그 지원자는 인사도 무성의하게 하고 성큼성큼 가서 의자에 앉는 것이었다. 나는 그것을 보고 대번에 이 지원자를 뽑아서는 안 되겠다는 생각을 했다. 사람의 품행은 하나를 보면 열을 알 수 있다. 제대로 예의범절을 갖춘 사람이라면 문을 노크하고 들어와서는 인사를 정중히 한 후 자신의 성명을 말하고, 심사 위원이 앉으라고 말하면 조심스럽게 가서 의자에 앉아야 한다. 그런 격식이 뭐 필요하냐고 반문할지 모르지만 그런 사소한 행동 하나하나에 그 사람의 인품과 품행 모두가 남겨 있는 법이다.

아니나 다를까, 그 지원자는 질문하는 내내 거의 예의라고는 찾을 수 없을 정도로 기본이 갖추어져 있지 않았다. 심사받는 동안 그 지원자는 자신이 어떤 행동을 하고 있는지 의식치 못하는 듯 보였다. 이를 봐서 그 사람은 의도적으로 자신이 지원한 회사를 무시해서 그

세 살 버릇이 가져온 결과

러는 것이 아니라 평소에 늘 그런 행동을 해온 것이 틀림없었다. 그런 사람을 뽑으면 회사의 분위기만 망치는 법이다. 나뿐만 아니라 다른 심사 위원도 그런 생각을 했는지 면접은 빨리 끝났다.

모두가 실망하여 세 번째 지원자를 맞이했는데, 이 지원자의 성적은 중간 정도였다. 그런데 이 지원자는 앞서 말했던 것처럼 공손하게 인사를 하고 조심스럽게 의자에 앉는 것이었다. 의자에 앉아 우리를 바라보는 지원자를 찬찬히 훑어보니 의외로 후덕한 인상이었다. 무엇보다 그 사람은 백만 불짜리 웃음을 가지고 있었다. 질문에 답하면서도 늘 과묵하게 웃었는데, 그 모습에는 '저는 정말 착하고 성실하고 마음씨 좋은 사람입니다'라는 내용이 아로새겨져 있는 듯했다.

내가 지원자에게 왜 대학 성적이 좋지 않느냐고 묻자 그 지원자는 예의 미소를 머금은 얼굴로 또렷하게 말하기를, 자신은 창작을 하려고 국문과에 들어갔고, 창작에 몰두하다 보니 자신도 모르게 학점에 신경을 쓰지 않게 되었다는 것이었다. 해서 또 내가 묻기를, 그러면 창작을 할 것이지 왜 출판사에 지원을 했느냐고 하자, 그 지원자는 조금은 긴장된 표정으로 집안이 어려워 취직을 해서 돈을 벌어야 하는데 아무리 생각해도 창작과 돈벌이를 병행할 수 있는 곳이 출판사 같아 이렇게 지원을 하게 된 것이라 했다.

면접이 끝나고 그 사람은 나가면서 우리에게 뒷모습을 보이지 않고 문 쪽으로 걸어가 정중하게 인사하고 문을 조심스럽게 닫고 나갔다. 그 사람은 군대를 갔다 온 27세의 남자였는데, 우리는 만장일치

너희가 매미를 아느냐

로 그 사람을 채용하기로 했다. 나중에 우리 모두 그 사람 뽑기를 참 잘했다고 생각할 정도로 그 사람은 매사 모든 일에 예의 바르고 또 성실하고 치밀하게 임하는 것이었다.

언젠가 회식을 한 적이 있는데 마침 내가 그 사람 옆에 앉게 되었다. 그런데 그 사람은 내가 앉자 내 식탁 자리에 네프킨을 살짝 깔고 숟가락과 젓가락을 가지런히 놓았다. 그걸 본 순간 정말 사람 하나는 잘 뽑았다는 생각을 다시 했다. 내가 너무 어렵게 생각하지 말고 편안하게 하라고 하자, 그는 그래도 저보다 선배이신데요라고 하면서 그 백만 불짜리 웃음을 띠며 나를 보았다. 그때 나는 그 사람보다 열 살 더 많았는데, 나도 웃어른을 모실 때 이 사람처럼 공손하게 행동하는가 곰곰이 한번 생각해 보았다. 아마 이 사람의 행동은 지금 이곳에서 위선적으로 행해지는 것이 아니라 늘 평소에 해오던 것이 몸에 배여 자연스럽게 나오는 것이었으리라. 술잔을 주고받을 때도 그는 두 손으로 공손하게 주고받았고, 건배를 하면서 잔을 부딪칠 때도 반드시 내 잔보다 조금 아래 자신의 잔을 부딪치는 것이었다.

또 언젠가 한번 출판사에 원로 작가 한 분께서 책 출간 관계로 오신 적이 있었다. 그분을 모시고 그 사람과 내가 함께 저녁을 먹었는데 원로 작가에 대한 그 사람의 행동은 늘 그랬듯이 예의 바르고 공손했다. 놀란 것은 저녁을 먹고 나오는데 그가 먼저 나가 원로 작가 분의 구두를 신발장에서 꺼내 가지런히 놓는 것이 아닌가. 원로 작가 어른도 순간 깜짝 놀라는 표정을 짓다가 곧 몹시 흡족해하시면서 집으로 돌아가셨다. 나중에 그분께서 내게 전화를 걸어 그 사람 참

세 살 버릇이 가져온 결과

예의 바르다고 칭찬을 아끼지 않으셨다.

지금 그 사람은 작가로 등단하여 이름을 날리고 있으며, 또 어떤 출판사 주관으로 근무하고 있다. 지금도 그 사람은 나를 대하는 것이 한결같다. 뿐만 아니라 그 사람 주변으로부터 들려오는 그 사람에 대한 평가도 늘 칭찬 일색이다.

지금도 성적 1등을 뽑지 않고 그 사람을 뽑았던 결정에 대해 나는 정말 잘했다고 생각한다. 사람의 품성은 사소한 행동 하나를 보면 알 수 있다는 말, 곧 세 살 버릇 여든까지 간다는 말이 조금도 틀리지 않았다.

출퇴근시 지하철을 타려고 할 때 복잡한 역 구내에서 좌측 통행을 지키는 사람은 극히 드물다. 아무리 바쁘고 짜증나더라도 좌측 통행을 지키는 사람은 그 행동 하나만 보아도 틀림없이 평소에도 늘 예의 바르고 정직한 사람일 것이다. 평소의 행동 하나하나에 신경 쓰면서 어른을 공경하고 예의를 지키는 태도를 늘 생활화하면 결국에는 좋은 결과를 얻게 될 것이다.

너희가 매미를 아느냐

원수는 동창회에서 만난다

- 문흥술

원수는 외나무다리에서 만난다는 속담이 있다. 이 말은 평소에 사람 사이의 관계를 원만하게 하라는 말이다. 그러니까 어떤 사람에게 잘못을 저지르면 언젠가는 낭패를 보게 된다는 의미이다.

살다 보면 수많은 사람들과 수많은 일로 부딪칠 때가 있다. 평소 직장이나 학교에서 늘 섭하며 동고동락을 같이 하는 사람도 있을 것이고, 길가에서 잠깐 옷깃을 스치는 경우처럼 가볍게 한 번 만나고 헤어지는 사람도 있을 것이다. 그 어느 경우이든 이 모든 것은 살아가면서 우리가 소중하게 간직해야 할 만남이 아닐 수 없다. 그런데 종종 우리는 그 귀중한 만남을 소홀히 함으로써 낭패를 당하는 경우를 한 번쯤은 경험했을 것이다.

　언젠가 한번 가벼운 교통사고를 낸 적이 있었다. 사거리에서 우회전을 해야 하는데 횡단보도에 파란 불이 켜져 있어 정지를 하고 있었다. 그런데 약속 시간에 늦어 조급한 마음으로 빨리 신호가 바뀌기를 기다리다가 횡단보도 신호등의 파란 불이 깜빡거리기 시작하기에 곧 신호가 바뀌는 줄 알고 차를 천천히 앞쪽으로 전진시켰다. 그러다 보니 나도 모르게 차가 횡단보도 선 안으로 들어가고 말았다.

　그런데 갑자기 웬 사람이 내 차 사이드미러 쪽에 쿵 하고 부딪치는 것이 아닌가. 깜짝 놀라 차에서 내려 그 사람에게 다가가니 그 사람은 손목을 잡고 인상을 찡그리면서 지금 파란 불인데 차가 나오면 어떡하느냐고 화를 버럭 내었다. 나는 일단 미안하다 하고 크게 다친 데는 없느냐고 물었다. 그 사람은 지금 바빠서 그러니 연락처를 적어달라고 했다. 연락처를 적어주고 미안하다고 하면서 아프면 연락하라고 했다. 알았다고 하면서 그 사람은 왜 그리도 바쁜지 총알같이 저쪽으로 뛰어 사라졌다. 조금 찜찜했지만 크게 다친 것 같지 않아 약속 장소로 차를 몰고 갔다.

　그런데 이틀이 지나 그 사람에게서 연락이 왔는데 만나자는 것이었다. 그러면서 일방적으로 약속 시간과 장소를 정하고 무조건 나오라고 했다. 나이도 나보다 어린 것 같았는데 그런 전화를 받으니 몹시 불쾌했다. 하지만 어쩌랴, 내가 잘못했으니. 해서 약속 장소에 갔

너희가 매미를 아느냐

는데 그 사람은 없었다.

약속 시간이 꽤 지난 뒤에야 그가 나타났다. 나는 정중하게 일어나 자리에 앉기를 권했고 그가 앉자 손목은 어떠냐고 물었다. 그랬더니 그 사람은 몹시 인상을 찌푸리면서 어제 병원에 갔는데 전치 2주 진단이 나왔다면서 횡단보도 사고이기 때문에 경찰에 신고하면 아저씨는 구속될 것이라고 하지 않는가. 하도 어이가 없어 멍하니 그 사람을 보고 있으니 이 사람 하는 말이 아저씨 구속되면 좋을 것이 없으니까 합의를 하자는 것이었다. 자동차 운전을 한 지 근 십 년이 되었지만 이런 일은 처음이라 어찌해야 할지를 몰랐다.

그 사람에게 잠깐만 기다리라 하고 자리를 떠 자동차 보험 회사에 있는 후배에게 전화를 걸어 자초지종을 이야기했다. 후배는 횡단보도 사고는 무조건 불리하니까 합의하고 각서를 받으라고 했다. 그래서 다시 자리에 와 그 사람에게 얼마면 되겠느냐고 하니까, 이 사람 터무니없게도 엄청난 액수를 요구하였다. 성질 같아서는 마음대로 하라고 고함을 치고 싶었지만 죄인이 무슨 말을 하겠는가. 그래서 요구하는 돈을 다 주기로 하고 다음날 만나기로 했다. 그때는 내가 시간 강사를 하고 있을 때라서 그렇게 큰 돈을 하루 만에 준비하기가 쉽지 않았다. 겨우 돈을 마련해 다음날 그 사람에게 전해주고 합의서를 받았다. 헤어질 때 그 사람은 내게 앞으로 조심해서 운전하라는 충고를 아끼지 않았고, 커피 값도 내지 않은 채 휑하니 커피숍을 나갔다.

하도 황당하고 창피해서 아무에게도 이야기를 하지 않고 속으로

원수는 동창회에서 만난다

묻어버리기로 했다. 그리고 약 한 달이 지나 고교 동창 모임이 있었다. 나는 모교 1회 졸업자이기에 그 모임에 가면 항상 대선배 취급을 받았다. 일 년에 한 번 열리는 모임이지만, 나는 바쁜 일들로 인해 근 3년 동안 참석을 하지 못했다. 그런데 고교 때 절친했던 친구가 서울에 직장을 얻어 왔다면서 이번 동창회에서 한번 보자 하기에 다른 친구들도 볼 겸 겸사겸사해서 참석했다. 졸업 1기 동기생들이 꽤 많이 참석했다. 우리는 상석에 앉아 서로 안부를 물으면서 흥청망청 떠들고 있었다.

그런데 저쪽 후배들 자리에 낯익은 얼굴 한 명이 앉아 있었다. 누군가 하면서 아무리 기억을 떠올려도 영 생각이 나지 않았다. 그러다가 순간적으로 횡단보도 사고 때 그 사람이란 것이 떠올랐다. 해서 그 친구를 1기 자리로 불렀다. 그 사람은 내 얼굴을 보는 순간 거의 사색이 되어 있었다. 그는 나보다 4기 아래였고, 자동차 보험 사원으로 있으면서 검사 대행업을 한다고 했다. 그러면서 아주 불손한 태도로 선배님인 줄 알았다면 적게 받을 걸 그랬다고 하는 것이 아닌가. 죄송하다는 말도 없었다.

그날 이후로 그는 동창회에서 자취를 감추었다. 동창회를 통해 여러 사람들이 그 사람에게 보험을 들었는데, 그날 이후 모든 동창들이 그 사람으로부터 보험을 해약해 버렸다. 나는 다만 그날 동창회에서 이 한마디만 했다. 너 같은 녀석이 어떻게 내 후배인지 모르겠다고, 후배인 줄 알았다면 돈을 더 줄 걸 그랬다고. 나중에 동창들이 이 일을 알게 되었고, 동창들은 이구동성으로 입을 모아 나쁜 녀석

너희가 매미를 아느냐

이라 욕하면서 해약을 해버린 것이다.

지금 생각하면 마치 내가 앞장서서 해약을 부추긴 것 같아 그 사람에게 미안한 마음도 있다. 그러나 다시는 그런 사람을 만나고 싶지 않은 것이 솔직한 내 심정이다. 정말 원수는 외나무다리에서 만난다는 옛말이 하나도 틀리지 않는다는 것을 실감했다.

만남이란 소중한 것이다. 비록 그것이 일회적이고 순간적인 것이라 할지라도 언제 어디에서 그 만남이 연결될지 모르는 일이다. 그러기에 내 후배 같지도 않는 후배처럼 낭패를 보지 않기 위해서는 평소에 늘 예의 바르고 신중하게 모든 일에 임해야 할 것이다. 원수는 동창회에서도 만난다는 것을 명심하면서.

원수는 동창회에서 만난다

제5장

잘 베껴서 성공해라

인터넷 시대의 과제 해결법으로 가장 무난한 것은 베끼기보다 다양한 정보의 활용으로 자기 논리의 입지를 세우며 글을 완성하는 것이라 하겠다. 인터넷의 바다에는 아름다운 파도와 섬과 모래사장만 있는 게 아니다. 그곳에는 쓰레기도 무한정 쌓여 있어서 내게 유익한 정보를 찾아내는 일도 마냥 쉬운 일이 아니다.

잘 베껴서 성공해라

- 박덕규

#1

    머지않아 '숙제를 한다'는 말이 '인터넷에서 퍼온다'라는 말과 같다고 설명하는 사전이 나오지 않을까 하는 전망이다. 이즈음 학교에서 과제를 받아보면 대체로 자신의 생각을 정리했다기보나는 남의 생각을 짜깁기한 것이 너무 많다. 초중고생들은 말할 것도 없고, 대학생, 심지어 대학원생들까지도 그렇다. 과거에는 그런 일이 없었냐 하면 그렇지는 않다. 과거에도 남의 글을 이렇게 저렇게 짜깁기해서 자기 글인 양 만들어오는 재주를 가진 자들이 많았다.

이즈음의 문제는 무엇이냐 하면 그런 재주를 가진 이들이 굉장히 많다는 점이다. 그 이유는 간단하다. 인터넷에 유포되고 있는 정보를 컴퓨터를 통해 퍼와 편집하는 일이 누워서 떡 먹기보다 더 쉬워 너 나 할 것 없이 그러고들 있는 것이다.

남의 글을 베껴서 자기 글인 양 편집해 제출한 숙제를 인정할 수 없다. 그래서 '그렇게 베껴서 내면 숙제를 낸 것으로 인정할 수 없다'고 큰 소리를 쳐서 주의를 주는 일이 이즈음 교실과 강의실에서 매일같이 보는 풍경이다.

그런데 과연 인터넷에서 베껴오면 안 된다고 주의를 주고 경고하는 것만이 좋은 교육 방법일까. 인터넷에 떠 있는 정보를 참조하고 활용하는 일 자체를 나쁘다고 할 수는 없을 것이다. 아니, 이 정보화 시대에 인터넷을 활용하지 않는다면 그건 스스로 우물 안의 개구리로 살아가겠다는 뜻이기도 하다. 우리가 어떤 주제를 해명하는 데 있어 다른 뛰어난 사람들이 해놓은 훌륭한 말씀을 인용하는 건 매우 유효한 방법의 하나다. 우수한 정보를 구하기 어렵던 시절에 비하면 지금은 소위 인터넷의 바다에 넘쳐흐르는 게 고급하고 뛰어난 학설들이다. 그걸 인용하는 일은 적극 권장해야 한다.

그러므로 이 인터넷 시대의 과제 해결법으로 가장 무난한 것은 다양한 정보를 활용해 자기 논리의 입지를 세우며 글을 완성하는 일이라 하겠다. 이렇게 결론을 내도 무수한 사람들은 자기 논지를 세우기보다 남의 의견을 추종하는 편을 택하고 합당한 인용보다 남의 글을 베껴서 짜깁기하는 일을 더 편하게 여길

잘 베껴서 성공해라

것이 분명하다. 이 점은 그들의 게으름이나 무책임에 일차적인 원인이 있고, 또 그것 자체로 인터넷 문화의 폐해이기도 하겠지만 또 그렇게만 설명할 수 없는 것이 우리의 현실이다.

#2

역설적으로 들릴지 모르지만 이제는 베끼기를 자기 완성의 아주 중요한 과정이라고 인식해야 할 때가 되었다. 우리는 이즈음 혼자서는 해결하지 못하는 무수한 과제를 떠안고 살아가고 있다. 매일같이 숙제를 해야 하는 학생들은 말할 것도 없고, 내일 회의에 나가 발표를 해야 하는 회사원들, 식구를 위해 색다른 요리를 준비해야 하는 주부들, 자기가 잘 모르는 내용까지도 아는 척하고 말해야 하는 강사도 있다. 자기가 아는 것은 적은데 그 주제를 해결해야만 할 상황에 부딪치는 무수한 경우를 우리는 얼마든지 생각할 수 있는 것이다.

그동안 그런 이들의 과제 해결법은 다른 사람이 쓴 글을 책을 통해 읽고 요약하거나 발췌하거나 정리하거나 하는 것이었다. 지금도 좋은 정보는 물론 책에 많이 있어서 당연히 책을 읽고 공부하는 것을 정말 중요하게 여겨야 한다. 서점에서 책을 사서 읽거나 도서관에서 책을 빌려 읽거나 하면서 우리는 무수한 과제를 해결했고 또 우리의 실력을 강화해 왔다. 그 일은 존중되어야 할 것임에 틀림없다.

잘 베껴서 성공해라

그러나 그 누구든 편하게 일하기를 원한다. 책 문화 시대의 그런 개인적인 노력들은 인터넷 문화 시대를 맞아 크게 희석되고 있다. 이제 우리가 원하는 많은 지식 정보는 무엇이든 인터넷을 통해 검색 기능을 동원해 간단히 얻을 수 있는 시대가 되었다. 인터넷의 편리를 외면하고 살 수는 없다. 아니, 있을 수는 있다. 아직도 뛰어난 학자, 작가들 중 몇은 인터넷을 사용하지 않고도 빼어난 수준의 글을 발표한다. 그러나 그건 극단적인 예다. 게다가 모두 바쁜 일상 속에서 신속하게 자기가 원하는 지식 정보를 찾아내야 한다. 우리가 우선 할 수 있는 가장 편한 중요한 일은 남이 제공해 놓은 것을 퍼오는 일이다.

수학 문제를 풀 때 우리는 공식을 외우고 있지 못하더라도 풀 수 있다. 그런데 외우고 있는 공식을 응용하면 시간을 훨씬 단축해서 정확한 답에 이를 수 있다. 초등학교 2학년이 되면 구구단을 외우고, 중학생이 되면 본격적으로 많은 공식을 외워서 그 어렵고 복잡한 수학 문제를 풀어내게 된다. 공식 외우기를 거부해서 공식을 외우지 않고 스스로 답을 구할 수 없는 건 아니지만 그만큼 더디고 또 오답 가능성이 높으며 따라서 그만큼 손해다. 이를테면 오늘날 인터넷에 소개되어 있는 자료들은 그런 공식 같은 거다. 각 분야의 전문가들이 발표한 무수한 공식들이 거기 있다. 너무 무궁무진해서 때로는 어느 사이트에서 그걸 찾아내야 할지 모를 때가 많을 정도다. 우리 앞에 놓이는 무수한 질문, 과제를 해결하고 정답을 찾아내기 위해 우리는 그 무궁무진한 공식을 적극적으로 찾아서 활용해야 한다.

잘 베껴서 *성공해라*

시간이 급할수록 일단 그걸 베껴놓고 보는 거다.

여기에 문제가 없을 수가 없으니 그건 바로 인터넷에 진짜보다 가짜 공식이 훨씬 많다는 거다. 인터넷의 바다에는 아름다운 파도와 섬과 모래사장만 있는 게 아니다. 그곳에는 쓰레기도 무한정 쌓여 있어서 내게 유익한 정보를 찾아내는 일도 마냥 쉬운 일이 아니다. 진짜 같은 유사품도 많다. 또 진짜이긴 한데 연결 과정에서 정보가 뒤엉킨 것도 있다. 잘못 베꼈다가는 큰코다칠 수가 있으니 조심해야 한다. 바로 이 지점에, 내가 '잘 베끼기'를 강조하는 이유가 있다.

이제는 베끼지 말라고 가르치지 말고, 반복되는 베끼기 과정을 통해 '잘 베끼기' 방법을 터득하게 가르쳐야 할 시대다. 좋은 상품은 유익하게 써야 또 다른 좋은 상품을 낳을 수 있게 되는 법이다. 좋은 정보는 잘 활용해 주어야 더 좋은 정보가 당당한 자기 자리를 얻을 수 있다.

잘 베끼기를 하기 위해 유의해야 할 일을 소개한다.

하나의 주제를 여러 포털 사이트에서 중복해 검색하도록 해야 한다. 누구나 아는 객관적인 정보도 원전마다 다르고 그것을 응용한 게시판마나 나르다. 그 같고 다름을 확인하면서 정보의 정확성도 기할 수 있고, 다양성도 표현할 수 있다.

아무리 급해도 반드시 출처를 밝히는 습관을 들여야 한다. 어느 사이트에서 확인된 어디에 실린 누구의 글이라는 것을 밝히는 게 결국은 자기 과제의 신빙성을 높이는 일이다. 상업적으로 인터넷 상의

잘 베껴서 성공해라

글을 활용하는 경우에는 저작권 시비까지 발생할 수 있다는 사실을 알아야 한다.

정확한 지식 정보라고 믿을 수 있더라도 그 글을 반드시 교열해서 써야 한다. 인터넷에 등장하는 글은 글 쓰는 원칙에 어긋나는 것들이 많다. 이는 물론 텍스트 글이 인터넷 공간으로 전환되면서 글 형태가 훼손되기 때문이다. 가능하다면 나중에 직접 그 글의 원 텍스트에 해당하는 인쇄물(책)을 확인해서 글의 진위를 확인하는 수고도 해주면 더 좋겠다.

어떻게든 자기 생각을 보태도록 해야 한다. 자기 수준에서 해명하기 어려운 분에 넘치는 주제를 받아 공부해야 할 경우라도 어떤 식으로든 자기 의견을 말해야 한다. 그것이 그 보고서의 신빙성을 높인다. 인터넷에 제공된 정보를 짜깁기해 왔다는 것과 인터넷에 제공된 정보를 어떤 의도에서 정리하고 그 정리된 내용에 대해서 어떻게 생각한다는 말이 덧붙여지는 것과는 큰 차이다.

베끼는 일을 두려워하지 마라. 그렇다고 베끼기만 해서도 안 된다. 이 시대는 잘 베끼는 사람을 원하니 적극적으로 베껴라. 그러나 그 베낌이 오늘 숙제 하나를 때우기 위한 베낌이어서는 무의미하다.

3

인터넷 시대지만 여전히 인쇄된 책을 읽고 공부해야 하는 것이 이

잘 베껴서 성공해라

시대 사람들의 이중적 문화 행위다. 오늘날 인쇄로 된 글 쓰기의 위기가 말해지는 중에도 꾸준히 글을 잘 써보고 싶다는 사람이 양산되는 사례도 역시 그 이름성을 대변해 준다.

소설가를 꿈꾸는 사람도 여전히 많다. 그들은 묻는다. 어떻게 하면 소설을 잘 쓸 수 있을까? 그런데 사실은 이 질문을 피해갈 수 없는 사람은 소설가이거나 소설을 쓰고 싶어하는 사람이 아니라 소설 창작을 지도하는 사람들이다. 소설을 잘 쓰는 방법을 배우기 위해 모인 수강생들을 향해 '위대한 소설가가 누구한테 지도받아서 소설 잘 썼다는 얘기를 들어본 적이 있느냐. 열심히 쓰다 보면 다 방법이 생기는 거지'라고 할 수는 없는 일이기 때문이다. 어떻게든 '이런 식으로 쓰면 소설을 잘 쓸 수 있다'고 그 방법을 제시해야만 하는 것이 나 같은 소설 창작 지도자들의 숙명이다. 그럴 때 제시할 것이 궁한 중에, 많은 창작 지도자들이 이구동성으로 제시하는 '소설 잘 쓰는 법'의 하나가 '좋은 작품 필사 훈련'이다.

뛰어난 단편 작품을 처음부터 끝까지 베끼는 과정을 통해 좋은 소설 쓰는 법을 통합적으로 익힌다는 것이다. 사실 이 방법이야 글자 베끼기부터 시작해서 영문 베끼기까지 흔히 낱말이나 문장을 빨리 익히기 위한 훈련으로 잘 알려진 것이어서 진부해 보일지도 모르지만, 소설 창작에 있어서 의외로 효과가 큰 것으로 믿고 채택되고 있다. 나 역시 이런 방법으로 습작해서 마침내 유명 작가가 된 몇몇 사람들 얘기를 하며 수강생들에게 거듭 강조해 두곤 한다.

그런데 이 창작 훈련법은 두 가지 면에서 도전을 받고 있다. 하나

잘 베껴서 성공해라

는 이 필사가 오늘날처럼 소설을 펜으로 쓰는 세대가 아닌 컴퓨터 자판으로 소설을 '찍는' 세대들에게도 여전히 유효한 방법일까 하는 의문이다. 펜으로 쓰는 세대는 좋은 소설을 펜으로 베끼는 일에서 얻은 유효한 느낌을 직접 펜으로 쓰면서 이어갈 수 있음에 반해, 컴퓨터 세대들은 펜으로 베낀 경험을 컴퓨터 자판을 두들길 때 활용하기가 힘들지 않을까? 이 그럴 법한 의문 앞에서 나는 '펜으로 쓴 소설은 펜으로 필사하고, 컴퓨터로 쓴 소설은 컴퓨터 자판으로 필사하면 되겠지'라는 우스갯소리로 답을 찾은 바도 있다. 실제의 결론은 컴퓨터 자판으로 필사하되 타자 연습하듯 치는 일을 경계하고 정독하는 느낌을 유지하기만 하면 그것도 좋은 필사 경험이 되리라는 것이다.

'필사 훈련'의 유효성에 대한 또 하나의 의문은 미국의 저명한 소설가이면서 소설 창작 지도자인 피츠제럴드에 의해 제기된 바 있다. 습작생이 유명 작가의 작품을 베끼는 과정에서 '문체 모방'의 습성이 커지고 마침내 창작적 능력이 없는 아류 작가로만 성장할 우려가 크다는 것이다.

이 지적은 옳다. 그러나 그것은 미국 문화에서는 아주 옳지만 한국 문화에서는 합당하지 않다고 나는 생각한다. 영미권 사람들이 영어 알파벳을 사용해 온 역사는 적어도 천 년 이상이다. 이에 반해 한국인들이 한글을 직접적으로 '쓰는' 언어로 사용한 세월은 백 년 정도라고 말할 수 있다. 우리 한국인들은 무엇보다 우리 한글을 집중적으로 '잘 쓰는 훈련'을 해야 오랜 세월 자기 언어 쓰기를 습관화

잘 베껴서 성공해라

해 온 민족 못지않게 글을 잘 쓸 수 있다. 이 말은 소설가 지망생들이 '빨리 소설을 잘 쓰기 위해' 반드시 소설 필사 훈련을 해야 한다는 뜻에 머무는 말이 아니다. 우리는 문학을 비롯해 많은 분야에서 우리 글 잘 쓰는 법을 익혀야 할 민족이다. 이때 좋은 작품, 좋은 글에 대한 필사 훈련의 효과는 무엇보다 높다는 사실을 기억해 두자는 얘기다.

잘 베껴서 성공해라

나의 이야기를 만들어 팔아라

– 박덕규

열 마디 말보다 한 번의 행동이 중요하다는 가르침이 있다. 백 번 듣는 것보다 한 번 보는 것이 낫고, 백 번 보는 것보다 한 번 만지는 것이 낫다. 이는 두말하면 잔소리가 될 말이다. 학교 교육에서도 실험 실습이나 현장 학습의 비중이 매우 높아졌다. 컴퓨터의 구조를 말로 설명하기보다 컴퓨터를 분해해서 부품을 직접 만져 보고 조립해서 실행해 보면 더욱 효과적이다. 고려 시대 석탑의 형태와 특징을 책을 통해 설명을 듣는 것보다 석탑이 있는 사찰을 돌면서 직접 구경하며 설명을 들으면 더욱 효과적이다.

뭐든 직접 부딪치고 보고 느끼면 그만큼 확실하게 알게 된다. 그런데 뭐든 그렇게 직접 할 수 있지는 않다.

잘 베껴서 성공해라

그렇게 하자면 당장 시간이 많이 소요되고, 비용도 많이 든다. 어떤 현장 학습은 위험할 수도 있다. 이라크 전쟁의 실체를 알기 위해 모두가 종군 기자가 될 수는 없는 일이다. 오늘 맞선 보는 사람들마다 상대가 결혼을 해도 좋은 사람인지 알기 위해 당장 동거에 들어갈 수는 없는 것이다.

이즈음 세계적인 기업들이 채택하는 마케팅 전략 중에 스토리텔링 마케팅 방식이 있다. 상품을 소개하는데 상품을 직접 설명하는 방식을 택하지 않고 그 상품과 연계되는 어떤 이야기를 들려준다. 그동안 상품 판매의 핵심은 품질과 가격이었다. 그러나 어떤 상품이든 어느 회사에서고 다량으로 생산해 내는 환경이 되었다. 품질과 가격만으로 제품의 차별화를 기할 수 없게 된 것이다. 소비자들은 이제 품질과 가격이 아닌 다른 무엇을 지닌 것을 원한다. 그 소비자들을 향해 기업은 이제 소비자의 마음을 움직이는 이야기를 제공해서 제품 이미지를 자연스럽게 각인시킨다. 소비자는 제품을 사는 데 제품 그 자체가 아니라 제품이 지닌 이미지를 산다. 대표적으로 오늘날 '명품'이라는 이름을 얻고 있는 제품들이 탄생한 배경도 그렇다. 화장품 제조에서 동물성 기름을 추방해 화제를 불러일으킨 세계적인 화장품 회사 바디샵은 회사 성엉에서 판매까지 스토리텔링 기법을 즐겨 다루는 회사로 유명하다. 이제 소비자의 구매는 제품에 대한 논리적 판단력에서 결정되지 않고 제품이 지니고 있는 이미지에 대한 감성적 이끌림에서 결정된다. 그것을 가능하게 하는 게 바로 '스토리텔

나의 이야기를 만들어 팔아라

링' 이다.

　이런 기법은 광고에서 쉽게 확인된다. 광고의 기본은 흔히 그 제품이 어떤 물건이며 품질이 좋고 사용하기 편하고 값도 싸다는 내용으로 채워져야 한다고 생각한다. 그런데 요즘 광고는 그런 설명 대신 제품과는 아무 상관 없는 듯한 짧은 드라마 같은 것으로 채워놓은 것들이 많다. 여러 번 보아도 무슨 제품을 선전하기 위한 광고인가 알 수 없을 정도인 광고도 흔해졌다. 그런데 그런 광고가 어떤 이미지로 기억에 남게 되면서 드디어는 그 제품을 알게 되고 기억하게 되는 경험을 자주 하게 된다.

　이야기를 만들어 보여주라. 성공하면 그 이야기는 이미지를 얻게 된다. 소비자는 이미지를 간직하고 있는 그 제품을 기억해 내고 그것을 산다. 그러니 장사꾼은 제품을 파는 것이 아니라 먼저 이야기를 파는 것이다.

　당신이 지금 어떤 회사에 입사하기 위해 면접을 하고 있다고 가정할 수도 있겠다. 이를테면 당신은 선택받아야 하고, 면접관은 당신 외에도 여러 사람을 면접 대상에 두고 있는 상태다. 면접관은 여러 가지를 물을 수 있을 것이다. 지원 동기는? 가족 관계는? 자기 장점은? 희망 부서는? 기대 연봉은? 등등……. 사실 이에 대한 답은 그 자체로는 중요한 게 아니다. 서류 심사를 통해서도 충분히 알 수 있는 내용이고, 또 응시생으로서도 다른 응시생들과 유다르게 답할 것도 없는 편이다. 더 중요한 것은 그런 대답을 하면서도 면접관의 마음에 들게 하는 요인이 따로 있다는 것이다. 그것이 결국은 당신의

잘 베껴서 *성공해라*

이미지다. 그리고 그 이미지는 주로 스토리텔링에서 결정될 수 있다.

기업에서 제품을 팔기 위한 마케팅 전략에 스토리텔링이 있다면 개인의 장기를 큰 가능성으로 받아들이게 할 자기 홍보 전략에도 스토리텔링을 적용할 때가 되었다. 그런데 아직 대부분은 자기를 이야기하는 일에 서툴고 어색해한다. 따라서 자기를 이야기하는 습관을 들이는 것이 좋다.

그렇다면 자기 이야기를 잘하려면 어떻게 준비해야 할까.

우선 자기 이력을 컴퓨터에 파일로 정리해 두는 습관을 길러라. 그 파일 내용은 몇 개의 주제를 정해 분류별로 관리하는 것이 좋다.

▶ 기본 이력
– 이력에 들어갈 가족 관계, 학력, 수상 경력, 취득한 자격 등
▶ 성장 환경
– 가족, 고향, 학교, 교우 관계
▶ 관심 분야
– 취미, 특기, 애완 동물, 좋아하는 책, 좋아하는 영화
▶ 이상형
– 존경하는 인물, 좋아하는 연예인, 여행하고 싶은 곳
▶ 특기사항
– 버릇, 장단점

나의 이야기를 만들어 팔아라

이런 정도라도 분류해 자기 삶을 정리해 오고 있으면 누구에게 갑자기 자신을 소개하게 될 때 그만큼 일목요연하고 자신감있게 자기를 내세울 수 있게 된다. 역시 입사 시험 때 제출하게 되는 자기소개서도 이런 분류에 따라 정리해 두었다가 꺼내 보면 그만큼 작성하기 편하게 된다.

각 분류항의 내용을 나름의 스토리텔링 기법으로 그때그때 메모해 두거나 일기 식으로 써두는 데까지 나아가면 더욱 좋다.

가령 당신의 성격에 대해 이야기할 수 있도록 준비한 예를 보자.

자랄 때 전학을 많이 다녀서 새 친구들과 잘 어울리지 못해 애를 먹을 때의 일. 그것을 극복하기 위해 일부러 외향적으로 행동하다가 다툰 일. ―그래서 결과적으로 사교적인 사람이 되었다.

또 애완 동물 기르기가 유행이 되고 있는 것에 대해 이야기할 수 있도록 준비해.보자.

어릴 때 집에서 개를 많이 길렀다. 그래서 지금도 맹견이 지나가도 크게 두려움을 느끼지 않는다. 손만 내밀면 맹견도 발을 내밀 것 같다. 어느 날 키우던 개가 집을 나갔다. 한참 만에 길에서 내장이 터진 채로 발견되었다. 그때 아픈 기억이 남았다. 동물은 좋은데 헤어지는 순간의 아픔이 미리 생각되어 동물에 정을 주지 않게 되었다. ―그래서 우리 집에서는 애완 동물을 기르지 않는다.

우리 나라의 조직 사회에 대한 당신의 의견을 원할 때는 이런 이야기가 유효하겠다.

존경하는 선생님이 계셨다. 선생님도 나를 좋아하셔서 댁에 놀러

잘 베껴서 성공해라

간 적도 몇 번 있었다. 어느 날 집안일로 기분 나쁜 일이 있으셨는지 내가 있는 데서 사모님한테 욕을 하시는 걸 보고 정말 깜짝 놀랐다. 처음에는 실망했다. 내게는 영웅의 추락이었다. 그러나, 점차 위대한 인물도 감정이 있는 인간이란 사실을 깨닫게 되었다. ―그래서 나는 직장 상사든 동료든 후배든 그 사람의 양면을 함께 보려고 애쓰는 사람이 되었다.

이런 식으로라면 당신이 예상할 수 있는 주제에 대해 제법 다채롭게 이야기를 준비해 놓을 수 있다. 상대는 그 이야기를 들으며 당신에 대한 이미지를 각인하게 된다.

당신의 삶 전체를 다 보여줄 건 없다. 당신의 삶 중에서 어떤 특징적인 것, 상징성을 띨 수 있다 싶은 것, 그런 것을 이야기로 만들어라. 상대는 바로 그걸 산다.

나의 이야기를 만들어 팔아라

친구에겐 돈을 빌려라

– 김용배

잘 베껴서 성공해라

#1

　　돈은 몇 개의 얼굴을 가지고 있다. 돈이 있을 때의 나와 없을 때의 나는 표변이라고 단정할 수 있을 만큼 돌변한다.

　　서러움, 비굴함, 간사함, 처연함, 주눅…… 이건 돈이 없을 때 나에게 일어날 수 있는 모든 것이다. 느긋함, 여유, 포만감, 만족감, 자존심…… 이건 주머니가 넉넉할 때 나에게 나타나는 가장 보편적인 현상이다.

　　세상을 살다 보면 분하고 억울하고 자존심 상하는 일이 비일비재하겠지만 오랜만에 친구가 찾아와도 변변하게 소주 한잔 제대로 대접하지 못하고 돌려보내는 일만큼 처연한 일은 없을 것이다.

세상에 돌고 도는 것이 돈이라 했는데 그 돈 더미들이 다 어디에 처박혀 있는 것인지…… 저절로 어깨가 축 처지고 만다. 원인은 단 한 가지다. 내게 돈이 없다는 것이다.

#2

역설적인 말이 되겠지만 세상을 제대로 배우려면 철저하게 가난 해질 필요가 있다. 이런 예를 들어보자.

사자 두 마리가 있다. 나이, 체격, 발육 상황 등 모든 조건이 똑같 은 사자들이다. 그런데 한 마리는 며칠간이나 굶주린 사자이고 또 한 마리는 방금 배불리 먹은 사자다. 여기서 문제를 내보겠다. 굶주 린 사자와 배부른 사자가 싸움을 벌이게 되었다면 어떤 사자가 그 싸움에서 이기겠는가?

답은 굶주린 사자가 이긴다이다. 배부른 사자는 사력을 다할 이유 중에 가장 시급한 문제 하나가 해결되었기에 최선을 다하지 않는다. 야수는 굶주려야 본성이 살아나고 눈에 불을 튀긴다.

요즘은 스포츠 만능 시대다. 직접 즐기는 사람들도 많지만 관람이 라는 방법으로 대리 만족을 즐기는 사람들도 부지기 숫자다. 여러 스포츠 종목 중에 복싱은 우리 주변에서 사라져 가고 있다. 이유는 뻔하다. 복싱은 헝그리 정신으로 대변되는 스포츠로 지금의 우리는

친구에겐 돈을 빌려라

예전만큼 배고프지 않기에 지망생이 없다는 것이다.

그런데 최근엔 복서가 되기 위해 도장 문턱을 넘나드는 사람들의 숫자가 늘어났다. 그 이유 또한 뻔하다. 복싱은 과격한 운동으로 대단한 칼로리 소모를 필요로 한다. 살 빼기 위한 운동으로서는 최고라는 것이다.

달리 말하자면 복싱을 배워 챔피언을 꿈꾸는 것이 아니라 그동안 좋은 음식을 너무 많이 먹어 이제는 감당할 수 없게 된 살덩어리들을 복싱을 배움으로 빼겠다는 것이다. 그런 정신으로 복싱을 하는 형편이니 새로운 챔피언이 탄생할 리 없다. 자연히 복싱이라는 스포츠는 살을 빼려는 몇몇을 제외하곤 우리 곁에서 멀어지고 있다. 뒤집어 말하자면 이 땅의 챔피언은 배가 고프지 않기에 탄생하지 않는 것이다.

가난에 의해 굶주려 본 사람은 정신 무장이 남다르다. 지닌 것 없는 자의 독기는 무서운 괴력을 발휘할 수 있다. 호기심 반, 취미 반이라는 생각은 아주 먼 곳에 있다. 생존을 위한 처절한 몸부림만 남아 있는 것이다. 효율은 이때 오른다.

자식을 부자로 키우면 삼 대를 지탱하지 못한다. 가난함이 주는 비참함과 가장 밑바닥 생활이 어떠한 것인지를 알지 못하기 때문이다.

탈무드에 이런 말이 있다. 자식에게 고기를 잡아주는 것보다 고기를 잡는 법을 가르쳐 주는 것이 옳은 일이라고. 자식에게 명품만 사주는 일은 일생을 명품으로 도배하고 살라는 가르침과 같다. 자식에게 먼 여행을 떠나게 해보라는 선조들의 가르침이 그래서 더욱 빛나

잘 베껴서 성공해라

는 작금이다.

#3

친구에게 돈을 빌려보면 자신의 위치를 깨닫게 된다.

친구에게 돈을 빌리려 하면 친구는 나에 대해 요모조모를 재고 또 잴 것이다. 진정으로 급한 것인지, 아니면 평소 사행심이 있는 사람인지, 상환 능력이 확실한지, 재산은 어느 정도인지…… 등등의 몇 가지 생각을 번개같이 할 것이다.

이런 점도 생각해야 한다. 내가 얼마를 빌리든 그 금액에 따라, 또 선선히 꾸어주는 것과 마지못해 꾸어주는 것에 따라 나는 이미 그 친구에게 평가되어 있다.

만일 단돈 얼마라도 빌릴 만한 친구조차 없다면 지금부터라도 세상을 다시 살아야 한다. 친구가 아주 작은 액수의 돈이라도 빌려주려 들지 않으면 반드시 대오 각성해야 한다. 이미 나에 대한 평가는 곤두박질쳐질 대로 쳐져 더 이상 추락할 곳마저 없기 때문이다.

이런 상황은 반대의 경우도 마찬가지이다. 나에게 돈을 빌리러 오는 친구가 있다면 그 친구에 대한 간단한 평가를 미리 해보아야 한다. 돈을 빌리러 오는 사람의 심정을 먼저 헤아려 보는 것이 옳다. 친구의 상황이 절박하다면 빌려주어야 한다. 이때 명심할 것은 친구가 갚지 못한다 하더라도 내가 대신 감당할 수 있을 정도만 빌려주

235

어야 한다는 점이다. 빌려준 돈으로 인해 나까지 곤란한 처지에 빠져선 안 되기 때문이다.

돈이란 한 번 나가면 되돌아온다는 보장이 없다는 점도 명심해야 한다. 친구가 돈을 갚지 못할 상황에 빠진다면 빌려준 돈을 깨끗이 포기하는 것이 좋다. 돈이란 생길 수도 있고 잃을 수도 있는 것이지만 친구를 잃어선 안 되기 때문이다.

나에 대해 알고 싶다면, 친구에 대해 평가하고 싶다면 돈 거래를 해보라. 그때 내가 드러나고 친구가 드러날 것이다.

잘 베껴서 성공해라

창녀는 소리 내어 껌을 씹는다

– 김용배

#1

　　편운(片雲) 조병화 선생님은 생전에 편운문학상을
남기셨다.

　14회 시상식에 참석한 이유는 친구가 평론가 상을 받게 되었기
때문이다. 시상식 전에 친구는 전화를 통해 '어느 전철역에서 내려
몇 번 출입구로 나온 후 어느 방향으로 오라'는 말을 해주었다. 전
화를 받으며 나는 꼼꼼하게 메모를 했다.

　그러나 막상 당일 전철역에 내려 시상식장을 찾기 위해 메모지를
찾았지만 주머니에 메모지가 들어 있지 않았다. 옷을 갈아입고 온

237

것이다.

난감했다. 그 친구에게 전화를 걸 수도 없었다. 친구는 벌써 시상식장 안에 자리하고 있을 시간이었다. 어쩔 수 없이 전화를 주고받을 당시의 기억을 더듬어보았다. 내려야 할 전철역은 기억해 두었기에 내리긴 내렸지만 도대체 몇 번 출입구로 나가 어느 방향으로 가야 할지 더 이상의 기억이 떠오르지 않았다.

별별 생각을 다 해보았다. 혹시 시상식장을 찾아가는 아는 문인을 만나기라도 한다면…… 그런 행운이 아니더라도 꽃다발을 들고 가는 사람이라도 만나게 된다면…… 불행히도 그곳에서는 아는 문인도 만나지 못했고 꽃다발을 들고 가는 사람도 발견할 수 없었다.

집으로 돌아갈까 말까…… 잠시 망설이다 나는 관상쟁이가 되기로 했다. 오가는 많은 사람들 중에 시상식장으로 향할 만한 관상을 지닌 사람들을 찾기 시작했다. 글 쓰는 일이 직업인 듯한 사람, 교수 유형의 관상을 지닌 사람…… 그럴 만해 보이는 사람들을 찾기 시작한 것이다.

불과 몇 분 만에 몇몇 사람들이 어느 한 출입구를 통해 빠져나가는 것을 발견할 수 있었는데 어딘지 학자 분위기를 풍기는 사람들이었다. 그들을 따라가 보았다. 그들의 발걸음은 거기서 멈췄고 시상식장은 거기에 있었다.

향 싼 종이에서는 향내가 나고 생선 싼 종이에서는 비린내가 난다라는 불경(佛經)의 글귀는 틀림이 없는 말이었다. 이 참에 돗자리를 깔고 앉아도 될 것이라는 생각에 혼자 쓴웃음을 지었다.

잘 베껴서 성공해라

삶은 자신의 직업에 어울리는 분위기를 선사한다. 자신의 사
고가 자신의 인상을 만들어간다.

#2

창녀를 구분하기란 쉽다.

품행, 언어, 행위에 그 점이 분명하게 나타난다. 그늘진 담 옆이
나 정육점용 붉은 불빛 아래라면 금방 드러나겠지만 그렇지 않더라
도 그녀들을 알아보기란 그다지 어려운 일이 아니다.

그녀들의 연륜은 껌 씹는 소리에서 비롯된다. 그 소리는 총알이
튀어 나가는 것만큼이나 요란하다. 잘 만들어진 악기처럼 공명(共鳴)
되어 있다.

국내에서도 그렇지만 외국에 나가본 사람들은 이 점을 금방 눈치
챌 것이다. 한국어는 누구나 배울 수 있는 구조가 아니어서 그녀들
은 한국인에게 쉽게 말을 걸지 못한다. 그렇다고 '나는 당신의 돈을
원한다' 는 의미를 생략할 그녀들이 아니다. 요란하게 껌 씹는 소리
로 대신한다. 자못 점잖은 호객이다. 불법과 법 중간의 언어다. 그녀
들은 반드시 티를 내어야만 영업이 수월한 것이다.

내가 말하고자 하는 것은 관상에 대해서가 아니다. 관상이란 유전
자적 형질에 따라 태어나면서부터 이미 형성된다. 두개골 형성에 따
라 대체로의 관상이 이루어진다. 한 가족의 직업은 각각이지만 그들

의 생김새가 모두 비슷한 것이 그 증거다.

인상이란 자기가 만들어내는 것이다. 이마에 골이 깊게 패이는 사람은 대체로 신경질이 많다. 그것은 늘 신경질을 부려왔기에 이마에 나타나는 것이다. 시력 나쁜 사람의 눈매가 가늘어지며 '기분 나쁜 날카로움'을 지니게 되는 것도 같은 맥락이다.

나를 뒤집어보려면 먼저 나의 인상에 대해서도 깊이 생각해야 한다. 어떤 사람이 공적 위치에 올랐을 때 대중은 이런 말을 한다. 저 사람 인상이 더러워 보인다고……. 그런 사람이 대중의 호감을 얻기 위해서는 참으로 많은 시간을 이미지 홍보에 주력해야 한다. 애당초 자신의 인상을 가다듬는 일에 노력했더라면 그런 불필요한 정신적 노력, 육체적 노력이 필요없는 일인데 말이다.

잘 베껴서 성공해라

친구를 잃지 않으려면 마이크를 사수하라

- 김용배

#1

        달변가는 몇 분간 즐거움을 주지만 곧 잊어버리게 만드는 특별한 재주를 지닌 사람이다. 진실을 지닌 사람은 쉽게 진실을 말하지 않지만 한 번 진실을 말함으로 평생 잊지 못할 지표를 가슴 저 깊은 곳에 새기게 한다.

    사람들에게는 상호 의존적인 면과 상호 보완적인 면이 있어 누구에게나 조언자와 협력자, 그리고 많은 친구들이 있다. 많은 친구들 중에서도 '나와 가장 친한 친구'라는 말을 스스럼없이 할 수 있을 정도로 특별하고 가깝게 밀착되어 있는 친구가 있을 것이다. 그런

241

친구와는 보석만큼 고귀한 진심을 주고받을 것이며 아무에게나 말할 수 없는 고민거리를 몇 보따리씩 주고받을 것이다.

때로는 나누어서 위로를 받게 될 것이며 때로는 나누어서 고민거리가 줄어들게 될 것이다. 그래서 친구가 좋은 것이다.

친구들과 이런저런 조언을 주고받는 시기는 아직 인격적으로 완성된 시기가 아닌 조금은 미숙한 나이일 것이다. 그 나이에 주고받는 서로의 조언들은 보석보다 더 귀중한 진실이 내면에 깔려 있다.

진실은 백 마디의 달콤한 말을 우선한다. 누구도 진실보다 더 귀중한 보석을 찾아내진 못할 것이므로 친구끼리 주고받는 조언들을 가슴 깊이 새겨두어야 한다. 왜냐면 절친한 친구보다 자신을 더 잘 아는 사람이 없을 것이기에 그렇다.

2

자기가 속한 사회에서 생활하다 보면 새로운 친구를 사귀게 될 경우가 왕왕 있다.

시간은 인연의 맺고 끊음을 완성해 주는 매개체여서 이상의 동질성 여부에 따라 친구로서의 만남을 이어주기도 하고 적으로서 대치를 연관 지어주기도 한다.

처음에는 동료 의식을 지니고 많은 시간을 함께하게 될 것이다. 만일 상대의 인격, 덕목, 가볍지 않은 행동에 호감을 느낀다면 그 사

잘 베껴서 성공해라

람은 새로운 친구가 될 것이다. 친구를 얻는다는 것은 자신의 인생에 중대한 결과를 미칠 수도 있으므로 신중을 기해야 한다.

사람이 사람을 살피고 평가한다는 것만큼 어려운 일은 없다. 하지만 평생을 함께할 친구로 삼으려면 상대에 대해 어느 정도의 판단이 필요하다.

물론 대번에 상대의 인격을 파악할 수 없을 것이고 됨됨이가 한눈에 들어오지 않을 것이지만 가장 작은 일에서 접근해 보면 그 사람의 인격, 됨됨이, 품격을 파악해 낼 수가 있다.

공동 사회에서 가장 먼저 하게 되는 일은 먹고 마시는 일이 될 것이다. 바로 이때 상대의 모든 것이 드러난다. 상대의 작은 면을 보면 큰 면도 보인다는 점을 우선 명심하라. 다음과 같은 사람을 구분하는 안목이 필요하다.

[1] 숟가락과 젓가락을 한 손에 쥐고 식사를 하는 사람이 있다면 친구로 삼기에는 일단 과락의 점수로 판단하라. 왜냐면 집안에서 예의를 배우지 못한 사람이다.

[2] 식사 중에 쩝쩝거리는 소리를 낸다거나 소리 내어 밥그릇을 긁는 사람이 있디먼 어려운 자리에 힘께하지 말아야 한다. 그 사람은 윗사람을 모셔보지 못한 사람이어서 중대한 자리에서 반드시 실수를 할 사람이다.

[3] 식사가 끝나지 않았는데도 먼저 자리를 박차는 사람은 대단히 자기중심적인 사람이다. 친구로 삼는다면 두고두고 스트레스로 존

친구를 잃지 않으려면 마이크를 사수하라

재할 것이다.

[4] 식사 중에 코를 풀거나 식사 후에 큰 소리로 트림을 하는 사람이라면 친구 삼기를 포기하는 것이 좋다.

여행 계획에 그 사람이 포함되어 있다면 차라리 내가 참가하지 않는 것이 낫다. 혹시 한 방을 쓰게 될 경우 여행 기분을 완전히 잡치게 되는 것은 물론이고 두고두고 진저리를 치게 될, 뜻밖의 어이없는 사태를 당하게 될 것이기에 그렇다.

[5] 무리를 지어 여행을 함께 떠나면 상대의 그릇을 쉽게 파악할 수 있다. 나의 넓이와 깊이도 상대에게 쉽게 드러난다. 있음은 있음으로 나타나고 없음은 없음으로 드러난다.

한 방을 사용할 때 가장 곤혹스러운 것이 피차 간에 심하게 코를 고는 일이다. 그건 어쩔 수 없는 일이다. 고의가 아니며 의지와 전혀 상관없는 일이기 때문이다. 시끄럽다고 방을 나간다면 그 사람이 소인이다. 여행은 즐거움만 있는 것이 아니라 고달픈 면도 있기에 그렇다.

[6] 술자리를 함께해 보면 그 사람을 알 수 있다.

삼자(三者) 비방하기를 좋아하는 사람은 반드시 기억해 둘 필요가 있다. 그 사람은 내가 없을 때 나를 비방할 사람이다. 친구가 되기엔 턱없이 모자라는 사람이라는 뜻이다.

아울러 자신도 분위기에 휩쓸려 삼자 비방하는 일에 동참하지 말아야 한다. 상대는 그런 나를 가슴에 새겨둘 것이다. 남을 비방한 만큼 내가 없는 자리에서 내 비방으로 안주거리 삼을 것이다. 이번에

잘 베껴서 성공해라

는 내가 그들의 진정한 친구가 될 수 없다.

[7] 무슨 단합 대회다, 회식이다 하여 어울리다 보면 기본적으로 식사에 이은 술자리, 그리고 피날레는 노래방이 된다.

얼마 전에 읽은 기사 중에 노래방에서 끝까지 마이크를 놓지 않는 사람은 안하무인의 성격을 지닌 사람이라고 단정한 것을 본 적이 있다. 이어진 기사가 더 걸작이었다. 상대방이 노래를 부를 때 함부로 마이크를 빼앗아가는 사람은 독선적인 성격의 사람이라는 것이다. 어쩔 수 없이 마이크를 넘겨주는 사람은 '그래, 너 잘 먹고 잘살아라'라고 생각한다는 것이다.

마이크, 그것이 내 마음을 송두리째 사로잡는다 하더라도 이제는 뼈를 깎는 인내심을 발휘하여 오른 손목이 근질거리면 왼손으로, 왼 손목이 근질거리면 오른손을 이용해 자기 가슴 앞으로 잡아당겨야 할 것이다. 안하무인자, 독선자가 되지 않으려면 말이다.

#3

더 중요한 사실이 있다. 여럿이 함께 간 노래방에서 절친한 친구가 마이크를 빼앗으려 해도 절대로 내주어선 안 된다.

친구에게 마이크를 빼앗기면 그 친구를 잃을 가능성이 있다. 마음속으로 '그래, 너 잘 먹고 너 잘살아라'라고 외친다면 이미 그 사람

친구를 잃지 않으려면 마이크를 사수하라

은 친구가 아닌 것이다.

절친한 친구가 나에게서 마이크를 빼앗아가는 것을 다른 친구들이 본다면 그 친구들도 마음속으로 외칠 것이다. 저놈은 독선자이며 안하무인자라고. 내 친구가 여러 친구들에게 그렇게 낙인 찍힌다면 역시 내 친구와의 관계가 오래도록 지속될 리 없다.

그러므로 친구를 잃지 않으려면 마이크를 사수하라. 어떤 고난과 역경이 있더라도 내 친구를 위해 목숨 걸고 나의 마이크를 사수하라.

잘 베껴서 성공해라

뻔뻔해져라

- 김용배

#1

       내성적인 사람들은 남 앞에 나서기를 꺼려한다. 자신의 능력을 갈무리하고만 있을 뿐 남 앞에 제대로 풀어놓지 못해 커다란 맹점이 된다.

   자신은 충분히 똑똑하다고 어길지 모르지만 상내의 눈은 갈무리되어 있는 능력까지 파악하려 들지 않는다. 안타깝게도 자신의 재능이 가슴속에서 맹렬하게 부패되고 있다.

   내성적인 사람이라면 버나드 쇼를 닮아야 한다. 방법을 달리하여 실천할 필요가 있다.

버나드 쇼는 어느 신문사에서 '현대 작가 열두 명을 선정해 달라'는 부탁을 받은 적이 있었다. 버나드 쇼는 즉시 다음과 같이 적어 보냈다.

조지 버나드 쇼. *G B* 쇼. 조지 *B* 쇼. *G* 버나드 쇼. 조지 버나드 *S*. *G* 버나드 *S*. *G B S*······.

그 무렵 윈스턴 처칠이 실정을 거듭하자 그 좋은 기회를 놓칠 버나드 쇼가 아니었다. 마침 그 무렵 자신이 쓴 희곡이 연극으로 공연될 예정이었다. 버나드 쇼는 공연 티켓 두 장을 처칠에게 보내며 다음과 같은 메모를 첨가했다.

친구와 함께 오십시오. 만일 진정한 친구가 있다면.

처칠이 답장을 보냈다. 내용은 다음과 같았다.

첫 공연은 바빠 갈 수 없습니다. 두 번째 공연에 가겠습니다. 만일 연극이 첫 공연으로 끝나지 않는다면.

장군멍군이었지만 버나드 쇼의 이름이 처칠만큼 유명해진 것은 분명한 사실이다.

잘 베껴서 *성공해라*

#2

　일본의 유명 제과제빵 업체의 기업주는 채용해야 할 직원의 두 배의 인원을 견습 직원으로 채용했다. 기업주는 자사(自社)에서 생산된 제과제빵을 트럭에 가득 싣고 견습 직원들을 데리고 번화한 거리로 갔다. 기업주는 그들에게 일정 양의 제과제빵을 똑같이 분배해 주며 '지금부터 수단과 방법을 가리지 않고 주어진 시간 내에 모두 판매하라' 고 말했다.

　견습 사원들은 당장 두 그룹으로 나누어졌다. 한 그룹은 행인들을 상대로 제과제빵을 가두 판매하는 것은 체면이 손상되는 일이라 생각하고 소극적인 자세를 보였다. 자연히 홍보와 판매에도 대단히 소극적이었다. 당연히 분배받은 제과제빵을 주어진 시간 내에 판매하지 못했다.

　한 그룹은 퍼포먼스 같은 이 행위가 기업주의 테스트일 거라는 생각을 했다. 그래서 행인들을 상대로 적극적인 홍보와 함께 수단과 방법을 가리지 않고 분배된 양을 모두 팔았다.

　가장 먼저 판매를 마친 사람은 낯 모르는 사람을 상대로 뻔뻔스러움의 극치를 달린 사람이었다. '취직을 위한 일이니 사람 하나 살리는 셈치고 제발 하나만 사달라' 라고 통사정했다는 것이다.

　그는 자신을 뒤집은 사람이다. 그날만큼은 체면이라는 거추장스러운 테두리를 집어던진 뻔뻔스러운 사람이었다.

기업주가 그 시간 견습 직원 한 사람 한 사람을 예의 주시했음은 물론이다.

주어진 시간이 마감되었다. 당연히 모두 판매한 견습 직원 그룹과 비판매자 견습 직원 그룹으로 구분되었다. 기업주가 그들 그룹 중에 어떤 그룹 사람들을 정식 직원으로 채용했는지는 설명할 필요가 없는 일이다.

요즘 젊은이들은 심약하다는 소리를 많이 듣는다. 온상에서 자란 화초처럼 나약하다. 밖에 나가면 몸이 춥고 적응이 안 된다. 그런 성격이라면 뻔뻔스러움을 배워야 한다. 얼굴에 철판을 깔아야 한다. 남이 쳐다보는 것은 잠깐이다. 욕먹는 일도 잠깐이다. 밖의 세상은 온실이 아니라는 점을 깨달아야 한다.

뻔뻔스럽다고 욕먹기를 반복하라. 모든 것이 그리 녹록하지 않음에도 집안 사람들처럼 세상 사람들이 내 비위를 맞춰주기를 기대한다면 대단한 오판이다. 세상은 나를 위해 존재하는 것이 아니다. 내가 세상에 속해 튼튼한 나사 하나가 되기를 원하고 있다. 아울러 세상은 언제나 심약한 사람들을 도태시키려 든다.

잘 베껴서 성공해라

실패를 두려워하지 마라

- 장석주

여기 실패를 진절머리나게 겪은 한 사람이 있다. 이 사람은 집이 너무 가난해 초등학교조차 제대로 마치지 못하고 중퇴했다. 시골에서 구멍가게를 차렸는데 곧 빚만 안고 파산했다. 워낙 가진 게 없어 그 빚을 갚는데 15년이나 걸렸다. 결혼을 했지만 불행한 결혼이었다. 그 뒤 하원에 입후보했는데 두 번이나 떨어졌고 상원에 도전했는데 이번에도 두 번이나 떨어졌다. 신문에서는 매일 비판을 받고, 국민의 반은 그를 싫어했다. 하지만 이 사람은 역사에 위대한 정치가로 제 이름을 남겼다. 학교 교육도 받지 못한 노동자 출신의 이 사람은 끝없는 실패와 시련을 헤쳐 나왔다. 이 사람은 나중에 미국 대통령이 되었다. 바로 노무현 대통령이 가장 존경한다는 에이브라함 링컨이다.

어떤 일을 도모하면서 실패하기를 바라는 사람은 없다. 사업이든, 정치든, 연애든 누구나 실패보다는 성공을 꿈꾸며 일을 시작한다. 그러나 애초부터 제 역량에 부치는 일을 시작하거나 아니면 예측 불가능한 돌발적인 사태로 인해 실패로 돌아가는 경우가 종종 있다. 돌이켜 보면 한 사람의 인생이란 셀 수도 없는 크고 작은 실패의 경험으로 점철되어 있다. 차라리 우리를 성숙하게 하는 것은 성공의 경험이 아니라 실패의 경험이라고 말하는 게 옳다.

나 역시 크고 작은 실패를 겪은 사람이다. 중학교 입학 시험에서 낙방했고, 작가 지망생일 때 여러 공모에 작품을 냈으나 계속 떨어졌고, 결혼을 했으나 불운했고, 출판 사업을 했으나 예기치 않은 필화 사건에 휘말렸고 결국은 문을 닫았다. 그러나 그 실패들이 내 열정과 의지를 완전히 꺾을 수는 없었다. 일시적으로 실망하고 좌절감에 빠진 적도 있지만 나는 다시 일어났다. 실패할 때마다 나는 나 자신에게 이렇게 속삭였다. '다음에 기회가 주어진다면 지금보다는 더 잘할 수 있을 거야'. 무엇보다도 나는 나 자신을 굳게 믿는다.

누구나 실패할 수 있는 가능성은 열려 있다. 세계를 뒤흔든 비틀즈도 음반 회사의 첫 오디션에서 성공 가능성이 없다고 퇴짜를 맞았다. 트럭 운전을 하던 앨비스 프레슬리도 첫 오디션에서 가수로는 성공 가능성이 없으니 다른 직업을 알아보는 게 좋을 것이란 말을 들으며 낙방했다. 영국 여왕보다 더 부자가 된 『해리포터』 시리즈를 쓴 조안 K. 롤링도 불과 몇 년 전만 해도 아이 하나 딸린 이혼녀로

잘 베껴서 성공해라

정부 보조금으로 겨우 생계를 유지할 수 있었다. 어느 정도로 궁핍했느냐 하면 아이 분유 살 돈이 없어 물을 많이 타서 묽게 타 먹이고, 새 신발을 사줄 형편이 안 돼 아이의 발이 자라나는 것까지 걱정할 정도였다. 아이를 유모차에 태워 재우고 난 뒤 카페에서 『해리포터』의 초고를 썼다. 그렇게 완성한 원고는 아동물로는 너무 길고 팔릴 가능성이 없다고 여러 군데에서 출판을 거절당했다.

중요한 것은 실패가 아니라 그 실패로부터 무엇을 배우는가이다. 실패에 주저앉을 때 실패는 삶을 망치게 한다. 하지만 실패로부터 교훈을 얻고 다시 도전할 때 실패는 성공의 밑거름이 된다. 상처 입은 조개만이 진주를 만드는 법이다. 실패를 두려워하고 실패하지 않으려고 몸부림치는 대신 그 실패의 경험에서 무엇을 배울 것인가를 꼼꼼하게 따져 봐야 한다.

때때로 성공과 실패의 차이란 종이 한 장 차이에 지나지 않는다. 1976년 올림픽 결승에서 뛴 8명의 남자 백 미터 단거리 선수 중 1등으로 금메달을 받은 선수와 꼴찌의 차이는 불과 0.5초밖에 되지 않았다. 정말 종이 한 장의 근소한 차이로 성공과 실패는 엇갈린다. 이것은 무얼 말하는가? 오늘 1등을 해서 금메달을 받은 사람도 내일 시합에서 꼴찌를 할 수도 있다. 거꾸로 오늘 꼴찌 한 사람이 내일 시합에서 1등을 해 금메달을 받을 수도 있다는 것이다.

그러니 열 번을 시도해서 아홉 번을 실패했다고 자학하거나 실망할 필요는 없다. 실패는 죄악이 아니다. 실패했을 때 당당하게 그 실패를 인정하고 실패에 대한 책임을 져야 한다. 그리고 무엇이 잘못

253

되었는지를 꼼꼼하게 따져서 잘못을 반복하지 않도록 해야 한다.

만일 첫 번째 실패에 좌절해서 자학하고 자괴감에 빠져 있었다면 비틀즈도, 앨비스 프레슬리도, 조안 K. 롤링도, 링컨도 존재하지 않았을 것이다. 그들은 실패를 두려워하지 않고 그것을 달게 받아들였다. 실패의 요인들에 대해 깊게 생각하고 또다시 도전하였다. 실패는 부끄러워해야 할 것이 아니라 지혜를 얻을 수 있는 기회인 것이다.

잘 베껴서 성공해라

게으른 사람은 해야 할 일을 항상 내일로 미룬다. 그런 사람들은 늘 바쁘다고 말한다. 혹시 당신도 바쁘다는 말을 입에 달고 사는 부류는 아닌가?

많은 사람들이 어쩔 수 없이 바쁘게 산다. 그것을 이해할 수 없는 것은 아니다. 고속 열차를 타기 위해 바쁘게 뛰어가지만 정작 목적지가 어디인지 잊어버린 사람이 있다면 우리는 그를 어리석나고 말할 것이다. 바쁘게 살지만 왜 그렇게 바쁘게 살아야 하는지 모르는 사람이 그와 같다. 아마도 그게 우리의 일상의 모습일지도 모른다. 그렇다면 하루의 일과를 꼼꼼하게 적으며 돌아보라. 정말 하지 않으면 안 될 일들로 꽉 찬 하루를 보냈는가? 해도 그만, 하지 않아도 그

255

만인 일 때문에 시간을 헛되이 소모하지는 않았는가?

내가 아는 사람 중에 중국어 회화를 배우고 싶다고 말한 사람이 있었다. 십 년 뒤에 다시 만났을 때 그는 여전히 중국어 회화를 배우고 싶다는 타령을 했다. 중국어 회화를 정말 배우고 싶다면 당장에 중국어 학원에 달려가 등록하고 열심히 배워야 한다. 마찬가지로 건강을 위해 운동을 해야지, 하고 말만 하는 사람도 마찬가지다. 당장에 헬스클럽에 달려가 등록하고 빠지지 않고 꾸준히 운동을 하는 게 중요하다. 운동을 하고 나면 기분도 상쾌해지고 몸도 가뿐해진다.

집 안의 벽지가 오래되어서 지저분하다면 그것을 당장에 떼어내고 새 벽지를 바른다. 그러면 훨씬 기분이 좋을 것이다. 집 안에 있는 가구들의 배치를 다시 하고 싶다면 식구들이 있을 때 그 일을 해보라. 오래 살았던 집도 새로운 집과 같은 기분이 들 것이다.

하지만 많은 사람들은 무엇인가를 소망하기는 하지만 그것을 실천에 옮길 만큼 동기 부여가 약하기 때문에 다만 소망으로 끝난다. 무엇을 하고 싶다면 그것을 정말 하고 싶은 것으로 만들면 된다. 그 일을 하고 싶어 미칠 것만 같다면 누구나 기어코 그 일을 하게 된다. 그렇다. 100퍼센트로 간절하게 그 일을 원한다면 그 일을 하게 된다. 그것을 하지 않으면 불행해서 미칠 것만 같은 상태가 되게 말이다.

두려움, 의심, 의존적인 습관, 나약함, 이런 것들은 부정적인 성격의 산물이다. 이런 부정적인 에너지를 내면에 더 많이 갖고 있다면 인생의 충일감을 느낄 수 없다. 부정적인 에너지는 부정적인 성

잘 베껴서 성공해라

격과 습관으로 고착된다. 이런 사람들은 아무것도 하지 않으면서 늘 불만으로 으르렁거리거나 실패를 남의 탓으로만 돌린다. 이런 사람들은 대개는 해야 할 일을 갖가지 핑계를 대서 내일로 미룬다. 이런 사람들은 남보다 게으르고 실천보다 말을 앞세우며 요행을 바라고 자기가 한 노력보다 더 큰 결과를 욕망한다. 이런 사람들과는 옆에 있는 것도 숨이 막히고 괴로워진다.

그러나 순수하고 자유로우며 활력이 넘치는 생각으로 가득한 사람의 내면은 긍정적인 에너지로 넘친다. 긍정적인 에너지는 시련과 실패 앞에서도 당당하며 고요한 가운데서도 자기 확신의 기쁨을 갖고 앞으로 나아가게 한다. 이런 사람들은 해야 할 일을 뒤로 미루지 않고 기꺼운 마음으로 한다. 이런 사람들은 말을 절제하고 사려 깊은 행동을 한다. 말 한마디를 해도 사람들에게 좋은 영향을 끼친다. 이런 사람들 곁에 가면 밝고 기쁜 기운을 느낄 수 있다.

잠든 여우는 닭을 잡지 못한다. 닭을 잡는 것은 깨어 있는 여우고, 닭을 잡기 위해 부지런히 뛰어다닌 여우다. 사람들이 이런저런 이유를 들어 그것들을 지체하고 지연시키는 것은 정말 마음으로 그 일을 원하지 않기 때문이다. 내 경험에 비추어 단언컨대 하고 싶은 일들을 지연하며 사는 삶은 만족감이 덜한 삶이다. 이때 정말 지체되고 지연되는 것은 그것을 함으로써 얻을 수 있는 기쁨과 성취감, 그리고 행복이다.

조그만 텃밭에 토마토를 심고 싶다. 그러면 당장에 아파트에서 나와 텃밭이 딸린 집을 구해야만 한다. 흙을 일구고 모종을 사다 심고 거름을 주고 토마토가 자라나는 것을 바라본다. 그리고 그것을 매일 매일 디지털 카메라로 찍고 토마토의 성장 과정을 일지로 적을 수도 있을 것이다. 그것이 삶의 기쁨이 되고 활력소가 될 수 있다. 또한 그림을 그리고 싶다거나, 글을 써보고 싶다거나, 플룻을 연주해 보고 싶다거나 한다면 그것을 내일로 미루지 않고 오늘 실행에 옮기는 것이 중요하다. 그림을 그리고, 글을 쓰고, 플룻을 연주하는 사람들은 자기 자신에게 그것을 배울 기회를 준 사람들이다. 그것들은 배우지 않고 할 수 있는 일들이 아니다.

마음에는 있었으나 하지 않은 그 일 때문에 평생을 후회할 수도 있다. 그것이 정말 마음에 두고 있는 일이라면 대책없이 저질러 놓고 그 다음에 수습을 하라. 비전을 품고 높은 이상을 꿈꾸어온 사람이라면 마음엔 간절했으나 하지 않았기 때문에 후회하는 일은 있을 수 없다. 갈망하면 얻고 열망하면 이룰 것이다. 우리가 멈칫거리고 있는 순간에도 인생의 시간들은 흘러간다. 인생은 먼 훗날에 있는 것이 아니라 바로 이 순간에 일어나는 일 속에 있다. 이 순간에 일어나는 일과, 이 순간 함께하는 사람과, 이 순간의 풍경들 속에서 충일감을 느껴라.

내일은 너무 늦다. 왜냐하면 내일에는 내일 꼭 하지 않으면 안 될 다른 새로운 일이 있기 때문이다.

잘 베껴서 *성공해라*

성공하려면 좋은 스승을 찾아라

– 장석주

『부자가 되는 법』, 『30대가 되기 전에 10억을 모으는 방법』 등등의 돈 버는 방법을 가르쳐 준다는 책들이 잘 팔린다고 한다. 그렇지만 이런 책 읽고 부자가 되었다는 사람을 한 번도 만나 본 적이 없다. 정말 그 책을 쓴 사람들이 부자가 되는 법을 알고 있고, 단시일에 10억을 버는 방법을 알고 있다면 그런 책들은 세상에 나오지 않는다. 마음반 먹으면 10억을 단숨에 벌 수 있는 사람들이 뭐 하러 힘들게 책을 쓴단 말인가! 사람들이 그걸 아주 모를 정도로 어리석다고 생각하지는 않는다. 사람들은 혹시나 하는 마음으로 그런 책들을 사서 열심히 읽는 것이다. 이런 실용서의 범람은 불황의 그림자가 깊게 드리워진 세태를 반영한다는 점에서 좀 쓸쓸하게 느껴지는 현상이다.

시미즈 가쓰요시라는 사람이 평범한 직장 생활을 그만두고 '독서를 권합니다' 라는 이름의 작은 서점을 연다. 어느 날 이 작은 책방에 일본 최고의 부자, 사이토 히토리가 들른다. 일본에서 1997년 분납세액이 전국 1위가 된 이후 세간의 주목을 받은 사이토 히토리는 매스컴에 얼굴을 내민 적이 한 번도 없는 사람이다. 대개의 일본 부호들은 부동산이나 주식 투자의 성공으로 부자가 된 사람들이지만 이 사람은 순수하게 장사만으로 막대한 부를 일군 사람이다. 엄청난 부자이면서도 허름한 옷차림에 시장통을 어슬렁거리고 싸구려 밥집에서 생선구이를 맛있게 먹는 이 사람이 시미즈 가쓰요시가 하는 작은 서점의 단골이 되어 들를 때마다 장사에 도움이 되는 얘기를 들려준다.

이를테면 서점에는 POP라는 걸 붙인다. 출판사에서 세련되게 만들어온 홍보용 포스터가 그것들이다. 사이토 히토리가 불러준 문구를 서점 주인이 받아 써서 복사기에 확대 복사해서 서점 한쪽에 붙였다. 워낙 조악하게 만든 거라 시미즈 가쓰요시는 저게 무슨 효과가 있을까, 하고 반신반의하고 있었다. 그런데 얼마 지나지 않아 사람들이 그 POP를 보고는 그 책에 관심을 갖기 시작했다. 그 책은 서점에서 가장 잘 팔리는 책 중의 하나가 되었다. 이렇게 이 사람의 조언을 그대로 따르니 시미즈 가쓰요시의 작은 서점은 매출이 쑥쑥 늘어갔다.

"자네는 참 행운아일세. 내게서 이런 얘기를 직접 들었으니 말이

잘 베껴서 성공해라

야. 자, 나 대신 자네가 이걸 책으로 써서 다른 사람에게도 가르쳐 주게나.”

시미즈 가쓰요시는 장사의 달인, 혹은 장사의 신(神)인 사이토 히토리의 권유를 받아들여 책을 쓴다.

프로 상인의 마음가짐, 장사에서 행운을 부르는 말, 일에서 행운을 부르는 말, 대인 관계에서 행운을 부르는 말, 인생에서 행운을 부르는 말 등과 같은 목차를 보면 일본의 최고 상인 자리에 우뚝 선 이가 들려주는 장사에서 성공하는 비법을 전수한다. 물론 이 책(우리나라에도 『서점 주인과 부자 상인』이라는 제목으로 번역되어 나와 있다. 궁금한 독자들을 위해 그 제목을 적어놓는다)은 장사하는 사람에게 도움이 될 말들이 그득하다. 하지만 경영의 비법이나 요령, 혹은 공식을 배워 장사에서 성공하려는 목적만으로 이 책을 읽는 것은 이 책이 갖고 있는 또 다른 유익한 장점들을 놓치는 것이다.

가쓰요시는 장사의 길에서 득도한 사이토 히토리에게서 삶의 지혜를 배운다. 히토리는 즐겨 비유를 써서 말하는 사람이다.

“예를 들어 강이 범람한다고 해보세. 그것은 물이 모여 있기 때문에 범람할 정도의 기세가 붙은 것이지. 하지만 물이 보이기노 선에 여러 줄기로 흘러 버리면 기세도 오르지 않아. 물이 없는 강은 졸졸거리기만 할 뿐이라네. 이와 마찬가지인 게야. 강물에 기세를 더하려면 우선 물을 모아야 해. 이와 마찬가지로 ‘이렇게 하고 싶다’는 생각이나 바람을 모아두는 거야. 그러다 보면 어느 순간 폭발할 만

성공하려면 좋은 스승을 찾아라

큼의 기세가 붙게 되지. 하지만 목표를 발설해 버리면 애써 품은 생
각이 밖으로 새어 나가 버리고 만다네."

히토리는 중학교를 겨우 졸업했다. 하지만 그는 조금 배운 것에
대해 한 번도 부끄러워한 적이 없다. 장사를 하는 데 더 이상의 학력
은 필요없다고 생각한다. 그는 장사를 영혼의 수행의 한 방법이라고
여긴다. 그가 중요하게 여기는 것은 학교에서 배우는 지식이 아니라
삶의 본질을 꿰뚫어 보는 지혜다.

'가게 밖에서 가게를 살펴보라', '크다고 두려워하지 말라', '부
탁을 받는 것은 운이 좋다는 증거다', '인생은 영혼의 수행이다' 라
는 말들은 평범하다. 하지만 이 평범한 말에 진리는 번뜩인다. 이 말
들은 아무 책에서나 주워 담은 말들이 아니라 땀과 노고가 깃든 직
접적인 체험에서 건져 낸 값진 말들이다. 그가 들려주는 얘기를 통
해 세상과 인생의 큰 흐름을 잡는 눈과 깨달음을 배워보자. 그가 하
는 얘기들은 추상적인 얘기가 아니다. 평생 장사를 하면서 혹은 다
른 사람들이 살아가는 모습을 장사꾼의 눈으로 관찰하면서 터득한
지혜와 깨달음은 너무나 쉽고 평이한 것이어서 때로는 싱겁기조차
하다.

사이토 히토리가 멘터(Menter. 스승)라면 시미즈 가쓰요시는 멘티
(Mentee. 제자)라고 할 수 있다. 멘터는 사회적 경험이 풍부하고 자신
의 분야에서 일가를 이룬 사람들이다. 멘터는 멘티의 숨겨진 재능을
발견하고 인격과 능력을 계발할 수 있도록 끌어주는 사람이다. 누군

잘 베껴서 성공해라

가 어느 날 당신의 속에 있는 재능을 발견하고 기회를 주었다면 당신은 훌륭한 멘터를 가진 사람이다.

예를 들면 높은 시청률을 올렸던 드라마 「대장금」에서 주인공 장금을 상찬나인으로 임명하고 끌어주는 역할을 하는 한상궁이 멘터라면 장금이는 멘티다. 인생의 길에서 자신의 꿈을 알아주고 그 꿈을 현실 속에서 활짝 피우게 도와주는 멘터를 만날 수 있는 사람은 행복한 사람이다. 사이토 히토리는 성공하는 사람이 되기 위해 언제나 '웃는 얼굴을 하고, 기분 좋게 '네!' 하는 사람이 되라'고 말한다. 그게 어디 장사뿐이랴!

성공하려면 좋은 스승을 찾아라

착한 애인을 만나기 위해

– 문홍술

우리 사회는 남성 중심주의 사회다. 그래서 여성 팔자는 뒤웅박이라는 속담도 있지 않은가. 어떤 남자를 만나느냐에 따라 여자의 인생이 달라진다고 하면 아마 뭐 이따위 고리타분한 인간이 있느냐 할지 모르겠다. 하긴 여성의 사회적 진출이 예전보다 활발해졌고, 사회 각 분야에서 우먼 파워가 엄청나게 증대했으니 그럴 만도 하다. 또 결혼해서 마음에 들지 않으면 언제든지 이혼할 수 있으니까, 뒤웅박 운운하는 말은 시대에 뒤떨어진 말일지도 모른다. 그렇지만 여전히 많은 부분에서 여성의 인생은 남자, 특히 남편에 의해 좌우되고 있는 것이 사실이다.

해서 우리 학생들을 대할 때마다 늘 말하는 것이 학생 스스로 능

잘 베껴서 *성공해라*

력을 키워 전문 사회인이 되어야 한다는 것이며, 그래서 **결혼을 하더라도 남자의 능력에 삶이 좌우되지 않도록 적극적으로 자기 인생을 개척해 나가야 한다는 것이다.** 그러면서 우스갯소리로 남자를 만날 때 그 남자가 어떤 사람인지 알아볼 수 있는 방법이 하나 있다고 말한다. 그러면 학생들은 무슨 획기적이면서 거창한 방법이 있는가 싶어 호기심 가득하고 진지한 얼굴로 나를 빤히 쳐다본다. 그런데 나는 아주 엉뚱한 이야기를 한다. 다름 아니라 남자 친구에게 술을 한번 잔뜩 먹여보라고 하는 것이다. 실망하여 야유 비슷한 비난을 하면서도 학생들은 여전히 궁금해한다. 그러면 나는 술 먹이는 방법이 뭐냐 하면 하는 식으로 운을 뗀다.

　방법을 이야기하기 전에 먼저 전제 조건으로 말실수를 들어야 할 것 같다. 예를 들어 설명해 보자. 개똥이라는 남자가 있다. 그런데 이놈이 카사노바 저리 가라는 바람둥이다. 일주일에 매일 다른 여자를 만나 데이트를 한다. 이놈이 매일 여자를 바꾸어 데이트를 하면서도 들통이 나지 않는 것은 그의 치밀한 전략 때문이다. 전략이 뭐냐 하면 매일 일기를 쓰는 것이다. 오늘은 A녀와 만났는데 무슨 옷을 입었고, 어디에서 만났으며, 무엇을 했고, 어떤 식사를 했으며, 어떤 일이 있었는가 따위를 꼼꼼하게 기록한다. 그래서 일주일 뒤 다시 A녀를 만날 때에는 지난 주 일기를 뒤져 보고 그녀를 만나는 것이다. 그러니 실수가 있을 리 없다. 이쯤 되면 카사노바 되는 것도 쉬운 일이 아님을 알 수 있을 것이다.

착한 애인을 만나기 위해

그런데 천하의 바람둥이 개똥이가 사소한 실수 하나로 자신의 인생에 지울 수 없는 오점을 남기고 만다. 사건의 진상은 이러하다. 월요일에 A녀와 만나 영화를 보러 가기로 했다. 요즘 한창 인기있는 공포 영화를 보러 가자고 개똥이가 먼저 제안을 했고, A녀도 보고 싶었는데 잘됐다고 한 것이다.

한참 영화를 보는데 갑자기 귀신이 나타나자 그녀가 깜짝 놀라 개똥이에게 와락 안기는 것이 아닌가. 개똥이는 신이 나서 '괜찮아, A야. 내가 있는데 뭐가 겁나' 하면서 그녀의 어깨를 힘껏 감싸주었다. 그녀의 머리와 옷에서 나는 향수 냄새에 정신이 아찔해진 개똥이는 신이 나서 다음번에도 무서운 영화를 보러 와야지 생각하며 그녀의 손을 꼭 잡아주었다. 영화가 끝나 둘은 맛있는 저녁을 먹고 술도 한잔 걸치면서 재미있는 시간을 보내다 헤어졌다.

그 다음날 개똥이는 B녀를 만나 갤러리에서 그림 감상을 하기로 했다. 그런데 갑자기 그녀가 예정에도 없이 영화를 보러 가자는 것이다. 그것도 어제 A녀와 본 그 영화를. 개똥이는 난감했지만 카사노바답게 '레이디 퍼스트'라는 입장을 내세워 어제 본 영화를 또 보러 갔다. 정신을 집중하고 영화를 보려 하였지만 자꾸만 어제 자신에게 안기던 A녀의 생각이 나는 것이 아닌가. 그 향긋한 내음과 야들야들한 감촉이 개똥이 뇌리를 떠나지 않았다.

그런데 그때 B녀가 '어머! 무서워!' 하면서 어제의 A녀처럼 안기는 것이 아닌가. 개똥이는 어제처럼 흐뭇해하면서 B녀를 힘껏 껴안고 하는 말이 '괜찮아, A야. 내가 있는데 뭐가 겁나'. 순간 B녀의

잘 베껴서 성공해라

눈이 세모가 된다 싶더니 갑자기 하이힐을 벗어 개똥이의 머리통을 갈겨 버리는 것이 아닌가. 그 후 개똥이는 카사노바계에서 은퇴를 했다나 어쨌다나.

아무리 치밀한 사람이라도 자신도 모르게 속내를 드러내는 경우가 있다. 그 가장 미약한 형태가 말실수이다. 말실수보다 더 심한 단계가 술주정이다. 만취가 되어 비몽사몽간에 내뱉는 말에 은연중 감추고자 하는 속내가 들어 있는 법이다. 그래서 남자 친구가 어떤 생각을 하고 있는지를 쉽게, 그러면서 확실하게 알 수 있는 방법이 술을 먹여 이른바 '홍콩' 가게 만드는 것이다. 작전을 치밀하게 짜야 한다.

우선 남자 친구와 일주일 전에 데이트 약속을 한다. 놀이 동산에 가서 실컷 재미있게 놀자는 약속을 한다. 그리고는 일주일 동안 체력 보강을 한다. 달리기도 하고 고기도 많이 먹어 컨디션을 최상의 상태로 끌어올린다. 그리고는 약속한 날 아침에 일어나 밥을 양푼 비빔밥으로 만들어 든든히 먹고 약속 장소로 간다. 남자 친구를 만나서 오전 내 걸어다니면서 실컷 논다. 점심때가 되어 남자 친구가 배고프다고 밥을 먹자 하면 밥은 웬 밥이냐고 하면서 시간이 없으니 남들 밥 먹을 때 한 번이라도 더 놀이 기구를 타자고 한다. 그러면 대부분의 남자는 배고픔을 참고 기사도를 발휘해 그러자고 할 것이다.

그때 잠깐 화장실에 갔다 오겠다고 하면서 남자 친구 몰래 혼자 매점에 가서 핫도그와 햄버거로 배를 양껏 채운다. 그리고 돌아와서

착한 애인을 만나기 위해

남자 친구와 해가 질 때까지 신나게 논다. 저녁 무렵 남자 친구는 파김치가 되어 배고파 죽겠으니 밥 먹자고 앙탈을 부릴 것이다. 그럴 때 밥은 무슨 밥 어디 가서 소주 한잔하자고 한다. 그러면 남자는 성질이 불같이 나지만 꾹 참고 잠깐 인상을 찡그리다가는 이내 표정을 바꾸어 웃는 얼굴로 '그래' 하면서 앞장서서 술집으로 들어갈 것이다.

술집에서 절대 안주를 시켜서는 안 된다. 그냥 김치 하나 놓고 깡소주를 먹자고 해야 한다. 남자는 배가 고픈 상태이니까 술을 주는 대로 벌컥벌컥 마실 것이다. 자꾸 빠른 속도로 따라준다. 대신 본인은 술을 마시는 척하면서 소매 속이나 탁자 밑으로 몰래 버린다. 그런 상태가 계속되면 결국 남자 친구는 만취가 될 것이다. 만취 상태에서 나오는 모든 것이 그 사람의 속내이다. 만약 남자 친구가 자신을 두고 다른 여자의 이름을 부르면 하이힐을 벗어라. 그렇지 않고 끝까지 자신의 이름만을 부르면서 주도를 지킨다면 그 남자는 믿어도 된다.

아마 엄청 황당한 이야기일 것이다. 그렇지만 복잡 다단한 세상에서 만나는 사람의 진심을 명쾌히 알 수 없으니 이 방법이라도 동원할 수밖에 없지 않을까. 겉 다르고 속 다른 사람이 얼마나 많은가. 실제로 학생들은 깔깔대고 웃으면서도 뭔가 약간은 진지하게 고민하는 것 같아 보였다. 어떤 학생은 남자 친구에게 진짜 술을 먹여봤는데, 남자 친구가 만취가 되어 전화를 하는데 온갖 여자들에게 전화를 하더라는 것이었다. 그래서 하이힐로 머리통을 내려치지는 못

잘 베껴서 성공해라

하고 뺨을 몇 대 때려주고 술집을 나와 버렸다고 했다.

나는 외동딸을 두고 있는데 만약 딸이 커서 남자를 사귄다면 나는 딸에게 남자 친구를 한번 집으로 데려오라 할 작정이다. 그래서 3박 4일 동안 밥도 안 주고 잠도 재우지 않으면서 술을 먹일 것이다. 그래서 사위로 삼을 것인지 아닌지를 결정할 작정이다. 좀 잔인한가. 그래도 할 수 없다. 어떻게 키운 딸인데 아무한테 내 소중한 딸을 주겠는가.

지금 여성의 입장에서 남자 친구의 본심을 알아보는 이야기를 했는데 역으로 남자가 여자의 본심을 알아보고자 할 때에도 이 방법을 동원할 수 있을 것이다. 아니, 우리가 세상을 살면서 만나는 수많은 사람의 진심을 알아보고자 할 때도 이 방법은 유효하지 않을까? 자신의 출세를 위해서 남을 헐뜯거나 혹은 한순간의 쾌락을 위해 남을 이용하는 사람은 반드시 그 대가를 치르기 마련이다. 그런 사람들이 활개를 치는 이상 술주정을 통해 상대방의 속내를 알아보는 방법은 사라지지 않을 것이다.

그러나 술을 먹여 상대방의 진심을 알아본다는 일만큼 서글픈 일이 또 있겠는가. 겉과 속이 일체되고, 말과 행동이 일체되는 착하고 선한 사람들만이 이 사회에 가득하다면 지금 술을 먹이는 방법을 말하고 있는 나는 완전히 '왕따'를 당할 텐데. 부디 내가 왕따를 당하도록 우리 사회의 모든 이들이 상대방을 진심으로 아끼고 존중하고, 그러면서 자신의 삶에 정직하면 좋겠다는 생각을 해본다.

착한 애인을 만나기 위해

제6장 더 많이 걸어라

나의 몸을 둘러싸고 있는 풍경을 향유한다는 것, 그것은 진정으로 산다는 것의 다른 말이다. 나는 걸을 때 가장 밀도 높은 삶을 살고 있는 것이다. 걷기로 인해 얻는 쾌락은 한 병의 포도주, 한 번의 섹스가 주는 쾌락에 결코 모자라지 않는다.

더 많이 걸어라

- 장석주

나의 처음은 하나의 수정란이었을 것이다. 어머니의 양수 속에서 물고기처럼 헤엄치며 놀았을 것이다. 그리고 하나의 몸을 받았을 것이다. 다섯 개의 앙증스러운 발가락이 달린 작은 발도 가졌을 것이다. 내게도 첫 번째 걸음이 있었을 것이다. 닐 암스트롱이 달의 대지에 첫발을 내딛듯이 나 역시 마침내 이 낯선 행성에 와서 첫발을 옮겨 딛었을 것이다. 서툴게, 위태롭게, 주저하며 힌 걸음을 옮기고는 그대로 쓰러졌을 것이다. 아기가 넘어질 때 우주도 기우뚱 기울었을 것이다.

걸을 수 있다는 것은 내가 인생에서 거머쥔 많은 행운들 중에서도 으뜸의 자리에 서는 행운이다. 나는 그렇게 믿는다. 나는 무

273

수히 많은 길들을 걸으며 인생을 펼쳐 나갈 것이고, 노쇠하고 쇠잔해져서 내가 더 이상 걸을 수 없을 때 주저하지 않고 인생을 접을 것이다. '걷기'는 나의 생태(生態), 나의 정체성을 규정하는 아주 중요한 요소다. 나는 '걷는 자'로서 이 세상을 살아가는 것이다.

걷는다는 것은 다리를 움직여 몸통을 지리적으로 옮기는 것이다. 걷는다는 것의 산문적 의미. 하지만 걷는다는 것은 메마른 산문적 행위가 아니다. 그것은 사유하는 행위, 더 나아가 시적 행위다. 물론 걷는다는 것은 몸통을 지리적으로 이동하는 것 이상의 의미를 품고 있다. 그것은 자신을 둘러싸고 있는 산과 나무와 풀과 강과 저수지와 집들과 마주치는 사람들과…… 그 모든 것들과 교감하고 그것들을 향유하는 행위다. 나의 몸을 둘러싸고 있는 풍경을 향유한다는 것, 그것은 진정으로 산다는 것의 다른 말이다.

특히 시골에서 걷는다는 것은 훨씬 특별한 의미가 있다. 나는 더 많이 걷기 위해서 서른여섯 해나 살던 도시를 버리고 시골로 이사를 왔다. 아니, 어쩌면 도시가 나를 내팽개쳤는지도 모른다. 그리고 나는 그 내팽개침을 기꺼운 마음으로 받아들였을 것이다. 어쨌든 분명한 사실은 내가 걷기를 무지무지 좋아한다는 것이다. 나는 새벽이면 바지 끝자락에 이슬을 잔뜩 묻히고 하얀 이팝나무가 피어 있는 저수지 주변을 쏘다닌다. 산란기에 접어든 붕어들이 몸통을 요란스레 움직이며 수초 사이를 빠져나간다. 때로는 수면 위로 눈부신 은린을

274

번쩍이며 도약하기도 한다. 그 찰나는 눈부시다. 나는 천천히 걸으며 그 찰나를 빠져나간다.

걷기를 처음 발명한 것은 지렁이다. 지렁이는 온몸으로 온몸을 밀며 천천히 걷는다. 지렁이의 산책은 장엄하다. 전갈도 걷고, 거미도 걷고, 개미도 걷고, 까치도 까치걸음으로 걷는다. 심지어 물도 걸어간다. 내가 과장이 심하다고? 물가에 여섯 달만 살아보라! 내 말을 실감할 것이다. 물은 무심히 때로는 격동적으로 걷는다. 이 세상에 살아 있는 모든 것들은 걷는다. 새들은 공중을 걷고 있다. 비행기가 빠르게 공중을 휘저으며 걷는다면 새들은 천천히 걷는 공중의 산책자다.

비행기가 걷는다고 처음 말한 것은 아마도 쌩 떽쥐베리다. 그는 소설을 쓰기 이전의 직업이 비행기 조종사였다. 비행기가 걷는다는 그의 말에 동료 비행사들은 미친 소리라고 비웃었다. 그렇다 하더라도 걷기의 숭고함이 조금이라도 훼손되는 것은 아니다. 걷기는 대자연에 드리는 산 것들의 장엄 미사다. 걷는다는 것은 산 것들이 안고 있는 불멸의 소명(召命)이다. 걷기는 숭고하다. 날개가 없으니 나는 당연히 걷는다.

나는 눈동자를 크게 열어 주변의 풍경을 바라보려고 한다. 바라본다는 것, 그것은 풍경과 소통하는 것이다. 너무 빠르게 걷는 자들은 풍경이 건네는 말을 듣지 못한다. 둘 사이는 무덤덤하고 따라서 어떤 의미도 교감하지 못한다. 늘 같은 풍경이지만 자세히 들여다보면 어떤 풍경도 같지 않다. 내가 어제의 내가 아닌 것처럼 나를 둘러싸고 있는 풍경도 어제와 같지 않다.

나는 직선으로 뻗은 도시의 길보다 구불구불한 시골 길을 걷기를 좋아한다. 나는 잔잔한 물가를 하염없이 걷는다. 오늘 이 순간을 걸으며 내 몸은 천천히 이 순간을 빠져나가는 것이다.

도시인들은 천천히에 익숙하지 않다. 그들은 빨리 먹고 빨리 만나고 빨리 헤어지고 빨리 걷는다. 그들은 빨리빨리에 중독된 사람들이다. 그 중독이 얼마나 깊은가 하면 결혼식을 올리고 신혼여행을 채 마치기도 전에 싸우고 올라와서는 이혼 서류에 도장을 찍는다. 그리고 등을 돌리고 빠르게 서로의 길을 간다.

빨리 걸을 때 걷는 주체의 저 바깥에 존재하는 모든 것들은 그저 뜻없는 그것들의 범주를 벗어나지 않는다. 그것들은 내 생각에, 내 삶에, 더 나아가 내 영혼에 아무 영향도 주지 않고 아무 뜻도 없다. 그것들은 다만 나와 무관하게 저기 존재하는 그것들에 불과할 따름이다. 그것들은 나의 너가 되지 못한다. 나는 수없는 너에 관심을 쏟고, 때로는 너를 끌어안고 손으로 쓸어보며 품에 꽉 끼도록 보듬어 안고 너의 향기와 살의 부드러운 감촉에 한없이 빠져든다. 그래도 너의 향기는 충분히 맡아지지 않고, 너의 부드러운 살의 감촉은 만끽되지 않는다. 나는 그것들을 끌어안지는 않는다. 그것들을 끌어안는 변태성욕자도 드물지 않다는 소문을 나는 듣고 있다. 아마도 나는 그들을 영원히 이해하지 못할 것이다.

그것들을 그저 소비하거나 지나쳐 버린다. 끝끝내 너가 되지 못하는 풍경들. 끝끝내 나의 너가 되지 못하는 타자들. 그것들은 나의 안

더 많이 걸어라

으로 흘러 들어오지 못하고 나의 바깥을 그저 뜻없이 미끄러져 간다. 나의 바깥을 미끄러져 가는 풍경들. 나의 바깥을 미끄러져 가는 풍경들.

나는 걸을 때 상상하며, 추론하고, 성찰하며, 연역하고, 설계한다. 내가 걸을 때 많은 내일들이 꽃처럼 피었다가 스러진다. 내가 걷지 못했다면 내 인생의 많은 부분들은 아예 있지도 않았을 것이다. 나는 걸을 때 가장 밀도 높은 삶을 살고 있는 것이다. 걷기로 인해 얻는 쾌락은 한 병의 포도주, 한 번의 섹스가 주는 쾌락에 결코 모자라지 않는다.

오늘 저수지 주변은 안개로 자욱하다. 나는 숨을 깊게 들이마신다. 다습한 공기가 폐 깊숙이 밀려들어 온다. 내 심장의 핏속으로 폐에서 빨아들인 산소가 빠르게 퍼져 나간다. 혈관의 피들은 그것을 잠에서 덜 깨어 있던 내 팔과 다리의 실핏줄까지 실어 나른다. 내 팔과 다리는 신선한 산소를 공급받으며 활력을 얻는다. 걸을 때 내 몸에서 엔돌핀이 빠르게 생성되는 걸 기분 좋게 느낀다. 기분이 차츰 좋아지면서 내 걸음이 빨라진다. 마취제가 몸에 풀리듯이 온몸에 자욱하게 번져 나가는 몽롱한 쾌락. 나는 그것을 천천히 맛보고 싶다. 내 뇌는 걷는 행위에 쓰이는 다리를 둘러싼 일체의 근육들에게 단호한 명령을 내린다. 가능한 천천히, 천천히 움직이라고. 나는 결코 우유부단하지 않다.

저수지 주변에 띄엄띄엄 서 있는 나무들은 오래된 침묵을 가사(袈裟)처럼 두르고 있다. 수행이 깊은 노스님 같다. 해가 뜨기 전까지

더 많이 걸어라

나무들은 침묵을 감싸 안고 있는 안개 가사를 두르고 물을 굽어볼 것이다. 나, 걷는 자는 아직 미숙한 인생을 살고 있지만 걷기의 쾌락에 중독되어 천천히 나무 아래를 지나가는 것이다.

더 많이 걸어라

멋없게 죽는 것이 가장 멋진 죽음이다

– 박덕규

당신은 자살을 꿈꾸어본 적이 있는가?

아마도 자살을 꿈꾸지 않은 사람은 드물 것이다. 실연을 해서, 성적이 너무 떨어져서, 갑자기 허무감이 몰려와서, 지독한 가난을 못 이겨서, 심각한 명예 실추 때문에, 더 이상 자기 세계를 펼쳐 보일 게 없어서…… 이 즈음 경제 파탄으로 자살하는 사람도 많아지고 지신에게 디 이상 불명예스런 일이 생기지 않도록 방시하기 위해 자살하는 사람도 늘어났다. 자살할 용기가 없어서 자살 사이트의 도움을 받아 자살에 이르는 사람도 있다고 한다.

징밀 자살을 하겠다고 마음먹었더라도 세상에 편하게 이루어지는 일이란 없어서 이 역시 쉽게 시도될 일이 아니다. 다행한 일이지만 자살을 준비하는 과정에서 마음을 돌리는 사례는 아마도 자살하는 일보다 훨씬 많을 것이다. 자살을 생각만 하고 실제로 시도하지 않게 되는 이유 중에는 자살 방법이 자기 상황에 맞지 않아서라는 답도 있을 것이다.

흔히 생각할 수 있는 자살 방법으로는 이런 것들이 있겠다. 물에 빠져 죽는 방법, 고층 건물에서 뛰어내리는 방법, 고의 방화, 숨을 참고 가만히 있는 방법, 수면제를 모아서 먹고 죽는 방법, 술을 많이 마시고 눈 속에 파묻혀 자는 방법, 영화 『박하사탕』에서처럼 철로 위에 서서 달려오는 기차를 향해 두 팔을 벌리고 비명을 지르는 방법…….

나도 자살을 꿈꾼 적이 많다. 그러나 아무리 생각해도 죽는 나도 비교적 편안하고 남들에게도 전혀 피해를 안 주는 자살법이 떠오르지 않았다. 이건 이래서 문제고 저건 저래서 문제였다. 우리가 아는 자살법은 모두, 죽는 자도 괴롭고 살아남는 자에게도 상당한 폐를 주는 방법 일색이었다. 죽어서 아예 남에게 흔적을 보이지 않는 방법도 괜찮을 성싶은데, 도무지 그런 게 마땅치 않았다.

우스꽝스럽게 말하면 나는 죽은 흔적이 남을 것 같아서 자살을 안 한 사람 중의 한 사람이다. 내가 왜 이런 자살 얘기를 해서 기껏 이 글을 읽기 위해 책을 펼친 사람들을 곤혹스럽게 하고 있을까. 아니, 자살 얘기라 해서 그리 부도덕하게 생각할 게 없다. 자살은 인간만이 누릴 수 있는 특권이라고 말하는 사람에 비하면 나는 얼마나 온순한가. 실은 나는 지금 자살 얘기가 아니라 우리가 죽어 이 지상에

더 많이 걸어라

서 사라지는 일, 그 누구도 피해갈 수 없는 그 일에 대해 진지하게 얘기하고 있는 중이다.

나는 이 이야기를 나의 장편 소설 『밥과 사랑』의, 작중 인물이 신문에 난 에세이를 스크랩해서 목소리 좋은 여자를 시켜 낭독하게 하는 대목에다 넣었다. 실제로 나는 어느 일간지에 그와 같은 에세이를 발표한 적이 있었다. 소설에서는 작중의 한 주인공이 죽은 형의 납골당에 참배하러 가면서 형의 죽음을 떠올리는 대목으로, 그 소설의 주제 격인 '어떻게 살아갈까' 라는 삶의 문제를 상기시킬 수 있는 상징적인 장면이기도 했다.

나는 한때 역사 자료를 읽어볼 기회가 많았다. 그중에서 『조선왕조실록』의 연산군 편을 읽다가 이상한 이름을 발견하고 갑자기 무릎을 탁 쳤다. 그 이름은 당시 율려습독관이던 어무적이었다. 율려습독관이 궁중에서 음악을 담당하는 벼슬아치라는 사실은 나중에 알았지만 그 이름 없을 무, 자취 적, 흔적이 없다는 그 이름이 당시 내 호기심을 자극했다.

이 어무적이라는 사람은 어떤 사람인가. 실록에는 연산군에게 이 말단 하급 공무원이 국가 정책의 잘못을 지적하는 상소문을 올렸다는 사실이 기록되어 있있다. 나는 다른 책을 뒤져 어무직의 행직을 살펴보기 시작했다.

이쯤 해서 다른 인물 얘기부터 들어주기 바란다.

조선 정조 때의 실학자 정약용이 쓴 「애절양(哀絕陽)」이라는 시는 아이를 낳는 대로 곧바로 군역의 세금을 부과하는 나라 행정에 스스

멋없게 죽는 것이 가장 멋진 죽음이다

로 남근을 끊어 맞선 한 농부를 보고 지은 것이다. 내가 어무적을 알기 위해 읽은 책에는 이렇듯 저 유명한 정약용 선생 얘기가 먼저 소개되어 있었다. 어무적은 정약용이 살던 시대보다 약 삼백 년 앞서 살던 사람이다.

어무적은 매화나무에 열매가 열리는 대로 세금을 부과하는 관리의 횡포에 도끼로 매화를 찍어내며 항의한 이야기를 「작매부(斫梅賦)」라는 시로 썼다가 요즘 말로 치면 필화의 주인공이 된 사람이다. 그는 관가의 포승줄을 피해 달아나다 어느 한적한 산골에서 쓸쓸히 죽어갔다. 나는 이 비극적인 인물을 '흔적없는 시인'이라고 칭하면서 만나는 사람마다 소개하곤 했다. 어무적이 임금에게 상소를 올리던 시기에 대해 쓴 실록의 기록에는 도적 홍길동이 잡혀온 대목도 있어서 이 어무적과 홍길동을 주요 인물로 하는 소설을 구상해 보기도 했다.

어무적이라는 사람의 이름이나 행적처럼 흔적없이 사라지느냐 아니냐 하는 문제는 사실은 중요한 것이 아니다. 죽는 일에서 더 소중하게 생각해야 할 것은 흔적없이 사라지느냐 그렇지 않느냐가 아니라 어떻게 하면 죽으면서 좀 더 생산적으로 죽을 수 있느냐 하는 점이다. 아무리 위대한 죽음도 대개 죽는 그 순간부터 남의 수고를 겪어야만 한다. 평생 남을 위해 살지도 못한 사람인 나 같은 사람이 죽어서까지 남에게 수고를 시킬 것을 생각하면 미안하기 그지없다. 게다가 변변찮은 생애를 살다 가는 존재가 아까운 국토까지 차지하고 누워 있다는 건 상상만 해도 떨린다. 내가 화장 문화를 선호하는 까닭은 이 때문이다.

전통적인 관점에서 보면 나의 죽음은 혼자만의 것이 아니다. 따라서 되도록 흔적을 감추고 조용히 사라지는 죽음을 내가 원한다고 해서 내 가족이나 내 가문이 그걸 용인할지도 의문이다. 화장에 대해서도 아직 그 반대가 만만치 않다. 나 역시 우리 가족에게 '내 죽으면 화장하게 하라' 식으로 말한 바 없다. 아직은 죽는 얘기를 하는 게 '방정맞다' 는 생각이 들어서이기도 하고, 가족들이 화장에 대해 께름칙해하고 있는 것 같아서다. 그래도 틈이 나면 '화장!' 이라고 못을 박듯 선언해 두려 한다.

그러나 점점 화장도 능사가 아니라는 생각을 하게 되었다. 납골당만 하더라도 만만찮은 경비도 들고, 또 역시 언젠가 공간 부족이라는 문제를 낳을 것이 틀림없다. 또 분골을 산천에 뿌리는 행위도 퍽 상징적인 일이 될지 모르나 법적으로 문제의 소지도 있고 실제로 산천을 오염시키는 일도 된다. 그렇다면 나는 어떻게 하면 죽어서 조금이나마 남에게 피해를 덜 줄 수 있을까.

안과 의사로 한글 타자기 개발 등 한글 기계화 운동에 앞장선 공병우 박사는 자신의 시신을 해부학 강의실에 기증했다. 또 유언으로 장례 질차를 간소화하라는 지침을 남긴 깃으로 화제가 된 바 있다. 남을 위해 값지게 살고 끝내 남에게 피해를 주지 않고 도리어 실제적인 도움을 주고 떠나겠다는 그의 의지에 숙연해지지 않을 수 없었다.

이런 때에 최근 한 신문의 독자 투고란에 게재된 '사후(死後) 아이

멋없게 죽는 것이 가장 멋진 죽음이다

디어' 하나가 내 시선을 끌었다. 그 독자는 우리 나라 장묘 문화의 폐해를 지적하면서 가족이 나무 동산을 만들어 죽은 사람의 분골을 그 땅속에 뿌리자는 제안을 했다. 죽어서 별 흔적도 없고, 자라는 나무에 조금이나마 거름 구실은 할 수 있을 것 같다는 생각에서 나는 그 제안에 동의한다.

가족 나무 동산 같은 것은 꿈도 못 꾸는 사람들을 위해서는 나라에서 각 지방마다 분골을 땅에 뿌릴 수 있는 삼림 지역을 제정해 줄 것을 제의한다. 만일 그래도 죽은 이의 영혼을 기리는 표지 같은 게 필요하다면 분골이 뿌려진 그 지역의 나뭇가지에 죽은 이의 이름과 묘비명을 적은 작은 패찰을 다는 정도면 어떨까. 이 세상에는 그 삶이 아름다웠노라 기억해 주어야 할 사람이 너무 많지만 그 기억은 살아 있는 이들의 마음에 새겨두고 그 흔적은 값지게 사라지게 하는 편이 더욱 참다운 일이 아닐까. 아무것도 남기려 하지 않은 죽음, 그 죽음이 가장 멋진 죽음이다.

더 많이 걸어라

지름길은 _{없다}

– 김용배

#1

　　때론 수없이 직각을 이루며 곧게 뻗어 있는 대로를
씽씽 달리는 것보다 직선을 거부하는 몸짓으로 끊임없이 이어져 가
없이 뻗어 있는 그 길을 따라 걷다 보면 가고자 했던 목적지를 남보
다 더 빠르게 당도할 수가 있다. 이것이 지름길의 정의다.
　　대로는 행정상의 구획 정리에 의하거나 물류 유통에 원활한 수
급을 목적으로 공동의 개념을 지니고 만들어졌다. 대각선으로 질
러가면 단 오 분 만에 당도할 수 있는 거리라 할지라도 대로만 이
용하다보면 몇 개의 사거리와 촘촘한 신호등으로 인해 몇 배나 더

긴 시간을 허비해야 당도하게 된다. 때문에 어딘가에 지름길이 있는 것이다. 인생에도 지름길이 있다. 이런 예를 들어보자.

어떤 사람이 가업을 물려받았는데 대기업이었다. 그는 일반적인 사람들이 보편적으로 거치는 일련의 단계들을 몇 번이나 뛰어넘어 어느 날 대기업의 총수가 되었다. 분명 그 사람을 위해 예비된 지름길을 걸어 그 위치로 오른 것이다.

그러나 그와 같은 경우는 그리 흔하지 않다. 단 몇 사람만이 그러한 길을 걷는다. 때문에 이러한 경우를 극단적인 예외로 인정하자. 그러면 우리의 인생에는 결코 지름길이 없는 것이 된다. 대부분이라고 정의할 수 있는 우리는 눈앞에 펼쳐진 길을 따라가며 차분하게 인생을 파악하고 배우며 섭렵하고 터득하는 프론티어인 것이다.

2

헬렌 켈러는 '사람은 고통없이 완성되지 않는다'고 말했다. 그리고 '시행착오가 정신을 강하게 단련시키는 것' 이라고 덧붙였다.

유명한 이야기지만 헬렌 켈러에게는 '설리반' 이라는 스승이 있었다. 설리반은 헬렌 켈러의 부모에게 한 가지를 요구한 일화로 더 유명해졌다. 그것은 '부모의 지나친 사랑이 헬렌 켈러의 앞날을 망친다' 라는 것으로 '지나친 부모 사랑은 금물' 이라는 것이었다.

설리반의 교육 목적은 헬렌 켈러를 강하게 단련시키는 것에 있었

더 많이 걸어라

다. 헬렌 켈러가 훗날 고통은 곧 완성이며, 시행착오가 오히려 정신을 더 강하게 단련시킨다는 말을 하게 된 이유가 바로 그 때문이었다.

인생의 출발은 보편적으로 시작되어야 한다.

태어나 일 년이 되면 일어서기 위해 노력해야 하며 이때는 유아로서의 정당한 교육을 받는다. 초등학교를 건너뛰고 중학교에 진학할 수 없고 고등학교를 건너뛰고 대학에 갈 수 없다. 물론 검정고시와 같은 특별한 경우도 있지만 정상적인 교육의 단계는 분명 그렇다.

고통이 무엇인지 모른다면 완성의 성취감을 모른다.

야생에서 피어난 아름다운 장미 송이를 움켜쥐기 위해서는 유난히 더 날카로운 장미 가시를 경험해야 한다. 편할 때는 그 사람의 본 모습이 드러나지 않는다. 최악의 상황이 되었을 때 얼마나 큰 지혜와 용기를 발휘할 것이며 어떻게 대처하고 어떻게 돌파해 나오느냐에 따라 그 사람을 평가할 수 있다. 마틴 루터 킹이 한 말이다.

인간의 본성 중에는 속성이라는 것도 있다. 자기 단련 과정에서 자칫 이기적이고 야만적인 면으로 발전될 경우도 있는 것이다. 모든 정황을 자기중심적으로 생각하다 보면 그런 특성이 두드러지게 나타나는 경우가 있다. 자아 발견이 아닌 아집으로 발전되는 경우가 그렇다. 이는 누구에게나 배척당할 수 있는 지극히 부정적 성향이다.

나의 위치를 제대로 파악하려면 초중고 12년 동안의 학훈과 급훈

지름길은 없다

들을 기억나는 대로 떠올려 보자. 나를 뒤집어볼 수 있는 답은 거기
에 있다.

성실, 봉사, 근면, 책임감, 애족, 정직, 용기, 애국, 감사함, 공동
심, 인내, 발전, 성장, 단체심, 존중, 공헌, 슬기, 지혜…….

최근에는 구태의연한 급훈보다 보다 개성있고 산뜻한 느낌을 주
는 아름다운 말을 찾아 급훈으로 사용하는 경우가 있는데 어쨌든 의
미는 대체로 같다. 로버트 폴검은 '내가 정말 알아야 할 모든 것은
유치원에서 배웠다'며 '지혜는 대학원이란 산꼭대기에 있는 것이
아니라 유치원의 모래성 속에 있는 것이다'라고 했다.

유치원 시절의 기억이 전혀 나지 않는다면 초중고 12년의 급훈대
로 행동하는 자세를 가져 보라. 이기적인 사고와 아집은 눈 녹듯 스
르르 사라져 버릴 것이다. 그것이 진정으로 나를 뒤집어보는 것이
다.

성공으로 가는 지름길은 없다. 원리는 간단한데 실천은 너무 먼
거리에 있어 그것을 택하지 못하는 게으름이 항상 자아를 망친다.

더 많이 걸어라

가지 않은 길

— 장석주

중세 수도원에서 경전을 필사하는 것으로 한 생을
다 보내는 수도사들은 나중에 눈이 침침해지고 등이 굽는다. 하루
종일 책상 앞에 앉아 글을 쓰고 책을 들여다보다가 문득 중세 수도
원의 수도사들이 떠오른다. 며칠째 큰눈이 내려 쌓였으니 차를 몰고
나갈 수도 없다. 불가피하게 집에서 시간을 보내야 한다. 집에 사람
도 없고 이 눈길을 뚫고 찾는 이도 없으니 하루 종일 입을 닫고 신
다. 그래도 내 꿈은 매일 0.3밀리미터씩 자라난다(손톱이 그렇게 자란
다고 한다). 꿈은 지독한 근시다. 항상 먼 것만 보고 가까운 것은 도무
지 볼 줄 모른다.

점심 먹고는 잠시 개들을 데리고 눈 쌓인 오솔길을 거쳐 금광호수

가까이 내려갔다 온다. 호수로 내려가는 길은 누구의 발자국도 찍히지 않은 채 숫눈에 파묻혀 있다. 어제는 종일 눈발이 내리치더니 오늘은 햇빛이 환해서 눈 덮인 겨울 풍경은 휘황하다. 숲 속 나무들은 한결같이 하얀 눈을 뒤집어쓰고 있다. 바람이 불면 나뭇가지에 얹힌 눈 가루가 자욱하게 날렸다. 아주 잠깐 행복한 느낌이 스쳤다.

두꺼운 얼음장에 덮여 있는 호수는 마치 거대한 짐승처럼 숨을 쉰다. 얼음장 밑에서 호수가 숨 쉬는 소리를 들어본 적이 있는가? 이것은 은유가 아니다. 실제로 숨 구멍을 통해 숨 쉬는 소리가 생생하게 들려온다. 개들은 얼어붙은 호수 위로 나가 뛰어다녔지만 나는 한참 동안 그 소리에 귀를 기울이고 있었다. 건너편 지방 국도에 차가 드물게 지나가고, 사람은 그림자 하나 보이지 않는다. 호수가의 버드나무들은 아직 움틀 기미가 없었지만, 내 마음 어느 구석엔가 파릇한 생을 가진 풀들이 올라오는 듯하다.

노오란 숲 속에서 길이 두 갈래로 갈렸다. / 한꺼번에 두 길을 다 갈 수 없어 / 안타까워 오래도록 선 채로 / 덤불 속으로 굽어 들어간 길이 / 안 보일 때까지 멀리 바라보았다. // 그리고는 곧고 아름다운 남은 길로 들어섰다. / 풀은 무성하고 인적은 드물었는데, / 그래서 내 마음이 더 끌렸을 것이다. / 하지만 인적 드물기론 / 실상 두 길 다 마찬가지였던 것을. // 그날 아침에 숲 속의 두 길은 모두 / 아무 발자국도 찍히지 않은 채 / 가랑잎에 덮여 있었다. / 아아, 첫 번째 길은 다른 날을 위해 남겨두었다. / 그러나 길과 길이 어떻게 어울

더 많이 걸어라

리는지 / 나는 잘 알고 있었기에 / 다시 돌아오지 못하리라는 것도 알고 있었다. // 오랜 세월이 흐른 뒤에 / 어디선가 이 이야기를 한숨 섞어 말하겠지. / 숲 속에 두 갈래의 길이 있었는데 / 나는 인적이 드문 길을 골랐으며 / 그 때문에 모든 것이 이렇게 달라졌다고.

오솔길을 걸을 때마다 미국 시인 로버트 프로스트의 「가지 않은 길」이란 작품을 떠올린다. 눈길을 걸어오며 내가 좋아하는 이 시를 가만히 소리 내어 외어본다. 오늘의 내가 있는 것은 바로 가지 않은 길 때문이다. 물론 이 말은 역설이다. 오늘의 나를 만든 건 내가 선택한 길들의 총체다. 그러나 내가 선택한 길의 뒤에는 끝내 가지 않은 무수한 길들이 숨어 있다. 이 학교가 아니고 저 학교를 갔더라면, 이 여자가 아니고 저 여자와 만났더라면, 이 직업이 아닌 저 직업을 선택했더라면 내 인생은 물론 달라졌을 것이다.

지금의 당신은 어째서 지금의 당신인가? 어쩌면 당신은 지금 다른 곳에 있어야 할 사람인지도 모른다. 지금의 당신은 숲 속의 두 갈래 길 중에서 하나의 길을 선택했기 때문에 지금의 당신이 된 것이다. 당신이 선택해서 간 길은 현실이다. 당신이 선택하지 않고 나중에 가기로 마음먹은 길은 잠재적 현실이다. **당신이 언젠가 가야 할 길로 가슴에 품고 있다면 그 길은 꿈이며 이상이다.** 오늘의 나는 내가 선택한 길과 아직은 잠재적 현실로 남은 가지 않은 길의 결합이다.

꿈은 기어코 현실을 낳는다. 마음속에 가지 않은 길을 품고 사는

가지 않은 길

사람은 꿈을 품고 있는 사람이다. 20세기 신비의 문인이라고 불리는 제임스 앨런은 이렇게 말한다.

"가장 위대한 업적도 처음 한동안은 꿈이었다. 참나무가 도토리 안에서 잠들어 있고, 새가 알에서 부화를 기다리듯이 영혼의 가장 높은 비전 안에서는 일깨워 주는 천사가 부지런히 움직이고 있다. 꿈은 현실로 자라날 묘목이다."

가지 않은 길이란 도토리 안에 잠든 참나무이며 알에서 깨어나지 않은 새다. 큰 꿈을 이룬 사람들은 먼저 작은 꿈을 발견한 사람이다. 세계적인 호텔 체인의 창업주인 콘라드 힐튼은 처음 뉴멕시코에 있는 호텔의 마룻바닥을 닦는 일부터 시작했다. 큰 업적도 출발은 작은 꿈이었다. 도토리가 작듯 혹은 묘목이 작듯 처음의 꿈은 작다. 그것을 키우고 실현하는 것은 꿈을 품은 사람의 몫이다.

누군가 한숨을 내쉬며 이제 나는 꿈을 갖기엔 너무 늙었어, 라고 말한다. 그러나 중요한 것은 나이가 아니라 꿈의 내용이다. 골다 메이어가 이스라엘 수상이 된 것은 71세 때였다. 죠지 버나드 쇼의 작품이 처음 연극으로 공연되었을 때 그는 94세였다. 벤자민 프랭클린은 16세에 신문의 사설을 쓰고, 81세 때 미국의 헌법 초안을 썼다. 나이가 너무 젊다거나 너무 많다거나 하는 것은 꿈을 가진 사람에겐 아무 문제가 되지 않는다.

더 많이 걸어라

중요한 것은 '언제' 가 아니고 '무엇' 이다. 당신은 몇 개의 가지 않은 길을 가슴에 품고 있는가? 오늘의 삶을 있게 만든 내가 선택해서 걸어온 길은 중요하다. 하지만 내가 가지 않은 길들도 내가 걸어온 길만큼이나 중요하다. 그것은 언젠가 내가 가야 할 길일 수도 있으니까. 한 사람에 대한 평가는 그가 이룬 것의 크기만이 아니라 그가 품고 있던 꿈의 크기를 합쳐야만 정당하다. 내가 가지 않은 길은 어떤 길인지, 그 길을 가려면 무엇을 어떻게 해야 하는지 그 방법을 찾아보는 것은 아직도 늦지 않았다.

가지 않은 길

상대를 한눈에 꿰뚫는다!!

한눈에 알게 되는 그와 그녀의 속·사정(事情)!

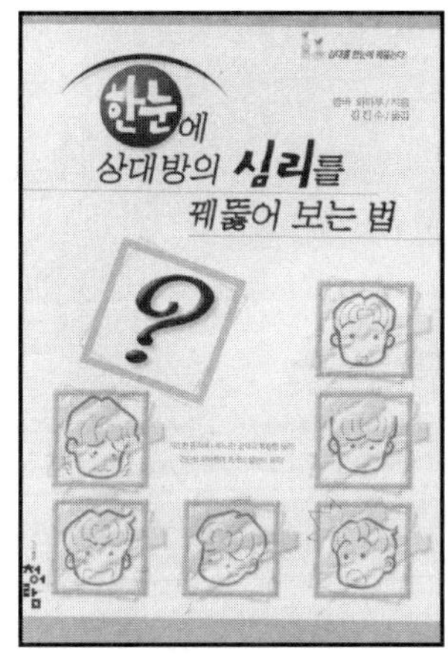

■ 한눈에 상대방의 심리를 꿰뚫어 보는 법
캄바 와타루 지음 / 김진수 옮김 | 값 8,000원

궁금하지 않나요?
상대가 어떤 사람인지, 나를 어떻게 생각하는지.

알고 싶지 않나요?
자신의 행동이 타인에게 어떻게 비치는지.

바라지 않나요?
보다 예쁘게, 좀더 멋지게, 한층 더 의미 있게,
상대에게 다가가기를.

사소한 말과 동작에 나타나는 상대의 복잡한 심리!
간단히 파악하고 절묘하게 이용하여 처세의 달인이 되자!

도서출판 청어람 www.chungeoram.com ● TEL : 032-656-4452/54 ● FAX : 032-656-4453 ● Email : eoram99@chol.com

어디서 요런 놈이!!

"할머니, 근데 똥꼬가 바지를 자꾸 뎃구 갈려구 해."

처음엔 이해를 못한 어머니.
재차 사정을 설명하는 녀석의 말에,
어머니는 뒤로 넘어갈 듯이 웃으며 말씀하신다.

"어, 똥꼬에 바지가 낀다구? 깔깔깔!
아니, 그놈의 똥꼬가 왜 지환이 바지를 자꾸 뎃구 간데냐.
아이고, 신문에 날 일이네."

이 땅의 모든 부모님들의 가슴을 훈훈하게
데워줄 한 편의 감동드라마

■ 똥꼬가 바지를 자꾸 뎃구 갈려구 해!
조숙영 지음 | 값 8,000원

알싸한 계절을 달래줄 가장 큰 선물 한 편

● 동심을 통해 뇌까려지는 말 한마디 한마디는 어른들을 향한 깨달음의 화살이다.
잊고 살았던 삶의 진리다. **–이상운 (바로북닷컴 대표, 시인)**

● 커가는 아이의 모습이 눈앞에 절로 그려진다.
보는 내내 절로 웃음 짓게 하는 구김살없이 편한 글솜씨가 일품이다.
그것이야말로 우리가 늘 보아왔던 우리 아이들의 흔적이 아닐까. **–김환철 (소설가)**

● 세상의 험난함 속에 어린 생명을 내놓는다는 두려움.
그것을 넘어선 너그러운 기다림이 있기에 아이의 세상은 더 넓고
자유로워진다. 평범하기 쉬운 가족의 이야기를 한편의 감동적인 동화로 만들고 있다. **–장윤정 (방송작가)**

도서출판 청어람 www.chungeoram.com ● TEL : 032-656-4452/54 ● FAX : 032-656-4453 ● Email : eoram99@chol.com